Die Herzen des Monsieur Lefort

AF196062

Mara Ferr, geboren 1965 in Österreich, studierte Psychologie und schloss eine Ausbildung zur Pädagogin ab. Sie betätigte sich als freie Lektorin und beschäftigte sich mit journalistischer Pressearbeit, bevor sie ihren ersten Kriminalroman veröffentlichte. Die Neugierde für das Paris inmitten aber auch abseits glamouröser Flaniermeilen erweckt bei ihren Reisen in die „Stadt der Liebe" stets die Phantasie für neue Romanideen zum Leben.

Bisher von der Autorin erschienen:
»Aux Champs-Élysées« (2013), emons
»Ponts de Paris« (2014), emons
»41 Rue Loubert« (2015), emons

Mara Ferr

Die Herzen des Monsieur Lefort

Kriminalroman

© 2016 Mara Ferr   Urheberrecht und Copyright:
            Alle Rechte liegen bei der Autorin.
Umschlagmotiv: Mara Ferr
Umschlaggestaltung: Hans Glavnik, www. bluesoft.at
Lektorat: Heinz Eibel
Verlag: tredition GmbH, Hamburg 2016
ISBN Paperback   978-3-7345-4958-8
ISBN Hardcover 978-3-7345-4959-5
ISBN e-Book   978-3-7345-4960-1
Printed in Germany 2016
Written in Leoben, Linz and on Kos Island
Originalausgabe

Bibliografische Information der Deutschen Nationalbibliothek:
Die Deutsche Nationalbibliothek verzeichnet diese Publikation
in der Deutschen Nationalbibliografie; detaillierte bibliografische
Daten sind im Internet über http://dnb.d-nb.de abrufbar.

Für Julia

Am Anfang war das Wort

„Über alles hat der Mensch Gewalt, nur nicht über sein Herz", las Jerome über den Rand seiner goldgefassten Halbmondbrille hinweg und bewegte dabei lautlos seine Lippen, wie es nicht nur betagte Menschen zuweilen dann taten, wenn sie in ihre Lektüre versunken waren und die nächste Umgebung zu vergessen schienen. „Friedrich Hebbel", murmelte er vor sich hin, faltete sorgfältig die Le Monde zu einem handlichen Format, legte sie auf den runden Bistrotisch, strich gedankenverloren darüber und griff nach seiner halb geleerten Tasse Café au lait.

Das philosophische Zitat des deutschen Dramatikers war ihm zwischen den in winziger Schrift gedruckten Kleinanzeigen im hinteren Teil der renommierten Tageszeitung förmlich entgegengesprungen, obwohl es mit seiner unscheinbaren Aufmachung augenscheinlich eher die Funktion eines schwarz umrahmten Lückenbüßers erfüllen und weniger intellektuelle Leser zum Nachdenken inspirieren sollte.

Allein die schier unglaubliche Tatsache, dass die Le Monde einen deutschen Lyriker zitierte – und sei es nur beinahe unsichtbar zwischen den Rubriken „Kinderbetreuung" und „Kleinmöbel" – war eine Sensation an sich, die Jerome Lefort mit missbilligend hochgezogenen Augenbrauen zur Kenntnis nahm. Dennoch aber, seltsam berührt von den beiden schlichten Zeilen, registrierte er mit erwartungsvollem Interesse diesen weisen Sinnspruch.

„Wie wahr", resümierte er, nachdem er einige Minuten über den tieferen Sinn dieser unwiderlegbaren Weisheit gegrübelt hatte und zu dem Schluss gekommen war, dass seine vierzigjährige Erfahrung im Dienste der französischen Staatspolizei, davon dreißig Jahre als Commandant des Dezernates für Schwerverbrechen im neunten Arrondissement, diese simple Wahrheit bestätigte. Mit unzähligen Fallbeispielen konnte sie sogar hieb- und stichfest bewiesen werden. Körperliche Gewalt bis hin zum wie auch immer gearteten Mord gingen stets einher mit aggressiven Gefühlen, die der vernunftgesteuerte Kopf nicht mehr unter Kontrolle hatte; darunter waren Eifersucht sowie Habgier die gängigsten Motive, die die kriminalistischen Statistiken anführten.

Jerome bedeutete Albert, seinem bevorzugten Kellner im Café Moncœur und langjährigen Freund, wortlos mit erhobenem Zeigefinger, dass er eine weitere Tasse des lauwarmen Milchkaffees wünschte. Albert machte sich nicht einmal die Mühe, zustimmend zu nicken, stattdessen schlurfte er schnurstracks in Richtung Tresen, um die Bestellung höchstpersönlich liebevoll zuzubereiten. Seit dem allerersten Tag seines wohlverdienten und wider Erwarten lebend erreichten Ruhestandes vor genau vier Jahren kam Jerome täglich pünktlich um zehn Uhr vormittags, um sein zweites Frühstück in Form mehrerer Tassen Kaffees und eines petit Pain au chocolat zu sich zu nehmen, die Le Monde zu studieren und zwischendurch müßig das bunte Treiben der vorbei flanierenden Touristen und geschäftigen Pariser rund um den Montmartre zu betrachten.

Gegen halb zwölf machte er sich für gewöhnlich auf, um entspannt durch die Gassen zu seinem großzügigen Appartement im letzten Stock des alten, aber modern restaurierten Miethauses in der Rue Puget gegenüber der legendären Moulin Rouge zu schlendern. Dort hatte seine um zehn Jahre jüngere, immer noch außergewöhnlich attraktive Ehegattin während seiner Abwesenheit ein leichtes Mittagessen zubereitet, das sie an warmen Tagen gemeinsam auf der mit dekorativen Topfpflanzen zu einem botanischen Minigarten gestalteten Terrasse einzunehmen pflegten. An regnerischen Tagen hingegen zogen sie sich in den ebenso üppig bewachsenen, gläsern überdachten Wintergarten zurück und blickten zwischen Spitz- und Giebeldächern hindurch auf einen dicht bebauten Ausschnitt von Paris.

Jerome Lefort wusste durchaus sein Glück zu schätzen, einer der wenigen Polizeibeamten seines Distriktes zu sein, dessen Ehe unregelmäßige Arbeitszeiten, gefahrvolle Einsätze sowie je nach Tatbestand abwechselnd depressive oder überschwängliche Lebensphasen einigermaßen unbeschadet überlebt hatte.

Er war felsenfest davon überzeugt, dass seine Frau Josephine und er ihre größtenteils konfliktfreie und stabile Beziehung deshalb erhalten hatten können, weil sie kinderlos geblieben waren. Diesen Umstand hatte zwar Josephine jahrelang mit exorbitant teuren Untersuchungen und Befruchtungsbehandlungen zu bekämpfen versucht, ihre Bemühungen aber letztendlich aufgegeben, als ihre biologische Uhr erst immer leiser tickte und später dann ihren Dienst schließlich für immer einstellte. Sie hatte sich mit ihrer beider Kinderlosigkeit arrangiert, wenngleich Jerome keinen blassen Schimmer davon hatte, wie sie mit ihrer anfänglichen Verzweiflung, späteren Niedergeschlagenheit und zu guter Letzt kühlen Gleichgültigkeit ohne seine aktive Hilfe oder den Beistand eines darauf spezialisierten Therapeuten zu Rande gekommen war.

Josephine hatte zumindest dem äußeren Anschein nach ihre Probleme selbst in die Hand genommen, sich geweigert, hadernd und armselig ihr restliches Dasein als schmückendes Beiwerk an seiner Seite zu fristen; stattdessen rief sie karitative Projekte ins Leben, die sich dem Wohle hungernder, bildungsferner oder elternloser Kinder widmeten, und malträtierte ihren Körper mit schweißtreibenden Einheiten in Fitnessstudios oder Ausdauerläufen entlang der Seine.

Daneben war sie ihm stets eine besonnene, zärtliche Gefährtin geblieben, die geduldig nächtelang während verzweifelter, frustrierter Ausbrüche seine Hand gestreichelt und die verhärteten Nackenmuskeln massiert oder nach erfolgreichen Festnahmen brutaler Täter mit ihm bis in die Puppen gefeiert, getrunken und gelacht hatte.

Die zweite Säule ihrer seit nunmehr vierunddreißig Jahre andauernden ehelichen Harmonie neben der ungewollten Kinderlosigkeit schrieb Jerome seiner und Josephines bis heute ungebrochenen Fähigkeit zu, miteinander im Gespräch zu bleiben. Anders als die meisten seiner Kollegen war Jerome von Beginn ihrer Beziehung an darauf bedacht gewesen, Josephine an seinem Arbeitsalltag und den damit verbundenen Sorgen und Ängsten, aber auch Freuden und Erfolgen teilhaben zu lassen. Josephine ihrerseits zeigte sich anfangs fasziniert, zwischendurch auch manchmal abgestoßen, aber immer interessiert an seinen allabendlichen Schilderungen, brachte eigene Gedanken und Ideen in angeregte Diskussionen mit ein, tauschte sich mit Jerome aus oder trauerte am Sofa eng an ihn geschmiegt mit ihm gemeinsam um hilflose Opfer.

Selbstverständlich war auch Madame und Monsieur Leforts einträchtiges Eheleben von Höhen und Tiefen geprägt, ab und an kräftig durchgebeutelt von Krisen, Spannungen und Streit oder abgeglitten in schlichte Langeweile, aber trotz Widrigkeiten, Kummer oder Verdruss trat im Laufe der Jahre anstelle von Hitzköpfigkeit, Starrsinn oder Leidenschaft immer mehr der Wunsch nach Frieden und Einklang in den Vordergrund. Jeder der beiden war unabhängig vom anderen in seiner persönlichen Entwicklung zu der Auffassung gelangt, im Grunde seines Herzens kein echtes Verlangen nach einem anderen Partner zu verspüren.

Jerome Lefort war ein glücklicher, rundum zufriedener und im Großen und Ganzen geistig wie körperlich gesunder Pensionär. Bis er „Über alles hat der Mensch Gewalt, nur nicht über sein Herz" las.

✻ ✻ ✻ ✻ ✻

Sabatier, ich heiße Elaine Sabatier.

Wissen Sie, ich kann es nicht in Worte kleiden, kann nicht beschreiben, woran genau es gelegen hat, dass ich ihn schon nach den ersten fünf Sekunden, in denen er mir höflich die Hand gereicht, sich vorgestellt und sogar eine flüchtige Verbeugung angedeutet hatte, nicht ausstehen konnte. Wenn ich ehrlich sein soll, empfand ich dieses Gefühl noch viel intensiver als bloß pure Abneigung. Er war mir zuwider, zutiefst zuwider und bis heute kann ich Ihnen nicht erklären, wodurch diese jähe Abscheu ausgelöst wurde, es ist selbst mir ein unbegreifliches Rätsel. Mir fehlen die passenden Begriffe, es mangelt mir an treffenden Vokabeln, um Ihnen verständlich machen zu können, wovon ich spreche, was genau ich damit meine.

Aber vermutlich sind Sie mit einem solchen Phänomen vertraut, kennen es aus eigener Erfahrung: Man trifft einen wildfremden Menschen zum ersten Mal in seinem Leben und findet ihn entweder kurzerhand sympathisch oder kann ihn nicht leiden, ohne dass jener auch nur eine einzige Silbe von sich gegeben oder durch eindeutige Mimik oder Gesten ein undefinierbares Unbehagen ausgelöst hätte.

Es hat mir keine Ruhe gelassen und ich habe in psychologischen Fachzeitschriften und Artikeln recherchiert und herausgefunden, dass die ersten neunzig Sekunden darüber entscheiden, welchen Eindruck ein Mensch bei uns hinterlässt, welche Meinung wir uns über ihn bilden, dass all dies unbewusst geschieht. Wir haben keine Kontrolle über diese Wahrnehmungen, die quasi unseren sechsten Sinn ausmachen. Nun, bei mir dauerte es keine neunzig Sekunden, ich war in fünf mit ihm fertig.

Sie schmunzeln leicht, also nehme ich an, dass Sie ungefähr nachvollziehen können, welch unangenehmes Empfinden mich überkam, als Albert mich am Ellbogen sanft zu seinem Tisch drängte und mit mühsam unterdrücktem Stolz in der Stimme „Commandant Lefort, darf ich Ihnen Elaine vorstellen?" verkündete?

Albert triefte geradezu vor Ehrfurcht, so, als wenn es sich bei Monsieur Lefort um eine berühmte Persönlichkeit, ja einen ganz außergewöhnlichen Menschen handeln würde, der mit besonderer Aufmerksamkeit und Hochachtung behandelt werden müsste. In der Rückschau werden Sie mir gewiss zustimmen, dass die Eigenschaften „berühmt" und „ganz außergewöhnlich" auf niemanden passender zugeschnitten sein könnten, als auf Monsieur Lefort, n'est-ce pas?

Wie auch immer, da stand ich nun also, von Albert energisch vorgeschoben, an Monsieur Leforts Tischchen, das zum größten Teil von der sorgfältig zusammengefalteten Le Monde bedeckt war und ansonsten nur mehr spärlichen Platz für seine Tasse Kaffee sowie die unvermeidliche Keramikvase mit geschmackloser Plastikrose übrig ließ, hatte sittsam meine Hände am Rücken verschränkt, wie es sich für Bedienstete in gehobenen Kreisen geziemte und neigte meinen Kopf zur Begrüßung gerade so weit, dass er die Bewegung als höfliche Floskel anerkennen oder sie aber wegen ihrer Unbedeutsamkeit ignorieren konnte. Diese Form des untertänigen Grußes hatte man mich seinerzeit in einem feudalen Hotel am Place Vendome gelehrt, unter zu Hilfenahme eines schlagkräftigen Bambusrohres, das mit einem pfeifenden Zischen immer genau dann auf meinen ungeschützten Nacken niedersauste, wenn ich entweder mein Kinn zu tief senkte oder meine Nase zu hoch hielt. Ich möchte hier keinen Namen nennen, aber Sie wissen bestimmt, welches Hotel ich meine, jenes, in dem die Lady aus Großbritannien mit ihrem Geliebten …

Warum ich nicht mehr dort meine Arbeit verrichte und stattdessen den Abstieg in das um Klassen weniger angesehene Café Moncœur angetreten habe? Sehen Sie, im nächsten Jahr um dieselbe Zeit habe ich bereits meinen fünfzigsten Geburtstag und somit gleichzeitig die angeblich besten Jahre einer Frau unwiderruflich hinter mich gebracht. Auch in jenem noblen Hotel vertritt die nonchalante Geschäftsführung die Meinung, dass weibliches Personal jenseits der dreißig nicht gerade eine Augenweide für die erlesene Klientel der zahlenden Gäste darstellt und daher keinesfalls zu den Stärken eines erfolgreichen Marketingkonzepts gehört.

Als Frau tut man also alles, was in seiner Macht steht, um den gefürchteten Tag X so lange wie möglich hinauszuzögern, versucht beinahe verzweifelt, den Körper unter Aufbietung größtmöglicher Disziplin und Kasteiung schlank und in Form zu halten und unterwirft sein Gesicht allerlei trickreichen Behandlungen, in dem hoffnungslosen Bemühen, Schlaffheit und Falten im Zaum zu halten. Dennoch kommt der Tag, und er kommt so sicher wie das Amen in der Kirche, an dem man ausgetauscht wird und wehmütig und deprimiert Dienstkleidung, Kellnertasche sowie Schlüssel an ein vor gesunder Jugend strotzendes, aller Wahrscheinlichkeit nach blondes Mädchen übergibt. Immerhin sind sie in diesem Hotel so fair, bereits beim Einstellungsgespräch klar und deutlich darauf hinzuweisen, dass weibliches Personal mit einem absehbaren Ablaufdatum versehen ist, wohingegen an männlichen Bediensteten jahrelange Erfahrung und distinguierte Reife samt grauer Schläfen besonders geschätzt werden. Derartige Informationen haben sich durchaus als Vorteil erwiesen, kann man doch seinen eigenen Abgang von langer Hand vorbereiten und sich mit den wenig schmeichelhaften Tatsachen zeitgerecht auseinandersetzen.

Aber ich schweife ab, meine persönliche Bitterkeit tut hier nichts zur Sache, schließlich war ich sehr froh darüber, in einem nahtlosen Übergang im Moncœur eine neue Anstellung gefunden zu haben. Es ist ein reizendes Café, wie für den Montmartre geschaffen, auch die Gäste finde ich hier weitaus sympathischer als die exaltierte, versnobte Gesellschaft im ach so feinen Ri…

Wie gesagt, Albert stellt mich also vor, ich nicke leicht mit dem Kopf und Commandant Lefort lächelt freundlich, aber nichtssagend und streckt mir zur Begrüßung seine gepflegte Hand entgegen, die ich kurz und nicht zu kräftig drücke. Und schon waren meine bedeutsamen fünf Sekunden vorbei.

An dieser Stelle finden Sie in Büchern gerne Phrasen wie ,Es war etwas Böses in seinen Augen, das mich vor Furcht erstarren ließ' oder ,Ich ekelte mich vor seinen kalten, schweißnassen Fingern und der laue Händedruck ließ mich schaudern', aber nichts von all dem traf in diesen ersten Augenblicken des Kennenlernens auf mich zu. Wenn ich diese Szene vor meinem geistigen Auge noch einmal Revue passieren lasse, scheint mir, als wäre er eingehüllt gewesen in eine allumfassende, negative Aura, die mir anfangs nicht behagte, später dann schier unerträglich war. Er strahlte etwas aus, das ich am ehesten noch als Kaltherzigkeit bezeichnen würde, vielleicht war es aber auch simple Kälte oder Unbarmherzigkeit, vermischt mit einem Hauch von Zynismus. Natürlich bestand zu diesem Zeitpunkt noch die Möglichkeit, nein, eher die Wahrscheinlichkeit, dass ich mich abgrundtief täuschte, aber so war nun eben mal mein erster Eindruck von ihm und heute wissen auch Sie, dass ich mich keineswegs geirrt habe.

* * * * *

Jerome Lefort war etwas ungehalten über die brüske Störung, als Albert mit einem devoten „Commandant Lefort, darf ich Ihnen Elaine vorstellen?" an seinen

Tisch trat und ihn aus Gedanken riss, die nicht im Mindesten etwas mit seiner gegenwärtigen unmittelbaren Umgebung zu tun hatten.

Er war gefangen gewesen in einem fein gesponnenen Netz aus zarten, beinahe durchscheinenden Fäden, die sich um das bedeutungsschwere Zitat eines deutschen Dichters woben. Lefort war alles andere als ein philosophischer Zeitreisender, war weder feingeistig noch musisch veranlagt, allein schon aufgrund seines bodenständigen Berufes hob er niemals ab in Sphären, die von Weisheit oder künstlerischem Schaffen geprägt waren. Es war keineswegs so, dass er ungebildet oder engstirnig gewesen wäre, ganz im Gegenteil, er konnte sogar ein abgeschlossenes Studium der Juristerei für sich verbuchen. Vielmehr war es so, dass er tiefsinnige Aphorismen nicht in Einklang bringen konnte mit den rohen Vorkommnissen, die ihn Tag für Tag an zumeist blutige Schauplätze führten, die grausames Zeugnis über die schwarzen Tiefen des menschlichen Daseins legten.

Gerade hatte er seinen Gehirnwindungen gestattet, freie Assoziationen zu dem Wort „Herz" zuzulassen, hatte fasziniert in sich hineingehorcht, um lautlos die regelmäßigen und ruhigen Schläge seines eigenen Herzens zu zählen, als Albert die neue Kellnerin an seinen Tisch führte. Dementsprechend gleichgültig warf er gezwungenermaßen einen Blick auf Elaine, die er in Sekundenschnelle als zwar durchaus ansehnlich, doch für ihn als weibliches Wesen nicht weiter von Belang einstufte.

Sie war das, was Josephine als vollschlank bezeichnen würde, nicht wirklich schlank, eher dicht an der Grenze zur Molligkeit. Elaine trug ihr dunkles Haar mit vereinzelten bordeauxroten Strähnen in einem weich fallenden Pagenkopf, den ein gewitzter Coiffeur mit einigen wenigen zerzausten Stirnfransen aufgepeppt hatte, wodurch der im Grunde eher langweiligen Frisur ein gewisser Pfiff verliehen wurde. Ausstaffiert mit der Uniform eleganterer Cafés als das Moncœur – faltenfreie weiße Bluse, züchtig knielanger schwarzer Rock, dazu schwarze, flache Pumps, bequem, aber glücklicherweise nicht direkt hässlich – gab sie das Bild einer kompetenten, unaufdringlichen Serveuse ab, die ihre Arbeit diskret und verlässlich verrichtete.

Zur Begrüßung streckte sie ihm nicht auffordernd die Hand entgegen, sondern nickte nur leicht mit dem Kopf, musterte ihn aber aufmerksam aus runden, dunkelbraunen Augen, die ihn an den Blick eines nicht unbedingt scheuen Rehes erinnerten. Automatisch hielt ihr Lefort seine Hand zum Gruße hin, die sie kurz und nicht zu kräftig drückte, eine wohldosierte Geste, die sie sich möglicherweise durch strenge Ausbildung mit anschließender jahrelanger Erfahrung angeeignet hatte. Sein höfliches Lächeln mit gemurmeltem Namen war unverbindlich und entsprang anerzogenen Benimmregeln.

Ich mag sie nicht, dachte Lefort und erschrak über sein vorschnelles Urteil, das er mit keinem einzigen vernünftigen Argument begründen konnte.

Außerdem entsprach es für gewöhnlich keinesfalls seinem Charakter, impulsiv oder leichtsinnig den Stab über andere Menschen zu brechen. Nicht zuletzt seine Besonnenheit und die schier unerschöpfliche Geduld, mit der er stets hinter die meist verlogenen Fassaden von Kriminellen geblickt hatte, bescherten ihm auf lange Sicht beruflichen Erfolg in Form zahlreicher Festnahmen oder unerwarteter Geständnisse.

Lefort nahm Alberts Geplapper nur am Rande wahr, er war damit beschäftigt, sich auf Anhaltspunkte zu konzentrieren, die ihm Hinweise darauf geben könnten, aus welchen Gründen er diese ihm völlig unbekannte Frau auf Anhieb nicht mochte. Er forschte vergebens, fand nicht die winzigste Kleinigkeit, an der er seine überraschende Antipathie ihr gegenüber festmachen konnte.

Glücklicherweise bemerkte Albert sein Desinteresse, zog sich mit Elaine in den inneren Schankraum zurück und überließ Lefort sich selbst an seinem Tischchen im Freien direkt vor dem Café.

Jerome Lefort, ehemaliger Commandant des Dezernates für Schwerverbrechen, sah den beiden geistesabwesend nach und grübelte noch einige Zeit über Elaines Blick, Haltung, Mimik, Gestik und Ausstrahlung, bevor er kurzum beschloss, dass er zwar keinen besonderen Grund für seinen Widerwillen ihr gegenüber nennen konnte, dies jedoch letztendlich egal war.

Er mochte sie einfach nicht. Punkt.

⁕ ⁕ ⁕ ⁕ ⁕

Natürlich ließ er sich nicht dazu herab, ein paar Worte mit mir zu wechseln oder zumindest Höflichkeitsfloskeln auszutauschen, aber das haben Sie sich wahrscheinlich schon gedacht. Nur weil ich bereits wusste, wie er hieß, interpretierte ich sein unverständliches Murmeln als „Lefort".

Ich war sehr froh darüber, dass ich ihm nicht durch leutselige Gesprächigkeit Anlass dazu geboten hatte, mich mit seiner wortlosen Ignoranz zu demütigen. Vielleicht hielt er seinerseits mich in diesem ersten Augenblick des Kennenlernens für überheblich oder arrogant, weil ich mich ihm nicht anbiederte, aber das war mir egal. Die herablassende Art, mit der er seinen forschenden Blick auf mich richtete, machte mir eines sofort klar: Meine Abneigung beruhte auf Gegenseitigkeit, sie kam gleichsam als Echo aus den Tiefen seiner Seele zurück.

Als mich Albert stumm, aber bestimmt in den Schankraum dirigierte, konnte ich in meinem Rücken spüren, dass er uns von seinem Platz im Freien aus beobachtete. Selbstverständlich stand sein angestammtes Tischchen direkt vor dem Café auf dem Bürgersteig, sodass man fast darüber stolperte und einen leichten Haken nach links schlagen musste, wenn man aus- und einhetzte, um die schwer beladenen Tabletts durch die beengten Lücken zwischen Stühlen und Tischen zu balancieren. Man konnte ihn also nicht übersehen, er war fortwährend präsent, sicherte sich unser aller Aufmerksamkeit auf diese subtile Art und Weise und tätigte seine Bestellungen affektiert wie selbstverständlich nur mehr durch das Heben einer Augenbraue oder des rechten Zeigefingers.

Meine einzige Sorge galt in diesem Augenblick Alberts Gesundheit: Ich hoffte mit jeder Faser meines in Kürze fünfzig Jahre alten Herzens, dass er nicht krank werden oder ausgerechnet während meiner Schicht ausfallen möge und ich davon verschont bliebe, diesen Commandant Lefort zu bedienen.

Sie denken jetzt sicher, ich wäre überempfindlich, geradezu hitzköpfig oder bildete mir alles nur ein, aber ich versichere Ihnen, genauso empfand ich es damals und wie ich heute weiß, lag ich völlig richtig.

Die Chemie zwischen uns stimmte einfach nicht.

* * * * *

Es war ein angenehm sonniger Tag, noch hielt sich die brütende Sommerhitze zurück, doch man erahnte bereits die Kraft der Sonne, die von nun an jeden Tag ein wenig mehr Paris einnehmen würde. So lange, bis die Stadt Ende des Sommers unter Staub und Trockenheit stöhnte, Millionen von Touristen sich nur mehr schleppend über die Boulevards quälten oder wegen der kühlen Räume den Louvre oder andere Museen bevölkerten, die Seine mit bräunlichen Schaumkrönchen verziert war und Müllcontainer dermaßen schauderhaft stanken, dass jeder noch so unergiebige Regentropfen mit frenetischem Jubel begrüßt wurde.

Entgegen seiner üblichen Gewohnheiten beschloss Lefort nach einem prüfenden Blick auf die Uhr spontan, dass ihm vor dem Mittagessen noch ausreichend Zeit blieb, um einen Spaziergang entlang des Boulevard de Clichy zu machen und gemütlich über die Moulin Rouge zurück nach Hause zu spazieren. Es drängte ihn danach, seinen Gedanken freien Lauf zu lassen, sie vielleicht ein wenig zu ordnen, Zusammenhänge zu hinterfragen, warum sämtliche seiner grauen Zellen sich auf das Wort „Herz" gestürzt hatten und es nicht mehr aus ihren Klauen ließen. Elaine hatte er längst vergessen, so sehr war er davon in Anspruch genommen, den aus der Gesamtheit des Sinnspruches gefilterten vier Buchstaben und ihrer Tragweite auf den Grund zu gehen.

Bei oberflächlicher Betrachtung schrieb man das Herz wohl dem wichtigsten Organ zu, von dem man wusste, dass es für das nackte Überleben eines Lebewesens unabdingbar war, egal ob Mensch oder Tier. Die medizinischen Tatsachen waren simpel und auch jedem Laien verständlich: Funktionierte das Herz nicht, starb der Mensch.

Mit Sicherheit war dies der ausschlaggebende Grund dafür, dass das Herz das am besten studierte und medizinisch wie technisch am gründlichsten erforschte Organ war. Schließlich versorgte es den Körper mit lebensnotwendigen Essenzen wie Sauerstoff und Blut. Nahm dieses von der Natur so sorgsam ausgeklügelte System groben Schaden, waren die Konsequenzen für den Menschen meist tödlich.

Daher verwunderte Lefort auch die zentrale Rolle des Herzens nicht, die ihm nicht nur in der Medizin, sondern in übertragenem Sinne ebenso in Literatur und Musik zugeteilt wurde.

Noch nie hatte er sich glücklicherweise in seinem Leben Gedanken über sein eigenes Herz machen müssen, es hatte bis jetzt seit vierundsechzig Jahren sein Tagewerk einwandfrei verrichtet, niemals geschwächelt oder besondere Achtsamkeit erfordert. Die jährlichen Gesundheitschecks erst während seines Polizeidienstes und später dann im Rahmen von Vorsorgeuntersuchungen zugeschnitten auf das reifere Alter hatte es stets mit Bravour gemeistert, ohne dass er ihm je sportliche Aktivitäten zugemutet hätte. Allerdings hatte er es genauso wenig alkoholischen Exzessen oder extremen Belastungen ausgesetzt, hatte es geschont; er musste gestehen, er hatte es gewissermaßen eigentlich nicht besonders beachtet.

Im Grunde hatte er auch in diesem Augenblick keinen konkreten Anlass, an Gesundheit und Funktionstüchtigkeit seines Herzens zu zweifeln, doch bei näherer Betrachtung fortgeschrittenen Alters und latenter Unsportlichkeit überkamen ihn leise Befürchtungen und an der Fußgängerampel zur Rue Puget nutzte er die rote Phase, um unauffällig mit rechtem Daumen und Zeigefinger an seinem linken Handgelenk nach dem Puls zu tasten. Das zarte Pochen unter der dünnen, trockenen Haut erschien ihm regelmäßig und ruhig, nicht zu schnell, aber auch nicht zu langsam. Einen kurzen Moment lang konnte er nichts spüren und jäh erschrak er. Hatte es eine Sekunde lang ausgesetzt? War dies eine Herzrhythmusstörung? Sollte er sich sicherheitshalber doch von einem Kardiologen etwas genauer untersuchen lassen oder spintisierte er?

Lefort schüttelte verärgert den Kopf, was war bloß los mit ihm? Er neigte weder zu ängstlicher Selbstbeobachtung noch zu besorgter Übervorsicht und hatte auch durchaus nicht vor, sich innerhalb weniger Stunden in einen furchtsamen Tattergreis zu verwandeln.

Richtig herzerfrischend, mein Lieber, wie du in kürzester Zeit vom knallharten Mordermittler zum knieschlotternden Angsthasen mutierst, dachte er schmunzelnd und holte gleichzeitig zu einem schnelleren Schritt aus, als wolle er sich selbst das Gegenteil beweisen – es war alles in bester Ordnung mit ihm. Dennoch ertappte er sich dabei, wie er aufmerksam den sich mit seiner Geschwindigkeit beschleunigenden Herzschlägen lauschte und sie lautlos zählte, obwohl ihm klar war, wie dämlich er sich benahm.

Unterbrochen wurde er in seinen verworrenen Gedankengängen von einer jungen Mutter, die einen überbreiten Kinderwagen vor sich herschob und erfolglos versuchte, zwei weitere Kleinkinder, die übermütig auf dem schmalen Bürgersteig umhertobten, im Zaum zu halten. Lefort wurde in seinem flotten Marsch gebremst, es gelang ihm nicht, die Familie zügig zu überholen und so trottete er hinter ihnen her, froh um die unfreiwillige Verschnaufpause, in der er wieder ein wenig zu Atem kommen konnte. Um nicht erneut von unerfreulichen Herzensangelegenheiten übermannt zu werden, wandte er seine Aufmerksamkeit den Schaufenstern der bunt zusammengewürfelten Boutiquen und Souvenirläden entlang der Rue Puget zu. Sein Tempo verlangsamte sich von ihm unbemerkt, er sah den fröhlichen Kindern bei ihrem ausgelassenen Treiben zu und plötzlich bedauerte er, dass er wegen seiner Kinderlosigkeit natürlich auch keine Enkelkinder zu erwarten hatte.

Sein Blick streifte den kleinen Blumenladen Fleurs de Plaisir, dem er in all den Jahren, die er nun schon gemeinsam mit Josephine in dieser Straße lebte, noch niemals einen Besuch abgestattet hatte. Was vermutlich daran lag, dass er seiner Frau ebenfalls in all den Jahren, die er sie kannte, noch niemals Blumen geschenkt hatte.

Ein flüchtiges, rotes Blinken stahl sich in seinen Augenwinkel und er senkte den Kopf, um den Blumentopf näher zu betrachten, der am Boden neben dem Eingang zu Fleurs de Plaisir zum Verkauf ausgestellt war, und von dem er glaubte, das rote Aufblitzen vernommen zu haben. Auf den ersten Blick konnte er nichts anderes erkennen als eine Menge hellgrünen, gezackten Blattwerks, das ganz offensichtlich unter der Hitze der Stadt litt und welk an den Seiten beinahe bis zum staubigen Asphalt reichte. Lefort ging ein wenig in die Hocke und beugte sich nach vor, um das erbärmliche Gewächs genauer unter die Lupe zu nehmen. Und tatsächlich: versteckt unter einem gebogenen Blatt lugten zwei schrumpelige, blutrote Blüten hervor, die an hauchdünnen, bräunlichen Fäden von einem dürren Stängel baumelten. Jerome Lefort, einst unerschütterlicher Kommissar für Kapitalverbrechen, zog scharf die Luft durch fest zusammengebissene Zähne ein und jetzt hörte er sein Blut bedrohlich dröhnend in den Ohren pochen.

Die beiden Blüten hatten die perfekte Form eines bauchigen, winzigen Herzens.

* * * * *

Können Sie sich ernsthaft vorstellen, dass ein intelligenter, mit allen Wassern gewaschener Ermittler, der zeit seines Lebens die tiefsten Abgründe von Menschen erforscht hatte, tagtäglich mit Bildern im Kopf davon eingeschlafen war, zu welchen Grausamkeiten der hochgelobte homo sapiens fähig war – dass ein solcher Mann über dem Anblick einer kümmerlich verdorrten Staude den Verstand verlieren konnte? Besitzen Sie genügend Phantasie, um ebendiesem Mann eben jene Taten zuzuschreiben, dessen Aufklärung dereinst sein höchstes Lebensziel gewesen war?

Ich muss zugeben, dass ich auf diesem Auge sehr lange blind gewesen bin, auch als das Offensichtliche zwar schleichend, aber dennoch immer klarer zu Tage trat, als er sich zu verändern begann.

Selbst als die Indizien sich zu verdichten schienen, ja sogar, als Josephine zum ersten Mal ins Café kam, um mit Albert ein vertrauliches Gespräch zu führen und ich an ihrer besorgten Miene ablesen konnte, dass etwas nicht stimmen musste – ja selbst da verwehrte ich mich der Erkenntnis, dass er Schuld hatte.

Ich schrieb die Vorkommnisse Zufällen zu, wie sie nun mal das Leben für uns ab und an bereit hält, ermahnte mich, mein Urteilsvermögen nicht von meiner grundsätzlichen Abneigung gegen ihn beeinflussen zu lassen und bemühte mich, mal für Dieses, mal für Jenes unverrückbare Erklärungen zu suchen, die ihn von jeglichem Verdacht freisprachen.

Zu bizarr erschien mir die Vorstellung, er könne ein Täter sein, zu absurd die Idee, der ehrenwerte Commandant Lefort könne mit einem Mal die Seiten gewechselt haben.

Und doch nistete sich in meinem Hinterkopf ein dünnes Stimmchen ein, das mich von Zeit zu Zeit mit lauerndem Unterton fragte: Was, wenn er …? Das hartnäckige Stimmchen gemahnte mich, alle Möglichkeiten im Auge zu behalten, nicht den Blick fürs Ganze zu verlieren. Das erschien mir ein kluger Rat und ich blieb wachsam und beobachtete ihn so unauffällig es mir möglich war. Immer war ich mir der Tatsache bewusst, dass ich nur einen kleinen Bruchteil seines Tages miterlebte, während er seine Au laits bei uns schlürfte und ich in Wahrheit keinen blassen Schimmer davon hatte, was er während der restlichen Zeit trieb, welches Leben er mit seiner Frau führte, welcher Mensch er tatsächlich war.

Nun aber wurde ich eines Besseren belehrt.

Ich hätte mir meine sorgsamen Theorien zu seiner

Verteidigung ersparen können; klüger wäre gewesen, ich hätte mich auf seine Anklage konzentriert.

* * * * *

Jerome Lefort zuckte innerlich zusammen.

Er erkannte, dass Josephine den Blumentopf, den er ihr wie eine kostbare Trophäe stolz entgegen hielt, schlicht und einfach unmöglich fand.

Natürlich sprach sie es nicht aus, doch ihr abfälliger Blick, mit dem sie die armseligen Blätter und verschrumpelten Blüten musterte, sprach Bände. Für diesen Kümmerling würde sie unter keinen Umständen ein geschütztes Plätzchen auf ihrer Terrasse oder im Wintergarten finden. Diese Pflanze störte Josephines ästhetisches Empfinden für natürliche Schönheit schmerzhaft.

„Für dich, mein Herz", wagte Jerome wider besseren Wissens einen Vorstoß, streckte ihr den Topf hin und lächelte sie schelmisch an. Noch während er sprach, bemerkte er seinen fatalen Fehler und siedend heiße Röte stieg ihm ins Gesicht. Der abrupte Wechsel in Josephines Mienenspiel von missbilligender Verachtung zu maßlosem Erstaunen bestätigte seine Befürchtungen. Sie würde ihre Überraschung nun auf jeden Fall kundtun.

„Jerome, was ist passiert?"

Ihre Frage war eher eine Feststellung und dennoch

war ihrem Unterton zu entnehmen, dass sie nun lückenlose Aufklärung erwartete.

Er versuchte es mit einer platten Lüge.

„Nun, mein Schatz, natürlich weiß ich, wie seltsam es dich anmuten muss, dass ich dir zum ersten Mal, seit wir uns kennen, Blumen schenke. Ausgerechnet jetzt, obwohl ich mich doch von Anfang an deutlich deklariert hatte, dass Blumen jedweder Art für mich keine Form eines adäquaten Geschenkes für dich darstellen. Als ich aber heute dieser herzallerliebsten Blüten gewahr wurde, konnte ich nicht widerstehen. Mit dieser Pflanze möchte ich dir sagen, dass ich dich stets in meinem Herzen trage."

Zu dick aufgetragen, zu schwülstig und völlig untypisch für ihn, befand er selbstkritisch. Doch er hoffte, mit dieser Ansprache an Josephines Zuneigung zu appellieren und so davon abzulenken, dass er die Herzblüten nicht für sie, sondern in Wahrheit für ihn selbst erstanden hatte.

Wie unter Zwang hatte er bei Fleurs de Plaisir zu diesem Topf gegriffen, unfähig, den Blick von den Blüten zu wenden, felsenfest überzeugt davon, dass sie mit Hebbels Sinnspruch in Zusammenhang stehen mussten, denn so viele Herzen in wenigen Stunden konnten doch wahrlich kein Zufall sein. Da musste ein tieferer Sinn dahinter stecken.

„Was ist passiert?", wiederholte Josephine unbeeindruckt von seiner pathetischen Liebeserklärung. Die Arme hatte sie abwehrend vor der Brust verschränkt, um ihre dezent bemalten Lippen spielte ein leises

Schmunzeln und ihre Augen blitzten in amüsierter Vorfreude auf Leforts Ausreden-Manöver.

„Nein, mein Schatz, ich habe dich nicht betrogen und versuche nicht, mein schlechtes Gewissen mit Blumen zu beschwichtigen. Das wäre denn doch ein wenig billig, findest du nicht?", lachte er gekünstelt.

„Das habe ich auch nicht vermutet, meine Lieber", seufzte Josephine mit einem liebevollen Lächeln, „doch es muss etwas passiert sein, warum du mir dieses hässliche Ding ins Haus schleppst und als Liebesbeweis zu tarnen versuchst."

Es war an der Zeit, den missverstandenen, leicht gekränkten Ehemann zu spielen.

„Ich entdeckte die Pflanze am Boden beim Eingang von Fleurs de Plaisir, während ich hinter einer kinderreichen Familie hertrotten musste", setzte er an, „ich habe solche Blüten noch nie gesehen und fand sie durchaus reizend. Dann fiel mir ein, wie sehr ich dich von Herzen liebe und dachte, es wäre vielleicht eine nette Geste, sie dir zu schenken."

Josephine glaubt ihm nicht, das spürte er, doch sie hatte ihm auch nichts entgegenzusetzen und daher entschloss sie sich, ganz wie es ihre Art war, zu einer diplomatischen Lösung.

„Ich liebe dich, Jerome", antwortete sie schlicht, „auch ohne Blumen oder sonstigen Firlefanz. Wenngleich ich mich über dieses spontane Mitbringsel von dir sehr freue, weigere ich mich, ihm einen Platz zwischen den samtenen Orchideen oder in der Orangerie anzubieten. Auch wenn es von deinem Herzen kommt", fügte sie besänftigend dazu, um ihren Worten die Schärfe zu nehmen.

„Aber in deinem Arbeitszimmer herrschen perfekte Lichtverhältnisse und eine angenehme Raumtemperatur, sodass sich das Pflänzchen dort mit Sicherheit wohler fühlen wird, als unter all den exotischen Palmen und Bäumchen im Wintergarten", beendete sie das Thema entschlossen.

Jerome gab sich nicht allzu enttäuscht, wusste er doch, dass er nicht noch mehr übertreiben durfte, wollte er nicht Josephines Misstrauen bis zur Ungläubigkeit verstärken.

„Schade, dass sie dir nicht gefällt", meinte er achselzuckend, „aber ich finde auch, dass du Recht hast. Sie würde nicht zu unseren anderen Pflanzen passen und ich werde sie in meinem Büro unterbringen."

Er schnappte den verschmutzten Plastiktopf, um sich diese einmalige Chance nicht entgehen und seinen Worten unverzüglich Taten folgen zu lassen. Während er den Flur entlang zu seinem Arbeitsraum ging, rief ihm Josephine hinterher.

„Mon chérie, du bist mir doch nicht böse?"

Ohne sich umzudrehen, schüttelte er den Kopf.

„Ich werde ihr einen neuen, wunderschönen Topf kaufen und sie mit frischer Erde und Dünger versorgen", versprach sie seinem Rücken.

„Das wäre schön", meine Jerome gleichgültig, worauf sich Josephine bemühte nachzusetzen: „Aber dann musst du dich selber um die Pflanze kümmern, du weißt ja, das Spürnasenbüro ist dein Revier mit in timer Atmosphäre und absolut tabu für mich. Ich würde es nie wagen, es in deiner Abwesenheit zu betreten."

Darüber mussten sie beide grinsen und mit einem Mal entspannte er sich und genoss die Leichtigkeit, mit der es Josephine gelang, auch unangenehme Situationen ins Lot zu bringen.

Er stellte das Gewächs mitten auf seinem mit Mappen und losen Blättern übersäten Schreibtisch ab, wissend, dass spätestens bis zum Abend Josephine einen kunstvoll eleganten und sündhaft teuren Übertopf angeschafft, die Pflanze mit Hilfe ihres grünen Daumens auf Vordermann gebracht und den perfekten Standplatz für sie gefunden haben würde.

Jerome nahm sich vor, vor dem zu Bett Gehen ein Gläschen Cognac zu genießen und sich in sein Arbeitszimmer zurückzuziehen, um seiner eigenartig erregten Stimmung nachzuhängen und auf den Grund zu gehen, in der er sich seit wenigen Stunden befand.

Ihn beschlich das diffuse Gefühl, dass etwas mit ihm passierte, das er nicht benennen konnte und nicht unter Kontrolle hatte. Ganz so, wie Josephine es vermutet hatte.

* * * * *

Dass die Herzblume der eigentliche Auslöser für Leforts darauffolgenden Wahnsinn gewesen sein musste, erfuhr ich erst viel später, als Josephine in ihrer Besorgnis begann, regelmäßig Albert im Café zu besuchen, nämlich immer dann, wenn sie sich sicher war, dass ihr Mann nicht zufällig ebenfalls erscheinen würde. Eines Tages sprach sie auch mich auf Leforts seltsame Verhaltensänderung an und sie war offensichtlich dermaßen in seelischer Not, dass sie ihre Bedenken über Bord warf und kurzerhand beschloss, sich mir ebenfalls anzuvertrauen.

So wie ich Monsieur Lefort in fünf Sekunden nicht ausstehen konnte, benötigte ich ebenfalls nur fünf, um Madame Lefort mehr als nur sympathisch zu finden. Wir waren auf einer Wellenlänge, wir tickten im gleichen Takt, wenn Sie verstehen, was ich meine.

Josephine ist eine äußerst bemerkenswerte Frau, die sehr viel Wert nicht nur auf ihre Kleidung, sondern auch auf Figur und Pflege legt. Nicht dass sie sich auffällig herausputzen würde, nein, im Gegenteil, sie besticht durch schlichte, aber moderne Eleganz und benimmt sich weder geziert noch überkandidelt. Sie strahlt innere Ruhe und Gelassenheit aus, vermittelt den Eindruck eines Menschen, der mit sich und dem Rest der Welt auch dann im Einklang lebt, wenn mir nichts, dir nichts Turbulenzen auftreten.

Ich war und bin noch heute beeindruckt von ihrer Persönlichkeit, ihrem positiven Charisma und wünschte mir manchmal sogar, ein wenig von ihr abschauen zu können.

Irgendwie passte sie so gar nicht in das Viertel rund um den Montmartre, schon gar nicht konnte ich mir vorstellen, dass sie mit Jerome einen Steinwurf entfernt von der Moulin Rouge in einer Dachwohnung eines alten Hauses lebte. Dennoch fügte sie sich nahtlos in das Straßenbild zwischen schmuddeligen Cafés, heruntergekommenen Künstlern und Galerien mit hochtrabenden Namen ein. Wenn sie eilig die Rue Norvins entlang auf unser Café Moncœur zuschritt und ich sie früh genug erspähte, genoss ich es, sie zu beobachten – ihr fein geschnittenes, ernstes Gesicht, der aufrechte Gang, die Körperhaltung, die signalisierte, dass man es mit einer stolzen, aber keinesfalls arroganten Madame zu tun hatte, die den Widrigkeiten des Lebens mit Contenance begegnete.

Verzeihen Sie, ich gerate ins Schwärmen, aber wenn ich an Josephine denke, geht die Begeisterung mit mir durch. Denn Menschen ihres Schlags sind selten geworden und ich schätze mich glücklich, Madame Lefort kennengelernt zu haben.

Leider waren die Umstände, unter denen wir nähere Bekanntschaft schlossen, für uns alle furchtbar, aber für Josephine Lefort waren sie die schlimmste Katastrophe ihres Lebens.

* * * * *

Nach einigen qualvollen Stunden, in denen er mit allen ihm zur Verfügung stehenden Mitteln versucht hatte, erholsamen Schlaf herbeizuzwingen und dabei durch sein unruhiges Umherwälzen und entnervtes Seufzen Josephine sogar kurz geweckt hatte, hielt er es im Bett nicht länger aus, füllte großzügig den Cognacschwenker und machte es sich in seinem ergonomisch perfekt geformten Drehstuhl im Büro bequem. Wie er richtig vermutet hatte, hatte sich Josephine am Nachmittag der Pflanze angenommen, die nun, ausgestattet mit einem schicken, farblich auf die Blüten abgestimmten Keramiktopf und versorgt mit feuchter, dunkler Erde, keineswegs mehr einem unscheinbaren Kümmerling glich, sondern vielmehr ihre satten Blätter gehoben hatte, um die darunter liegenden herzförmigen Blüten stolz zur Schau zu stellen.

Er hatte die Zeit vor dem Abendessen genutzt, um sich schlau zu machen, aber die ausgiebigen Recherchen auf einschlägigen Internetportalen waren zu seinem Erstaunen enttäuschend mager ausgefallen. Außer dem reißerischen Namen „Tränendes Herz" oder „Blutendes Herz" – der lateinische Fachausdruck dafür lautete nicht weniger spektakulär lamprocapnos spectabilis – gab es über die Pflanze nichts Außergewöhnliches zu erforschen. Lefort hatte mit Botanik nichts am Hut und Fauna und Flora interessierten ihn nicht im Geringsten. Dennoch hätte er sich erwartet, dass ein Gewächs, das solch faszinierende Blüten zustande brachte, auf der Welt nicht in Bedeutungslosigkeit versank. Dass die Natur diese perfekten winzigen Meisterwerke hervorbringen konnte, hätte seiner Ansicht nach mehr Beachtung, wenn nicht sogar Bewunderung verdient.

Was wäre als ewiges Symbol der Liebe besser geeignet gewesen, als diese Herzblüten mit ihrer tropfenähnlichen Spitze? fragte er sich verwundert. Warum hatte es niemals ein Mensch der Mühe wert befunden, diesem kleinen Wunder den Respekt zu zollen, den seine Pracht verdiente? Was war zum Beispiel an Rosen oder Mistelzweigen so viel schöner und symbolträchtiger, dass sie als Dolmetscher der Blumensprache dienen durften und in die Geschichte eingegangen waren?

Lefort schüttelte verständnislos den Kopf und Ärger wallte heftig und unerwartet in ihm auf.

Wie typisch war es für das beschränkte Gemüt der schlichten Menschheit, nur nach dem äußeren Erscheinungsbild zu urteilen! Ein fatales Fehlverhalten, das er in seinen jungen Jahren durchaus selbst praktiziert, später korrigiert und am Ende seiner Laufbahn tunlichst vermieden hatte.

Sein Herz schlug eindeutig zu schnell.

Besorgt legte Lefort drei Finger auf sein linkes Handgelenk, um die vibrierenden Pulsschläge zu zählen. Tatsächlich, er hatte erhöhten Puls! Er versuchte ruhig und regelmäßig durchzuatmen, Vernunft walten zu lassen und die Kontrolle über seinen Körper wieder zu erlangen, doch nun hörte er plötzlich ein in der nächtlichen Stille bedrohliches Dröhnen und Rauschen in seinen Ohren. Seine Hände zitterten leicht. Was geschah mit ihm, dass ein simples Zitat und ein unscheinbares Kraut sein Herz zum Galoppieren bringen konnten?

Verängstigt keuchend stand er auf, um sich ins Schlafzimmer zu begeben und Josephine erneut zu wecken. Doch als er sich über sie beugte, um sie sanft an der Schulter zu berühren, bemerkte er, dass das Rauschen in seinem Kopf verschwunden war und auch seine Herzschläge schienen sich wieder in den gewohnten Takt eingefunden zu haben. Akuter Fall von cholerischer Panik, diagnostizierte er sarkastisch, wandte sich von Josephine ab und kehrte in sein Büro zurück. Dort streifte er unverzüglich seinen Pyjama ab und schlüpfte in die leichte Sommerhose und das weite Leinenhemd, das er bereits tagsüber getragen hatte. Er würde einen langen Spaziergang durch sein Viertel machen, wie er es in unzähligen Nächten davor schon getan hatte, als ihm besonders unmenschliche Fälle den Schlaf geraubt hatten. Eine gemächliche Runde durch die auch nachts belebten Straßen, in denen er jeden noch so finsteren Winkel kannte, würde ihn beruhigen und von seinen absurden Gedanken ablenken. Vielleicht würde er sogar in einer der schummrigen Bars einen Absacker nehmen und danach nach Hause gehen, um endlich zu schlafen.

Er trat auf die Straße, genoss die kühle Nachtluft, verschränkte die Arme hinter dem Rücken, richtete seinen Blick auf das Trottoir vor ihm und schlenderte leicht gebeugt in Richtung Moulin Rouge. Seine Umgebung nahm er kaum wahr und doch führten ihn seine Schritte unbeirrt wie automatisch in die richtige Richtung, wie sie es jahrzehntelang schon getan hatten; er fand seinen Weg gleichsam blind.

Mit geistesabwesendem Nicken dankte er, wenn er gegrüßt wurde und das war nicht selten der Fall, genauso gut wie er hier jede nächtliche Gestalt kannte, kannten auch sie ihn als ihren Commandant. Einen raubeinigen und harten Commandant, dem man nichts vormachen oder verheimlichen konnte und der einen im Zuge von Ermittlungsarbeiten furchtbar in die Mangel nahm, von dem einem aber im Notfall auch Verständnis und Hilfe entgegengebracht wurde.

Er war beinahe zur Legende geworden, als er in einem feuchten Kellergeschoß stundenlang über den unschuldigen Schlaf eines neugeborenen Säuglings gewacht hatte, während seine Mutter, eine afrikanische Drogensüchtige, auf dem Polizeirevier zu einer Straftat einvernommen wurde. Als er in den Boulevard de Clichy bog, hob er den Kopf und betrachtete die zuckenden Leuchtreklamen und blinkenden Lichterketten und noch nie war ihm bis heute aufgefallen, wie viele Herzen sich auf all den Werbetafeln tummelten, die Sex und Liebe in einem Atemzug anpriesen.

In Pierres Bar kehrte er ein und stellte sich an den menschenleeren Tresen, hinter dem Suzette heute ihren Dienst versah und sich ganz offensichtlich kaum noch auf den Beinen halten konnte.

„Schon geschlossen, Commander", teilte sie ihm Kaugummi kauend mit und sprach seinen Titel wie immer in einem breiten amerikanischen Slang aus. Sie fand das cool und Lefort musste wie immer lächeln.

„Du wirst mir doch nicht einen letzten Schlummertrunk abschlagen, Suzie?"

Er zog seinerseits ihren Namen übertrieben breit in die Länge.

Erschöpft verzog sie den Mund und entblößte dabei eine große schwarze Lücke, wo sie tadellose Schneidezähne besessen hatte, bevor sie im Alkoholrausch auf einer Gehsteigkante aufgeschlagen war. Lefort mochte Suzette, sie war ein Überlebensgenie und außerdem eine gewiefte Geschäftsfrau, die keine Arbeit scheute. Sie arbeitete ununterbrochen, sei es als Gelegenheitsprostituierte, Barmädchen, Drogendealerin, Kinderfrau und auch beim städtischen Straßenbau hatte sie schon einen Presslufthammer geschwungen und damit Öffnungen für Kanaldeckel in den Asphalt gestanzt.

„Wenn Sie mich danach nach Hause begleiten?", fragte sie, während sie nach Glas und Flasche griff.

Lefort nickte knapp und schob ihr ein paar Geldmünzen über die blank polierte Tischplatte zu. So war er wenigstens noch eine Zeit lang gut beschäftigt.

Suzette löschte die Lichter und kramte nach ihrem Schlüssel, mit dem sie den schweren Rollladen vom Gehsteig aus versperren würde.

Lefort ließ in einem einzigen Zug den schalen Cognac durch seine Kehle brennen und verließ mit Suzette gemeinsam das Lokal. Er half ihr, das sperrige Gitter nach unten zu ziehen und als sie sich bückte, um die Schlösser in den Verankerungen am Boden zu arretieren, stach ihm ihr billiges Halskettchen ins Auge, an dem über ihrem ausladenden Dekolleté ein filigraner Anhänger baumelte.

Es waren zwei silberne, ineinander verschlungene Herzchen und in einem archaischen Verlangen wollte Lefort sie an sich reißen, konnte aber seine reflexartig gekrümmten Finger noch rechtzeitig zurückziehen und in den Hosentaschen versenken, bevor Suzette sich aufrichtete und sein eigenartiges Verhalten bemerkt hätte.

Eine Zeit lang gingen sie schweigend nebeneinander her, Suzette sich mühsam vorwärts schleppend, Lefort in Gedanken versunken. Als sie an der Kreuzung zur Rue Caulaincourt ankamen, hielten sie sich bis zur Rue Josephe rechts und zweigten in eine enge Sackgasse ab, die in einem verwahrlosten Hinterhof endete. Dort bewohnte Suzette gemeinsam mit zwei Freundinnen eine zwar geräumige, doch feuchte und miefige Souterrain-Wohnung.

Es trennten sie nur noch einige Schritte von dem verrosteten, schmiedeeisernen Tor, das schief in seinen Angeln hing und durch das Suzette in wenigen Augenblicken verschwinden und ihre Herzen für immer mit sich nehmen würde.

Panisch wagte Lefort einen Vorstoß.

„Woher stammt dieses niedliche Kettchen, Suzette? Ein neuer Liebhaber?", erkundigte er sich vertraulich zwinkernd.

Unbewusst befingerte Suzette den Anhänger.

„Kein Liebhaber. Mein Mann, Commander", antwortete sie ernst.

„Du bist verheiratet?", fragte Lefort überrascht und ein wenig aus der Bahn geworfen.

„Ich war es", gab sie traurig zurück, „er ist gestorben, vor einem halben Jahr, Aids."

Lefort wollte sich nicht von seinem eigentlichen Thema durch ein rührseliges Drama abbringen lassen, auch wenn dies eine interessante Neuigkeit war, die ihm vor Augen führte, wie schnell er nicht mehr auf dem Laufenden war, seit er sich im Ruhestand befand.

„Er hat es dir geschenkt?", hakte er deshalb nach.

„Ja", sagte sie schlicht, „ich habe es nie abgenommen, seit er es mir vor fünf Jahren zu unserem ersten Hochzeitstag gab. Ist es Ihnen nie aufgefallen?"

„Du weißt ja, wie wir Männer sind", gestand Lefort schmunzelnd ein, „ich finde es sehr nett. Ich könnte auch meiner Frau ein solches schenken, was meinst du?"

Inzwischen waren sie nur mehr einige Meter vom Hauseingang entfernt und Suzette hielt den Haustorschlüssel griffbereit in der Hand.

„Ja, machen Sie das", sagte sie desinteressiert. Sie wollte nur noch ins Bett und ihre brennenden Fußsohlen in eiskalte, nasse Tücher wickeln.

Leforts Blick trübte sich und durch einen zartrosa Nebelschleier beobachtete er Suzette, wie sie den Schlüssel in das Schloss steckte und an dem verklemmten Tor rüttelte, bis es seinen Widerstand aufgab und nach innen schwang. Fünf scharfkantige Steinstufen führten nach unten zu der eigentlichen Wohnungstüre. Er kniff die Augen halb zusammen und blinzelte wie durch ein feingesponnenes Spinnennetz, als sie sich zu ihm umwandte.

Sie streckte die Hand aus, um für seine Begleitung zu danken und Abschied von ihm zu nehmen.

Mit einem kräftigen Ruck riss er ihr das Kettchen vom Hals und vernahm dumpf ein erschrockenes „Aber Commander …", mit dem Suzette vor ihm zurückwich, strauchelte und hinterrücks die brüchigen Stufen hinabstürzte.

Das Knacken von Suzettes Genick peitschte durch die stille Nacht und Leforts Blick wurde wieder klar.

* * * * *

Aus Schaden wird man klug

Wenn man eine neue Stelle annimmt, ist es durchaus gängige Praxis, dass man während der ersten Wochen all jene Tätigkeiten zu verrichten hat, die von den alteingesessenen Kollegen verabscheut werden, und dazu gehören ermüdende Doppelschichten. Obwohl ich bereits über zwanzig Jahre als Serveuse am Buckel habe und mir daher kaum noch meine Sporen verdienen hätte müssen, erging es mir unter Alberts gestrengem Regiment im Café Moncœur nicht anders, und daher war ich an meinem zweiten Arbeitstag die erste im Café.

Noch bevor ich mir eine frisch gestärkte, blitzweiße Hüftschürze ungebunden hatte, klingelte das Telefon und Albert berichtete aufgeregt von Suzettes Unfall. Er klang sehr bestürzt und war ziemlich traurig deswegen, er hatte Suzette gut gekannt und offensichtlich ins Herz geschlossen, was bei Albert einem kleinen Wunder gleichkommt. Es wäre schlichtweg gelogen, wenn ich behaupten würde, dass ich von dieser Nachricht besonders betroffen gewesen wäre. Warum auch? Ich hatte diese Suzette nicht gekannt, überhaupt bin ich mit dem Viertel rund um den Montmartre und den Menschen hier kaum vertraut. Meine Garçonnière liegt inmitten von La Défense, dieser science fiction Bürostadt, Sie wissen, wovon ich spreche?

Wie es mich dorthin verschlagen hat, zwischen all die verglasten Hochhäuser und utopisch anmutenden Spiegelbauten? Nun, das ist schnell erklärt: Nach der

Trennung von meinem damaligen Partner vor zwölf Jahren begab ich mich auf Arbeitssuche und wurde tatsächlich im Hotel Pullman in La Défense für die Nachtbar angestellt. Da ich keine Möglichkeit hatte, spät nachts mit der Métro nach La Défense zu gelangen, vermittelte mir der Personalchef eine Zwei-Zimmer-Wohnung in dieser utopischen Trabantenstadt. Natürlich liegt sie in einer unwirtlichen Seitengasse hinter dem imposanten Grande Arche in einem der wenigen verbliebenen, renovierungsbedürftigen Altbauten und natürlich ist sie finster und ebenerdig, aber sie ist für mich erschwinglich und im Laufe der Jahre ist es mir gelungen, sie modern und gleichzeitig gemütlich einzurichten, sodass ich mich darin sehr wohl fühle.

Eigentlich verbringe ich kaum Zeit in Paris. Dem viel gerühmten und oft besungenen Großstadtflair kann ich beileibe nichts abgewinnen und außer meiner pflegebedürftigen Mutter, die samt rumänischer Betreuerin in einem zweigeschossigen Haus in der Rue Drevet nahe dem Sacré-Cœur ihre letzten Jahre fristet, habe ich keine Angehörigen in dieser hochgepriesenen Stadt der Liebe. Ich ziehe Ländlichkeit und beschauliche Ruhe im Grünen vor, daher miete ich mir an meinen freien Tagen entweder einen kleinen Leihwagen und besuche meine Tochter, ihren Mann und meinen Enkelsohn in Fosses im Nordosten von Paris am Rande des Parque Naturel, oder ich fahre mit meinem Freund, der in Dijon lebt und als freischaffender Bildhauer arbeitet, in die Schweiz zum Wandern. Was ich damit sagen will, ist, dass ich in Paris lediglich meinen Arbeitsplatz habe, aber nicht meinen Lebensmittelpunkt, und das genieße ich sehr.

Daher war ich Suzette auch nicht verbunden wie die meisten hier am Montmartre und die Geschichten, die sich um sie rankten, erfuhr ich erst im Laufe meines zweiten Arbeitstages. Die Nachricht verbreitete sich in Windeseile wie ein Lauffeuer und Gäste, die sie gekannt hatten oder Lieferanten, die mit ihr befreundet gewesen waren, waren tief betroffen von diesem Unglück. Eine Mitbewohnerin hatte sie im Morgengrauen am Fuße der Stufen tot aufgefunden, und wenn man den Gerüchten Glauben schenken durfte, war sie unglücklich gestürzt und hatte sich das Genick gebrochen. Ein tragischer Unfall, sagte man. Alle waren schockiert, manche weinten sogar um sie.

Albert kam etwas verspätet ins Café und verbrachte seine Zeit in erster Linie damit, allen möglichen Gästen, dem Zeitungsjungen, Gemüsehändler oder anderen Zubringern von der Tragödie zu erzählen oder mit ihnen ein Schwätzchen abzuhalten. Daher blieb die Arbeit wie selbstverständlich an mir hängen und ich hatte alle Hände voll damit zu tun, die Gäste zu bedienen und mich um ihre Wünsche zu kümmern.

Commandant Lefort wurde aber zum Glück von Albert höchstpersönlich unter dessen Fittiche genommen und darüber war ich sehr erleichtert.

Nicht nur deshalb, weil ich ihn nicht mochte, sondern auch, weil Monsieur Lefort an diesem Tag offensichtlich beschlossen hatte, sich als verwahrloster

Greis zu verkleiden. Dies war ihm so gut gelungen, dass ich ihn auf den ersten Blick nicht wieder erkannt hätte.

Sein eisgraues Haar stand ihm in zerzausten Büscheln wirr vom Kopf, er trug dieselbe Kleidung wie am Vortag, nur dass seine Leinenhose beschmutzt und fleckig war, das Hemd hing zerknittert aus dem Hosenbund und es fehlten daran die obersten Knöpfe, sodass es bis zu seiner behaarten Brust offen stand. Seine Unterlippe war vor Trockenheit aufgesprungen, wer weiß, vielleicht hatte er sie auch aufgebissen, jedenfalls war sie blutverkrustet und dunkle Bartstoppeln ließen seine Wangen eingefallen und schmäler erscheinen.

Seine Hände zitterten, als er die Tasse klappernd abstellte und seine Augen schienen sich über Nacht entzündet zu haben und waren stark gerötet. Außerdem roch er nach Schweiß und Alkohol.

Glauben Sie mir, eine solche Verwandlung innerhalb von nicht einmal vierundzwanzig Stunden war schon sehr bemerkenswert und hätte auch Sie sehr verwundert.

Er trank hastig nur einen Kaffee statt der laut Albert üblichen zwei oder drei und schlurfte dann wie ein verwirrter alter Mann in Richtung Boulevard de Clichy davon.

Als er außer Sichtweite war, bedeutete mir Albert mit einem knappen Nicken, ihm in den hinteren Teil des Tresens zu folgen und flüsterte dort erregt auf mich ein.

„Haben Sie den Commandant gesehen?" Er war bestürzt und nervös.

„Ja", erwiderte ich, ohne mir eine Bemerkung über Leforts Zustand zu erlauben.

„Ich habe ihn noch nie, niemals, so außer Fasson gesehen!" Albert schüttelte entsetzt den Kopf. „Es muss ihm etwas zugestoßen sein, aber er betont, es ginge ihm gut. Möglicherweise wäre eine Sommergrippe im Anzug, versuchte er mir weiszumachen. Doch ich glaube ihm nicht. Irgendetwas muss ihn aus der Bahn geworfen haben und dass Josephine ihn in dieser unmöglichen Aufmachung aus dem Haus gehen lässt, kann ich mir schon gar nicht vorstellen!" Empört schlug sich Albert mit einer Hand auf die Stirn. Er schwitzte und das lag wahrscheinlich nicht nur an der sommerlichen Hitze draußen.

„Nun, Albert, ich kenne ihn doch kaum, habe ihn erst gestern zum ersten Mal gesehen. Ich werde mir über ihn kein Urteil erlauben", hielt ich ihm gelassen entgegen.

„Elaine, Sie verstehen nicht, es ist absolut unfassbar, dass der Commandant sich nicht rasiert, frische Kleidung trägt oder wenigstens sein Haar in Ordnung bringt", krächzte Albert zischend und blickte dabei unruhig über die Schulter, um zu überprüfen, dass keines der Küchenmädchen oder andere Kellner in der Nähe waren um zu lauschen. Mein Verständnis für Alberts Aufregung hielt sich ziemlich in Grenzen.

„Wenn er sagt, es gehe ihm gut, dann werden Sie das akzeptieren müssen, Albert. Vielleicht ist es tatsächlich nur ein Virus, der ihm zu schaffen macht. Hätte er das Bedürfnis gehabt, sich Ihnen anzuvertrauen, hätte er das mit Sicherheit getan, meinen Sie nicht auch?"

„Sie kennen ihn einfach nicht, Elaine", tat er meine Einwände schroff ab, „denn wenn Sie ihn kennen würden, wüssten Sie, wie erschreckend sein Auftritt heute war."

Ich schwieg. Was hätte ich einem solchen Starrsinn auch entgegenhalten sollen?

Stattdessen legte ich Albert beruhigend meine Hand auf die Schulter und fühlte, wie sein magerer Körper leicht vibrierte.

„Beruhigen Sie sich und setzen Sie sich ein paar Minuten in den Aufenthaltsraum. Ich bringe Ihnen ein Glas Merlot, das stärkt die Nerven." Wider Erwarten nickte Albert dankbar und zog sich für ein halbes Stündchen zurück.

Ach ja, das Wichtigste hätte ich nun beinahe vergessen, Ihnen zu erzählen: Das silberne Kettchen, das Lefort aus seiner zerknautschten Hosentasche hing, hielt ich damals für eine altmodische Uhrenkette. Aber da wusste ich ja auch noch nicht, dass Suzettes Mitbewohnerin bei der Polizei angegeben hatte, dass Suzettes Herzanhänger fehlte – ein Geschenk ihres verstorbenen Mannes. Sie hätte ihn seit ihrem ersten Hochzeitstag vor fünf Jahren Tag und Nacht getragen und nicht ein einziges Mal abgenommen, sagte man.

* * * * *

Jerome Lefort war zutiefst erschüttert.

Nicht etwa wegen Suzettes unglückseligem Sturz und ihrem daraus resultierenden Tod; es plagten ihn keinerlei Schuldgefühle. Schließlich hatte er sie nicht absichtlich die Treppe hinuntergestoßen, es war ganz einfach ein fatales Unglück mit tödlichem Ausgang gewesen. Nicht einmal leicht geschubst hatte er sie. Freilich war sie erschrocken gewesen, seine unvermittelte Attacke kam völlig überraschend für sie und hatte sie verängstigt. Niemand konnte ahnen, dass sein ungeschickter Versuch, in den Besitz ihres Kettchens zu gelangen, einen solch folgenschweren Ausgang nehmen würde.

Daher empfand er für Suzettes leidiges Ableben zwar ehrliches Bedauern, denn er hatte sie tatsächlich gut leiden können, doch der wahre Grund für seine Bestürzung war ein ganz anderer: Er war unsagbar glücklich. Unbeschreiblich glücklich. Er fühlte sich so glückselig und befreit, dass er diese Gefühle nicht in Worte kleiden oder sie wenigstens einigermaßen anschaulich zu beschreiben vermochte.

Obwohl er vage sein Bewusstsein wahrnahm, das ihm panisch mitzuteilen versuchte, dass mit ihm etwas nicht stimmte, ganz und gar nicht stimmte, überwog die helle, reine Freude über das Herzkettchen. Dieser emotionale Konflikt, in dem sein Gewissen verzweifelt darum rang, die Oberhand zu behalten, löste in dem bis zu diesem Augenblick moralisch über den Dingen stehenden, ehrenwerten Commandant einen Zustand höchster Verwirrung aus.

Doch trotz der Kakophonie sich widerstreitender Gefühle und Gedanken in seinem Kopf hatte er klug und umsichtig auf Suzettes letalen Treppensturz reagiert.

Ruhig und besonnen war er aus der Sackgasse geschlendert und zwischen die Nachtschwärmer entlang der Rue Caulaincourt eingetaucht. Er zog bei seiner stundenlangen Wanderung weite Kreise, genehmigte sich in der Bar Qui Parle zwei überteuerte doppelte Cognacs sowie eine lauwarme, ausgetrocknete Pizzaschnitte, legte sich zwischendurch im Square de la Rue Burq auf eine Parkbank und nach einem traumlosen und deshalb äußerst erholsamen Schläfchen setzte er seinen Streifzug fort. Im Morgengrauen nahm er sein erstes Frühstück im Café Le Pain Quotidien ein, das aus einer überdimensionalen Schale Milchkaffee bestand, in die er ein noch backofenwarmes Croissant tunkte.

Zurück am Boulevard Clichy rief er gegen sechs Uhr am Morgen Josephine auf ihrem Mobiltelefon an, wissend, dass sie es noch nicht eingeschaltet haben würde, und hinterließ auf ihrem Anrufbeantworter die Nachricht, sie solle sich nicht sorgen, es wäre alles in Ordnung mit ihm, doch er hätte Monsieur l'Inspecteur Lunel getroffen und ginge ihm bei einem kniffligen Fall ein wenig zur Hand.

Diese Lüge war ihm glatt und ohne schlechtes Gewissen über die Lippen gekommen, denn eine solche Situation hatte es schon einige Male gegeben. Ab und an bat ihn sein Freund Lunel um ein wenig formlose

Unterstützung, da die personellen Ressourcen der französischen Polizei bei weitem nicht ausreichten, um allen kriminellen Elementen Einhalt zu gebieten. Tatsächlich machte es ihm auch Spaß, hin und wieder nächtens auf die Jagd zu gehen, zumal er nicht mehr dem Druck der Verantwortung ausgesetzt war.

Er steckte sein Telefon zurück in die Hosentasche und seine Fingerspitzen berührten dabei das kühle Metall des Herzkettchens. Vor Wonne hätte er laut jubeln mögen, konnte sich nur mühsam beherrschen und flüchtete sich in eine der öffentlichen Toiletten der Métrostation Abbesses. Dort versperrte er sorgsam die Kabinentüre, setzte sich angezogen auf die Toilette, zog das Kettchen aus seiner Hosentasche, legte es sich auf seinen Oberschenkel und strich zärtlich darüber. So verweilte er, bis er das hydraulische Zischen der Anlagentür vernahm und kurz darauf von eindeutigen Geräuschen gestört wurde, die ihm verrieten, dass in der Nebenkabine jemand seine Notdurft verrichtete.

Er verließ die Toilette und bestieg gedankenlos die Métro. Die nächsten Stunden verbrachte er damit, kreuz und quer durch Paris zu fahren, wobei er zwischendurch immer wieder Suzettes Kettchen befingerte, nicht nur um sich zu vergewissern, dass er es nicht verloren hatte, sondern um des schieren Genusses willen, die beiden Herzen ertasten zu können. Gegen zehn Uhr begab er sich wie gewohnt ins Café Moncœur, wo er sich einem besorgten und ganz offensichtlich irritierten Albert gegenübersah. Es kostete ihn einige Mühe, sich Albert vom Hals zu schaffen, der Lefort partout nicht glauben wollte, dass es ihm gut ging. Wahrscheinlich machte sein äußeres Erscheinungsbild nach dieser aufregenden Nacht nicht gerade einen glaubwürdigen Eindruck.

Die neue Serveuse allerdings – wenn er sich nicht täuschte, hieß sie Elaine – schien ihn nicht besorgt zu mustern, sondern eher entnahm er ihren flüchtig über ihn streifenden Blicken, dass sie sein momentanes Aussehen zwar registrierte, es sie vielleicht ein wenig verwunderte oder nachdenklich stimmte, doch dass es ihr letzten Endes völlig egal war, wie er aussah.

Eigenartigerweise ärgerte ihn ihre unverblümte Gleichgültigkeit und in einer jähen Aufwallung ungebremsten Zorns wollte er das Kettchen aus der Tasche reißen, es auf den Tisch werfen und sie anbrüllen: „Haben Sie jemals in Ihrem Leben schon etwas so Herrliches gesehen, Sie dämliche, arrogante Kuh?"

Stattdessen legte er ein paar Münzen auf den Tisch und ging.

Es war höchste Zeit für eine Dusche.

An der stark befahrenen Kreuzung am Place Pigalle stand er in einem Menschenpulk wartend vor einer auf Rot geschalteten Fußgängerampel. Schräg vor ihm harrte eine alte, gebrechliche Frau auf zwei Krücken gestützt der grünen Ampelphase. Ihre Handtasche hatte sie sich in Briefträgermanier quer über ihre knochigen Schultern geschlungen, am Trägerriemen baumelte ein blutroter Schlüsselanhänger.

Ein aus Plastik gegossenes, formvollendetes Herz.

Von der Größe einer saftigen Kirsche.

In dieser Sekunde vergaß Lefort Suzettes Halskette.

* * * * *

An diesem meinem zweiten Arbeitstag war im Café Moncœur also im wahrsten Sinne des Wortes die Hölle los. Albert war keine besonders große Hilfe, wie Sie sich denken können, er schlurfte gebeutelt von Suzettes Tod und Leforts besorgniserregendem Auftritt herum und man konnte sich des Eindrucks nicht erwehren, dass sein Weltbild durch die Ereignisse des noch jungen Tages grob ins Wanken geraten war. Mit seinen mir noch unbekannten Stammgästen diskutierte er wieder und wieder das tragische Ableben Suzettes, trank zu viel, wurde weinerlich und war mit einem Wort zu nichts zu gebrauchen.

Die Umstellung von dem eleganten, ruhigen und vor allem klimatisierten Restaurant am Place Vendome, in dem ich meinem Dienst bis vor kurzer Zeit noch nachgegangen war, zu diesem lauten Straßencafé war für mich in diesen Stunden sehr anstrengend. Zwar wurden die Gäste unter ausgebleichten Sonnenschirmen einigermaßen vor der prallen Sonne geschützt, ich jedoch war nicht nur der Hitze ausgesetzt, sondern lief auch noch ständig treppauf, treppab, um die Touristen, die in der Mittagsstoßzeit sich um einen freien Tisch rangelten, zu versorgen.

Sie werden doch nicht allen Ernstes von mir erwarten, dass ich in dieser Zeit auch nur ein einziges Mal darüber nachgegrübelt hätte, warum denn dem Commandant ein Hemdzipfel über den Hosenbund gehangen hatte oder ob Suzette betrunken oder nüchtern die Treppe hinunter gestürzt war und wer sie nun aller vermissen würde?

Schon nach dem Ansturm auf die Plat du jour am späten Vormittag brannten meine Fußsohlen, als hätten sich glühende Splitter in meine Schuhe gebohrt und ich hatte bereits zwei Mal meine verschwitzten Blusen gegen frische gewechselt. Irgendwann im Laufe des Nachmittags tauchten zwei erschöpfte Sergeanten bei uns auf und stellten sich an die Bar. Im Inneren war es doch ein wenig kühler und Albert stürzte sich sogleich mit Feuereifer auf die beiden, um sie mit seinen Fragen, Mutmaßungen und persönlichen Spekulationen zu drangsalieren.

Man sah den beiden an, dass sie zwar einerseits viel lieber ihre Ruhe gehabt hätten, andererseits es aber als ihre Pflicht ansahen, Albert zuzuhören. Die Polizei, dein Freund und Helfer

Ich habe keinen blassen Schimmer, worüber sie genau gesprochen haben, nicht einmal Gesprächsfetzen konnte ich aufschnappen, doch im Vorbeieilen sah ich Albert immer wieder heftig gestikulieren und die gelangweilten Mienen der beiden Polizisten sprachen Bände. Zu allem Überfluss kollabierte auch noch eine der jungen Studentinnen, die sich im Café als Aushilfe ein wenig Taschengeld dazu verdienten, weil sie in der allgemeinen Hektik vergessen hatte, etwas zu trinken oder zu essen.

Nicht eine winzige Minute blieb mir an diesem Tag, um mich kurz auszuruhen, hin und wieder brach ich zwischendurch ein Stück von einem mit Tunfisch gefüllten Baguette und würgte es hastig hinunter, während ich gleichzeitig die Bestellungen vorbereitete und auf meinem Tablett zusammenstellte.

Am allerwenigsten verschwendete ich einen Gedanken an mein Mobiltelefon, das in einem Seitenfach meiner Handtasche im Personalraum steckte. Außerdem pflege ich kein besonders intimes Verhältnis zu meinem Telefon, es hat für mich bei weitem nicht die Bedeutung wie für den Großteil der Menschheit von heute. Mit meiner Tochter oder meinem Freund telefoniere ich entweder früh morgens oder nach Ende meiner Schichten und zu meiner Mutter habe ich seit Jahrzehnten nur sporadischen Kontakt. Es kommt äußerst selten vor, dass mich ihre Pflegerin anruft, und auch dann nur, wenn es gilt, Formulare zu beschriften, bei denen sie alleine nicht zurechtkommt und mich als Ausfüllhilfe benötigt.

Meine Mutter selbst würde mich nicht einmal im dringendsten Notfall anrufen, denn für eine solche Situation verfügt sie über hilfreichere Ansprechpartner als mich.

Wenn sie sich ab und an alleine aus dem Haus schleppt, trägt sie stets einen kleinen Peilsender bei sich, den sie von der Hilfsorganisation „Pour Malades et Vieux" erhalten hat. Diese kleinen, elektronischen

Geräte sind für alte Menschen unglaublich wertvoll, sie geben ihnen die Sicherheit, dass sie im schlimmsten Fall selbst Hilfe rufen können. Dazu müssen sie nur mit einem Finger, der Nasenspitze oder vielleicht dem Kinn kurz auf den Sender drücken und in der Zentrale der Organisation wird ein Hilfsalarm ausgelöst. Die Ortung setzt daraufhin automatisch ein.

Diese Sender gibt es in verschiedenen Ausführungen, zum Beispiel eingebaut in eine Armbanduhr, Brillenfassung oder Schmuckstücke. Da meine Mutter weder Schmuck noch Brille trägt, hat sie sich für einen extravaganten Anhänger entschieden, den sie mit einem Karabiner an einem Halsband oder sonst irgendwo befestigt, wo sie ihn problemlos mit ihren von der Gicht verkrümmten Fingern erreichen kann. Er sieht aus wie eine blutrote, saftige Kirsche.

* * * * *

Als die Ampel auf Grün umsprang, zögerte Lefort einige Augenblicke und überholte schließlich die alte Frau, die sich bewundernswert zügig mit ihren Krücken über den Zebrastreifen zur gegenüberliegenden Straßenseite hantelte. Aufmerksam betrachtete er die Auslage einer heruntergekommenen Galerie, in deren Scheibe sich der Fußgängerübergang widerspiegelte und er beobachten konnte, in welche Richtung sich die greise Frau wenden würde.

Sie schlug den Weg in die Rue Houdon ein.

Lefort folgte ihr langsam schlendernd, den Blick unausgesetzt auf das Herz gerichtet, das fröhlich bei jedem Schritt am Taschenträger hin- und herschwang und ihn zu locken schien.

Nun, da sie die Kreuzung sicher überquert hatte, fiel die Alte in eine langsamere Gangart zurück und Lefort erkannte, dass er ihr nicht mehr lange in diesem Schneckentempo folgen würde können, ohne dass es entweder sie selbst oder andere Passanten eigenartig anmuten würde. Er setzte dazu an, rechts an ihr vorbeizugehen und als er auf gleicher Höhe mit ihr war, rempelte er sie kurz mit seinem linken Ellenbogen an, gerade so stark, dass sie stolpern musste.

Mit einem schrillen „Uh …" ließ sie eine Krücke fallen und Lefort wirbelte in einer halben Drehung herum, schnappte zuvorkommend nach ihren knochigen Schultern und bewahrte sie davor, auf den Asphalt zu stürzen. Scheppernd rollte die Krücke in den Rinnstein.

Die Frau zitterte unter seinen Händen und für einen flüchtigen Moment empfand er Mitleid für sie.

„Madame, verzeihen Sie, es tut mir unendlich leid, wie ungeschickt von mir", stammelte er zerknirscht.

Sie keuchte, kleine Schweißperlen erschienen auf Nasenrücken und Oberlippe und mit verknittertem Gesichtsausdruck funkelte sie ihn erzürnt an.

„Madame, glauben Sie mir, ich bin untröstlich, ich war unachtsam …", beteuerte er weiter, doch sie ignorierte seine Entschuldigungen und rückte ungehalten mit den Schultern, um sich aus seinem Griff zu befreien.

„Lassen Sie mich los!", fauchte sie.

Lefort bückte sich nach der Krücke und reichte sie ihr wortlos. Erzürnt riss sie ihm ihre Gehhilfe aus der Hand.

„Haben Sie überhaupt nur die leiseste Ahnung, welche schwerwiegenden Folgen ein Sturz in meinem Alter haben kann?", zeterte sie aufgeregt. „Im schlimmsten Fall könnte ich an einem Oberschenkelbruch sterben und …"

„Kommen Sie, Madame", unterbrach Lefort sie sanft, stützte sie sorgsam an ihrem Ellenbogen und dirigierte sie unauffällig zu einem Hauseingang, der in eine Mauernische eingebettet war.

„Mein Name ist Lefort, Jerome Lefort. Ich bin Commandant der Prefecture. Auf diesen Schreck hin werde ich ein Taxi für Sie bestellen, das Sie wohlbehalten nach Hause bringt. Gehen wir einstweilen doch ein wenig aus der Sonne, stellen wir uns in diesem Hauseingang in den Schatten bis der Wagen kommt", schlug er ruhig und umsichtig vor.

Entgegen Leforts Befürchtung erhob sie keinen Protest oder auch nur zaghaften Einwand, sondern ließ sich beinahe folgsam die paar Schritte von ihm zu dem Hauseingang geleiten.

„Rue Houdon 5" las Lefort stumm an dem verblichenen Schild über dem schiefen Tor, das zwischen einem taiwanesischen Restaurant und einem Mini Marché in das Innere eines in die Jahre gekommenen

Mietshauses führte. Es gab weder eine Sprechanlage noch einen automatischen Schließmechanismus, allein schmiedeeiserne Miniaturbalkone zierten die Front der der Straße zugewandten Seite. Mit einer Schulter drückte Lefort einen Türflügel auf ohne die alte Frau loszulassen und führte sie behutsam in das kühle Stiegenhaus, in dem eine grob gehauene Steintreppe mit wackeligen Handläufen in die oberen Stockwerke führte. Das Tor fiel mit einem dumpfen Knall, der von dem Treppenhaus widerhallte, ins Schloss. Ein widerlicher Geruch nach Fäkalien, Küchendunst und feuchten Gemäuern stieg Lefort in die Nase.

Erschöpft lehnte sich die Alte stehend an eine Wand und stützte sich dabei schwer auf ihre Krücken, während Lefort sein Telefon aus der Tasche zog und so tat, als würde er ein Taxi ordern. Er sprach mit der ihm eigenen Autorität, forderte ein unverzügliches Erscheinen und stellte der imaginären Rufzentrale eine saftige Beschwerde in Aussicht, sollte seinen Wünschen nicht umgehend entsprochen werden.

„Madame, man versicherte mir, der Wagen sei in ein paar Minuten hier", informierte er die Frau, die mit geschlossenen Augen stumm nickte und gottergeben „Merci" flüsterte.

„Geben Sie mir Ihre Tasche, sie scheint schwer zu sein, ich nehme sie Ihnen ab", schlug Lefort hilfsbereit vor und half ihr, sich aus dem Trägergurt zu schälen. Beinahe willenlos ließ sie sich helfen, hatte augenscheinlich für den Moment keine Befürchtungen mehr, er könne sich im Nu mit der Tasche auf und davon machen. Entweder war sie zu müde, um sich zu wehren, oder sie nahm ihm den Commandant trotz seines desolaten Äußeren ab und vertraute ihm daher. Wieder durchfuhr Lefort ein vergänglicher Hauch des Bedauerns und Mitleids.

„Welch ein niedlicher Anhänger", stellte er beiläufig fest, als er ihre Tasche dicht neben sie auf den Boden gleiten ließ. Sie schwieg, musterte ihn nun doch ein klein wenig misstrauisch aus den faltenumrandeten Augen.

„Dies wäre ein hübsches Geschenk für meine Frau zum nächsten Hochzeitstag", lächelte er sie an, „würden Sie ihn mir verkaufen, Madame?"

„Nein", antwortete sie schroff und abweisend.

„Und wenn ich Sie ganz charmant darum bitten würde und mich beim Preis nicht lumpen ließe?", versuchte er es mit einem spitzbübischen Augenzwinkern.

„Nein", ließ sie sich nicht beirren.

Lefort runzelte verärgert die Stirn, das Ganze lief nicht so reibungslos, wie er es sich vorgestellt hatte. Er bückte sich, um nach dem Anhänger zu greifen und ihn ein wenig auf der Handfläche tanzen zu lassen.

„Lassen Sie das und geben Sie mir sofort meine Handtasche wieder!", jammerte sie, aufkeimende Panik machte sich plötzlich bemerkbar. „Öffnen Sie das Eingangstor!", forderte sie mit gespieltem Nachdruck.

„Aber Madame …", setzte Lefort an.

„Tun Sie, was ich sage, sonst schreie ich um Hilfe!"

Lefort erhob sich in einer fließenden Bewegung aus

seiner gebückten Haltung, wandte sich um, presste seine sonst gepflegte, aber nach der letzten aufregenden Nacht mittlerweile schmutzige Hand auf ihren schlaffen Mund und drückte so ihren Kopf gegen die Wand.

Sie riss erschrocken die Augen auf, ein stöhnender Laut klang gedämpft aus den Tiefen ihrer Kehle und unbeholfen versuchte sie, den Kopf zu drehen.

Es gelang ihr nicht, sie war zu schwach.

„Pst", flüsterte Lefort und lauschte angestrengt nach Geräuschen im Stiegenhaus. Kein Laut war zu hören außer dem Straßenlärm, der dumpf durch das verwitterte Tor drang. Nun legte er auch die zweite Hand über das Gesicht der alten Frau und zwang mit Daumen und Zeigefinger ihre Nasenflügel zusammen.

„Sie hätten nicht schreien dürfen, Madame, Sie hätten mir Ihren Anhänger ganz einfach verkaufen sollen und das alles hier würde nicht passieren", wisperte er dicht an ihrem Ohr. Verzweifelt versuchte sie, sich zu befreien, ihre wasserblauen Augen wurden feucht, der Blick war starr auf ihn geheftet und Lefort sah darin die jähe Erkenntnis, dass sie ihm unterlegen war.

Vielleicht bildete er sich das aber auch nur ein.

Ihr Atem ging stoßweise, der hagere Brustkorb zuckte hektisch und krampfhaft versuchte sie, ein wenig Luft zu ergattern. Ihr fehlte die Kraft, sich weiter auf ihre Krücken zu stützen und sie kippten zur Seite. Eine davon fing Lefort geschickt mit angewinkeltem Knie ab, doch die zweite fiel auf den steinernen Boden und der Aufprall verursachte ein lautes Klappern, das sein blechernes Echo von den Wänden warf. Ein dunstiger Schleier überzog Leforts Augen und vollkommene Stille umhüllte ihn.

Zarte Schwaden flimmerten an ihm vorüber und verwischten die Sicht auf das Geschehen, das vor ihm in seinen Händen lag.

Mit klarem Blick und funktionierendem Gehör kam er wieder zu sich, als er fürsorglich den schlaffen Körper auf den kalten Steinboden legte und mit einem Papiertaschentuch aus ihrer Handtasche peinlich genau Krücken, Tasche und zur Sicherheit auch ihr Gesicht abrieb. Bedächtig löste er den Anhänger von dem Trägergurt, steckte ihn zu Suzettes Herzkette in seinen Hosensack und eilte fröhlich vor sich hin pfeifend endlich nach Hause.

Er würde sich zum Mittagessen verspäten und das konnte Josephine nicht ausstehen.

* * * * *

Als mich der ältere der beiden Polizisten zu sich winkte, war mein erster Gedanke, dass er sich mit mir über Suzette unterhalten wollte, aber leider erwies sich das als schrecklicher Irrtum.

„Sind Sie Madame Sabatier, Elaine Sabatier?", erkundigte er sich. Bekümmertheit und eine unterschwellige Art von Mitleid schwangen in seinen wenigen Worten mit und ich wusste sofort, dass sich das

Gespräch nun keinesfalls um Suzette drehen würde. Plötzlich war mir kalt, die Angst kroch mir von der Magengrube in den Hals und mein einziger Gedanke galt meiner Tochter und dem Enkelsohn. Haben Sie Kinder oder jemanden, der Ihnen am Herzen liegt? Dann können Sie dieses grauenhafte Gefühl, diese unheimliche Ahnung wahrscheinlich nachvollziehen.

„Madame, es tut mir sehr leid, Ihnen mitteilen zu müssen, dass Ihre Mutter verstorben ist", hörte ich ihn mit bedauernder Stimme diesen Satz vortragen, den er während seiner Laufbahn vermutlich schon etliche Male aussprechen hatte müssen und von dem er wusste, dass seine Endgültigkeit pure Verzweiflung und Trauer auslösen und das Leben seines Gegenübers für immer verändern würde.

Im ersten Augenblick übermannte mich unsägliche Erleichterung. Es war nicht meine Tochter, der Leid widerfahren war.

Albert und die beiden Ordnungshüter betrachteten mich aufmerksam und besorgt und noch während dieser furchtbare Satz tröpfchenweise in mein Bewusstsein sickerte und der Schrecken über das Ableben meiner Mutter sich in mir auszubreiten begann, fasste mich der Ältere am Arm und führte mich in den Personalraum.

„Madame, wir bringen Sie jetzt ins Hôpital zu Ihrer Mutter, Albert wird sich hier um alles kümmern."

Automatisch nickte ich, band mir die Schürze ab und griff nach meiner Handtasche. Während der Fahrt ins Hôpital erzählten sie mir davon, wie der Küchenjunge

des taiwanesischen Restaurants in der Rue Houdon –
was hatte sie dort bloß gewollt? – sich am späten
Nachmittag ins Treppenhaus verdrückt hatte, um vor
dem hektischen Abendgeschäft heimlich eine Zigarette zu rauchen. Da hatte er meine Mutter am Boden
liegend gefunden und die Ambulance alarmiert. Leider
hatte der Notarzt ihr nicht mehr helfen können, sie
musste schon einige Stunden dort gelegen haben und
er ging davon aus, dass sie einen Herzanfall erlitten haben musste. Man hatte sie ins Hôpital Bichat-Claude
Bernard gebracht, wo sie nun darauf wartete, dass ich
kam, um mich von ihr zu verabschieden.

Anhand ihres Ausweises hatte man sie problemlos
identifizieren können und Andra, ihre rumänische Betreuerin, verständigt. Diese wiederum hatte mich über
mein Handy nicht erreichen können und daher die Polizei um Hilfe gebeten. Es war purer Zufall, dass die
beiden Sergeanten noch im Moncœur an der Theke
standen und somit direkt bei mir vor Ort gewesen waren.

Das Einzige, woran ich auf dem Weg ins Hôpital
denken konnte, war, dass ich noch nie in meinem Leben einen toten Menschen gesehen hatte und mich vor
dem Anblick einer Leiche maßlos fürchtete. Skurrile
Bilder von grüngekachelten, blutbespritzten Wänden
und überdimensionalen Stahltischen, auf denen spitze
Messer und gezackte Sägen lagen, schossen mir durch
den Kopf. Szenen, die ich nur in Filmen gesehen hatte
und mir wurde übel.

„Ich habe Angst", flüsterte ich panisch, „ich habe

noch nie einen Toten gesehen. Können Sie bei mir bleiben?"

„Selbstverständlich, Madame Sabatier", beruhigte mich der Ältere, „machen Sie sich keine Sorgen, wir bleiben bei Ihnen und bringen Sie auch nach Hause, sobald Sie alles hinter sich haben."

Zum Glück bewahrheitete sich keine meiner schrecklichen Visionen, das genaue Gegenteil war der Fall. Auf einer allgemeinen Krankenstation, und nicht im düsteren Kellergeschoß der pathologischen Abteilung, erwartete uns eine füllige Krankenschwester, drückte mir fürsorglich einen Becher mit lauwarmem Früchtetee in die Hand und begleitete mich zu einem normalen Krankenzimmer, in dem nur ein einziges Bett stand. Darin lag meine Mutter.

Der kleine Raum war hell und freundlich eingerichtet, in Gelb und zarten Grüntönen gehalten, Blumen waren auf der Fensterbank liebevoll arrangiert, und er hatte nicht das Geringste mit meinen Vorstellungen von einem Sterbezimmer gemein. Am Kopfende des Bettes stand ein bequemer Stuhl bereit, in den ich mich sinken ließ, dankbar für die Erholung, die ich meinen schmerzenden Füßen nun für kurze Zeit gönnen konnte.

Meine Mutter trug ein geblümtes Nachthemd mit Spitzenkragen, sie war mit einem blütenweißen Laken zugedeckt, darüber lagen ihre Arme seitlich an ihrem Körper. Es wäre eine glatte Lüge, würde ich behaupten, sie hätte ausgesehen, als ob sie schliefe. Ihre Gesichtszüge waren verkniffen, man könnte sogar sagen, verkrampft und es hatte den Anschein, als wäre sie maßlos darüber verärgert, dass ihr der Tod zugestoßen war. Um Mund und Nase hatte sie rote Flecken, die aussahen, als hätte sie sie mit einer Puderquaste wahllos dort verteilt. Unwillkürlich verspürte ich den Wunsch, sie wegzuwischen, zog aber meine Hand wieder zurück, da mich eine Scheu, ja sogar ein wenig Ekel davor überkam, die kalte, schlaffe Haut zu berühren. Ich hatte kein Bedürfnis zu weinen, auch wurde ich nicht von Verzweiflung oder Trauer in die Knie gezwungen und schon nach wenigen Minuten hielt ich es nicht mehr aus in diesem Raum, allein mit meiner Mutter.

Meiner Mutter, der ich nicht im Leben verbunden war und auch jetzt nicht im Tod.

Ich schob den Sessel zurück, stand auf und bevor ich den Raum verließ, strich ich dann doch einmal flüchtig über ihre knochige Schulter, die sich unter dem Nachthemd weder besonders kalt noch sonst irgendwie unangenehm anfühlte.

Am Flur standen meine treuen Begleiter mit einem nachdenklich blickenden Arzt ins Gespräch vertieft und wandten sich mir stirnrunzelnd zu, als ich auf sie zuging. Wortlos bedeutete uns der Arzt, ihm in ein Behandlungszimmer zu folgen, in dem es weder Tisch noch Sessel, sondern nur eine einzelne Liege und Regale mit medizinischem Zubehör gab. Wir standen in einem kleinen Kreis dicht beieinander und der Arzt drehte sich direkt zu mir.

„Madame Sabatier, äh, Ihre Mutter wurde ermordet.

Wir müssen sie obduzieren, um genau feststellen zu können, wie sie ums Leben kam."

Nicht ein einziges Wort fiel mir ein, das ich darauf sagen hätte können.

„Haben Sie verstanden, Madame?", hakte der ältere Polizist nach.

Ich nickte nur, was gab es dazu schon zu sagen?

Meine Mutter war ermordet worden.

„Eine erste Untersuchung ergab, dass sie aller Wahrscheinlichkeit nach erstickt worden ist", führte der Arzt sachlich und ungerührt weiter aus.

Auch dazu fiel mir nichts ein, was ich sagen hätte können.

„Wir bringen Sie jetzt zu Monsieur l'Inspecteur Lunel aufs Revier am Montmartre, er wird einige Fragen zu Ihrer Mutter an Sie haben. Sind Sie dazu in der Lage?", fragte mich jemand, ich weiß nicht mehr, wer es war.

Es war, als hätte ich meine Sprache verloren.

Sie kam erst dann wieder zaghaft und gebrochen zum Vorschein, als ich Monsieur l'Inspecteur Lunel gegenübersaß, der sich rührend darum bemühte, die Befragung so schonend wie möglich durchzuführen und mich mit Annehmlichkeiten wie Kaffee, Croissants und eiskaltem Wasser versorgte.

Gleich zu Beginn teilte er mir mit, dass die Handtasche meiner Mutter unangetastet geblieben war, weder Geld noch Ausweise oder Schlüssel fehlten, laut der Pflegerin Andra war alles an seinem Platz und vollständig, so wie meine Mutter ihre Handtasche täglich penibel gepackt und in vorbildlicher Ordnung gehalten hatte. Einzig der Notrufanhänger fehlte.

Dies war aber nicht unbedingt ein Hinweis auf den Täter, sie konnte den Anhänger ja auch irgendwo verloren haben. Monsieur l'Inspecteur Lunel hatte bereits Erkundigungen bei der Hilfsorganisation „Pour Malades et Vieux" eingeholt, der Sender konnte nur geortet werden, wenn er ausgelöst worden war, im Ruhezustand gab es kein Signal. Somit ließ sich bedauerlicherweise nicht feststellen, wo er sich augenblicklich befand. Außerdem war es höchst unwahrscheinlich, dass jemand meine Mutter ausschließlich wegen dieses Anhängers ermorden wollte.

Aber weshalb sonst? fragte ich mich.

Wer, um Himmels willen, tötete eine hilflose, gehbehinderte, kranke Achtzigjährige wenn nicht wegen Geldes, Ausweispapieren oder Schlüsseln?

Auch Lunel war ziemlich ratlos, auch für ihn gab es kein sinnvolles Motiv, obwohl er aus langjähriger Erfahrung wusste, dass der Mensch fallweise ohne nachvollziehbare Beweggründe mordete und sei es nur aus reiner Leidenschaft am Töten. Doch meist ging diese tödliche Gier mit sexuellen Phantasien oder perversen Trieben Hand in Hand und dies wäre bei dem Angriff auf meine Mutter eine äußerst bizarre und widerwärtige Annahme.

Das Gespräch mit mir verlief für Lunel also ziemlich unbefriedigend, ich war ihm keine große Hilfe, konnte keine nützlichen Anhaltspunkte liefern, die er für die Suche nach dem Mörder verwerten konnte.

Die beiden Sergeanten brachten mich in ihrem Dienstwagen über die Stadtautobahn nach La Défense, was im Abendverkehr ungefähr doppelt so lange dauerte als wäre ich mit der Métro gefahren. Das kam mir aber sehr recht, ich nutzte die Zeit, um mit meiner Tochter und Jean zu telefonieren und Albert darüber zu informieren, dass ich am nächsten Vormittag Ämterwege und Begräbnisvorbereitungen zu treffen hätte, die Abendschicht allerdings antreten würde.

Zu Hause setzte ich mich mit einem Glas Rotwein an den Küchentisch und grübelte über dieses sinnlose Verbrechen an meiner Mutter nach, ohne zu bahnbrechenden Erkenntnissen zu kommen.

Naja, so ganz erfolglos waren meine Überlegungen und Grübeleien dann doch nicht … Sie werden sich jetzt zwar wundern, wie ich trotz meiner Abneigung und Voreingenommenheit auf diese absurde Idee kommen konnte und ehrlich gesagt, heute wundere ich mich selbst am meisten darüber – aber Tatsache ist, dass ich an diesem Abend beschloss, Commandant Lefort um Hilfe zu bitten.

* * * * *

Natürlich wandte sich Josephine just in jenem Augenblick von der Spüle ab und der geöffneten Küchentüre zu, als Lefort sich sorgsam darum bemühte, so geräuschlos wie möglich durch den dunklen Flur zum Badezimmer zu huschen, um unbemerkt und zügig seine verschmutzte Hose sowie das triefend durchgeschwitzte Hemd im Wäschekorb zu versenken und sich selbst eine rasche, aber dennoch reinigende Dusche zu gönnen.

Daher war es ihm auch nicht mehr möglich, seinen desolaten Zustand vor ihr zu verbergen, und ihre hochgezogenen Augenbrauen, verbunden mit Besorgnis, die aus ihrem Blick sprach, waren unmissverständliche Zeichen dafür, dass er sich nicht mehr ohne weitere Erklärungen unverbindlich aus der Affäre ziehen konnte.

„Jerome?", erkundigte sie sich vorsichtig. „Was ist passiert?"

Lefort zögerte. Grundsätzlich nahm er es mit der Wahrheit seiner Frau gegenüber ziemlich genau, er hatte es wann immer es ging vermieden, sie zu belügen. Wenn es aufgrund eines prekären Vorfalls nicht mehr anders möglich gewesen war, hatte er ihr harte Fakten einfach verschwiegen und sie hatte sich damit zufrieden gegeben, wissend, wann es an der Zeit war, ihn in Ruhe zu lassen und nicht weiter zu bedrängen. Auf diese unausgesprochene Weise war es ihnen gelungen, ein hohes Maß an Harmonie über all die Jahre aufrechtzuerhalten.

Nun aber stand er mit dem Rücken an der Wand, schon alleine deshalb, weil seine eigene persönliche Betroffenheit eine ehrliche Aussprache mit ihr unmöglich machte, ganz zu schweigen von den Grausamkeiten, die er begangen hatte.

Bei all ihrer aufrichtigen und innigen Liebe zu ihm könnte sie mit Sicherheit nicht das geringste Verständnis für ihn aufbringen, auch nicht, wenn er versuchen würde, das für ihn schier Unbegreifliche in Worte zu kleiden. Er würde mit einem ausführlichen Lagebericht nicht nur sein, sondern vor allem ihr Leben zerstören.

„Lunel überschätzt allmählich meine körperliche Verfassung", begann er gelassen, „nächtliche Verfolgungsjagden durch Paris werde ich mir in Hinkunft wohl nicht mehr zumuten können. Entschuldige bitte, aber ich muss dringend unter die Dusche. Ich erzähle dir alles beim Essen, d'accord?"

Josephine nickte zögernd, wie gewohnt verständnisvoll, doch dieses Mal schlich sich ein wenig Skepsis in ihr angedeutetes Stirnrunzeln.

* * * * *

Beide Arme hoch über den Kopf gestreckt, stützte sich Lefort mit gespreizten Fingern an den kühlen Fliesen ab, presste seine Stirn an die Wand und ließ den eiskalten Wasserstrahl auf Nacken und Schultern prasseln.

Sowohl berauscht als auch gefangen in einem Gedankenkonstrukt aus wirren Bildern von Herzblüten, den glasigen, gebrochenen Augen der alten Frau und dem kitschigen Silberkettchen bemerkte er die eisigen

Nadelstiche kaum, die seine Haut erst röteten und später unterkühlten. Erst als er nur mehr mühsam atmen konnte und sich sein Herz mit rasanten Kontraktionen bemerkbar machte, überfiel ihn jähe Panik und es bedurfte einiger tollpatschigen Versuche, um die Armatur mit zitternden Händen auf Heißwasser umzustellen. Noch hatte er keinen Gedanken daran verschwendet, wie er Josephine von der fiktiven Verfolgungsjagd überzeugen konnte; spielte ein solch triviales Problem denn eine Rolle, wenn er sich doch längst in weitaus ekstatischeren Sphären bewegte?

War es nicht vordringlicher, sich darum zu kümmern, an welchem Ort er seine kostbaren Kleinode verwahren könnte? Verborgen und dennoch für ihn jederzeit griffbereit – das war zwingend das wichtigste Kriterium. Dafür kam selbstredend nur sein Arbeitszimmer in Frage, das Josephine niemals betrat, außer sie wurde darum von ihm ausdrücklich gebeten, zum Beispiel wenn Staub gewischt oder die Vorhänge gewaschen werden mussten. Bisher hatte keine Notwendigkeit bestanden, es abzusperren und wenn er dies aber ab jetzt tun würde, wäre seine kluge Frau mit Sicherheit alarmiert. Er musste unbedingt darauf achten, alles beim Alten zu belassen, nur keine auffälligen Veränderungen, nur keine unbedachten Taten oder Worte, die vom herkömmlichen Alltag abwichen!

Tatsächlich fiel ihm aber soeben siedend heiß ein, dass sich sowohl das Kettchen als auch der Taschenanhänger noch in seiner zerknüllten Hose befanden, sodass er nackt und nass aus der Dusche stolperte und das Kleidungsstück hektisch aus dem Wäschekorb riss. Sorgsam zog er seine Beute aus der Hosentasche und wie aus dem Nichts durchflutete ihn ein unbeschreibliches Glücksgefühl in genau der Sekunde, in der er das kühle Metall der Kette sowie das weiche Plastik des Anhängers berührte. Selig lächelnd stellte er sich vor den Kosmetikspiegel, legte sich geziert die Kette um den Hals und hängte den Herzanhänger spielerisch über sein linkes Ohr, wo er genauso fröhlich baumelte wie an der altmodischen Tasche der gehbehinderten Frau.

„Jerome? Alles in Ordnung, mein Lieber?", unterbrach Josephine sein intimes Tête-à-Tête mit den Herzgaben seiner beiden Spenderinnen.

Spenderherzen, Herzspender, schoss es ihm unvermittelt durch den Kopf.

Seine Frau stand vor der Badezimmertür, ohne zu klopfen wartete sie seine Antwort ab.

„Natürlich, Liebes, alles bestens. In zwei Minuten bin ich bei dir."

„Fein, dann trage ich schon den Salat auf."

Ihre Erleichterung darüber, dass er wohlauf und nicht unter der Dusche umgekippt war, konnte er sogar durch die geschlossene Tür spüren und er lauschte ihren Schritten, die sich eilig über den langen Flur wieder in Richtung Küche entfernten.

Mehr Obacht, gemahnte er sich.

Sei auf der Hut, Lefort, du hättest sie kommen hören müssen mit ihren klappernden Riemchenschuhen! Pass besser auf, sonst erwischt es dich schneller, als du denken kannst, alter Mann! Das wäre doch für einen Chefermittler ein geradezu lächerlicher Fauxpas!

Zuversichtlich grinste er in den Spiegel.

Was er sah, gefiel ihm. Gefiel ihm sogar außerordentlich gut.

* * * * *

Was wollen Sie damit sagen, „ich hätte meine Meinung aber ungewöhnlich schnell geändert"? Wollen Sie mir damit etwa unterstellen, ich würde mein Mäntelchen nach dem Wind hängen? Kann es sein, dass Ihr Unterton ein wenig von Zynismus gefärbt ist?

Verzeihen Sie, aber ich bin sehr empfindlich, was Untertöne angeht. Glauben Sie mir, es ist nicht einfach im Paris des 21. Jahrhunderts als Frau zu bestehen, vor allem nicht während des Älterwerdens. Niemals hätte ich mich in dieser Großstadtanonymität behaupten können, hätte ich nicht meine Standpunkte mit geradem Rücken und erhobenem Kopf vertreten. Selbstverständlich wäre es manchmal einfacher für mich gewesen, mich anzupassen, etwas Diplomatie an den Tag zu legen oder das hilflose Weibchen zu geben. Aber erstens liegt mir nichts ferner als Selbstverleugnung und zweitens: Was wäre der Preis dafür gewesen? Abhängigkeit, Unselbständigkeit, Gebundenheit an das Wohlwollen anderer. Vielleicht haben Sie jetzt das Klischeebild von mir, ich wäre eine überemanzipierte

Schreckschraube, die sich mit scharfer Zunge und spitzen Ellenbogen durch den nie enden wollenden Dschungel einer machoiden Männerwelt schlagen muss. Ich denke, zum Teil liegen Sie damit sicher richtig, vor allem, wenn Sie mich nicht persönlich besser kennen. Meine Tochter und Jean und vermutlich auch einige meiner Freunde könnten Ihnen allerdings bestimmt auch von anderen Facetten meines Wesens erzählen. Aber das interessiert Sie jetzt nicht besonders, n'est-ce pas? Ihre Ungeduld macht sich bereits an Ihren wippenden Zehenspitzen bemerkbar und Sie ruckeln auffällig unruhig auf Ihrem Stuhl umher.

Zugegeben, meine Tirade eben war ja auch nicht besonders spannend, aber es war mir ein Anliegen, Ihre Beurteilung über mich ein wenig zu korrigieren.

Aus heutiger Sicht kann ich es, wie ich vorhin ja bereits betonte, selbst kaum nachvollziehen, warum ich Lefort um Hilfe bat. Mit ein Grund dafür ist wahrscheinlich, dass ich es von jeher gewohnt bin, all meine Dinge des Lebens so gut es geht selbst in die Hand zu nehmen und zu bewältigen. Dazu gehörte eben auch, dass Monsieur l'Inspecteur Lunel zwar sehr mitfühlend mit mir umgegangen ist, allerdings sein Engagement, den Mörder meiner Mutter so schnell wie möglich zu finden, eher lau, um nicht zu sagen, desinteressiert ausfiel. Meine Mutter war weder zerstückelt noch vergewaltigt worden, auch nicht brutal niedergeschlagen oder beraubt und somit gehörte sie sicher nicht zu den prestigeträchtigsten Verbrechen rund um den Montmartre. Blutrünstige Schlagzeilen in der Presse waren eher nicht zu erwarten und somit auch keine aufsehenerregende Aufklärung mit abschließender Beförderung. Ich konnte mich des Eindrucks nicht erwehren, dass zeitliche und personelle Ressourcen für die Tätersuche auf Sparflamme gedreht wurden und meine Mutter als zwar bedauerlicher, aber dennoch ungeklärter Fall unter spektakuläreren Aktenbergen begraben werden würde.

Das hatte selbst meine Mutter nicht verdient.

* * * * *

Er band sich ein Badetuch straff um die Hüften, verbarg Kette und Anhänger unter dem eng anliegenden Bund und hastete in der verzweifelten Hoffnung, das schwere Tuch möge sich nicht lösen, ins gegenüberliegende Schlafzimmer, wo er nach frischer Wäsche kramte und rasch seine kleinen Geheimnisse vorübergehend in eine schwarze Wollsocke stopfte, bis er Gelegenheit dazu fand, diese weiter in sein Büro zu schmuggeln. Am besten dann, wenn sich Josephine, wie es ihre Angewohnheit war, nach dem Essen kurz ins Badezimmer zum Zähneputzen oder auf die Toilette begab.

So machen wir das, Jerome, du schlauer Fuchs, beglückwünschte er sich selbst zu seiner Raffinesse.

Es erwies sich als unerwartet einfach, Josephine eine harmlose Geschichte über die Verfolgung eines mutmaßlichen Mörders einer abgehalfterten Hure aufzutischen. Schließlich schöpfte er ja aus einem vierzigjährigen Erfahrungsschatz und Josephine genoss es beinahe ein wenig, wieder an einer seiner aufregenden Episoden teilhaben zu dürfen. Er achtete höllisch darauf, Lunel nicht allzu oft zu erwähnen, zu groß war die Gefahr, Josephine könnte diesen per Zufall treffen oder das Telefon zum falschen Zeitpunkt abheben und mit seinem ehemaligen Kollegen ein paar unverbindliche Worte wechseln. Unweigerlich würde sich bei einem solch zwanglosen Gespräch herausstellen, zu welchen Lügenmärchen er plötzlich im Stande war.

Noch während er in seinem Redefluss schwelgte, dachte er darüber nach, dass er damit schleunigst aufhören musste, unschuldigen Menschen ihr Leben zu nehmen, nur um seine Glücksbringer zu sammeln. Es musste doch auch einen anderen Weg geben, dieses unglaublich faszinierende Gefühl absoluter Losgelöstheit und Seligkeit zu erlangen. Eine Idee nahm in seinem Kopf Gestalt an, erst vage, dann so klar und selbstverständlich, dass er den letzten Kommentar Josephines völlig überhörte.

„Was sagtest du?" erkundigte er sich daher vorsichtig, als sie ihn aufmerksam musterte.

„Jerome, ich freue mich ja durchaus sehr mit dir, dass du solchen Gefallen daran findest, hin und wieder auf die Pirsch zu gehen."

Er wusste, nach dieser ernsthaft vorgetragenen Einleitung konnte nur ein großes „aber" kommen und da war es ja auch schon.

„Aber ich muss dich doch darum ersuchen, dich nicht gehen zu lassen. Während deiner gesamten Dienstzeit, nicht einmal während deiner tragischsten Fälle, ist es vorgekommen, dass du derart verwahrlost, stinkend und zerzaust nach Hause zurückgekommen bist. Du hast heute ausgesehen und gerochen wie der letzte Penner. Wenn es dir nicht gelingt, auch unter widrigsten Umständen der zu bleiben, der du für mich immer warst, dann möchte ich nicht, dass du dich weiterhin als Aushilfsermittler betätigst."

Lefort fiel es nicht schwer, ein bekümmertes Gesicht zur Schau zu stellen, war er doch tatsächlich betroffen und vor allem zutiefst erschrocken über ihre Beobachtungen. Sie hatte vollkommen Recht, so etwas durfte niemals mehr passieren, niemals mehr durfte sie auf ihn unangenehm aufmerksam werden.

Leicht streichelte er ihre Hand.

„Es tut mir wirklich sehr leid, Josephine, ich habe mich tatsächlich etwas gehen lassen", bekräftigte er ihre Ausführungen, „ich kann nicht mehr als dir zu versprechen, dass so etwas nie mehr wieder passieren wird."

Dabei beließ er es. Er schüttete sich eimerweise Asche über sein Haupt, gab ihr uneingeschränkt recht und anschließend ein treuherziges Versprechen. Was sollte sie dem entgegensetzen?

„Das ist schön, mein Lieber. Nun kann ich wieder ganz beruhigt sein", reagierte sie wie geplant. Sie strich ihm flüchtig über die Wange und stand auf, um sich, auch wie geplant, zum Zähneputzen zurückzuziehen.

Und wie ebenfalls geplant, holte Lefort in der Zwischenzeit die Wollsocke aus dem Schlafzimmer und stopfte sie hinter eine ledergebundene Lexikareihe, Band H wie Herz, in dem massiven Bücherregal in seinem Büro.

Danach wollte er sich zu Fuß auf Einkaufstour begeben. Shopping, wie es die jungen Leute heutzutage nannten.

* * * * *

Kurz vor Mitternacht rief mich Monsieur l'Inspecteur Lunel höchstpersönlich an, um mir mitzuteilen, dass die Obduktion meiner Mutter dank einer eingelegten Doppelschicht des Pathologen bereits abgeschlossen worden war und dass man an ihr keinerlei verwertbare Spuren eines Täters gefunden habe wie zum Beispiel Haare oder Haut unter ihren Fingernägeln. Sie hatte sich scheinbar nicht gegen ihren Angreifer gewehrt und leider hatte sie auch ihre Herzschwäche im Stich gelassen und nicht vor dem gewaltsamen Tod bewahrt: Sie war bei vollem Bewusstsein, als sie erstickt wurde, vermutlich mit einer bloßen Hand, da sich auch kein Gewebe in ihrem Mund oder Rachen befand, das Rückschlüsse darauf ziehen ließ, womit ihr die Luft zum Leben genommen worden war. Bis zu diesem Zeitpunkt habe ihr Herz ganz normal geschlagen, wahrscheinlich aufgrund der Medikamente, die sie laut Blutbefund gewissenhaft eingenommen hatte. Ihre sterblichen Überreste konnten somit für die Beerdigung freigegeben werden. Monsieur l'Inspecteur Lunel verabschiedete sich sanft mit der Information, auch die Untersuchungen in dem Treppenhaus hätten zum größten Bedauern aller Beamten nichts Konkretes ergeben, aber man würde nicht eher ruhen, bis man des Mörders habhaft geworden wäre.

Für mich kam all dies einem Abschluss der Untersuchungen gleich. Alleine die zügig abgeschlossene Obduktion und die fehlenden Ergebnisse aller Unterfangen waren Anzeichen genug, dass man meine Mutter schnell vom Tisch haben wollte.

Zwar bemühte ich mich angestrengt darum, ein wenig Schlaf zu finden, aber es war nichts zu machen. Daher setzte ich mich an meinen Laptop und suchte nach Mordmotiven und Mordmethoden. Eine schier unerschöpfliche Quelle an menschlichen Grausamkeiten tat sich mir auf und ich tauchte für ein paar Stunden ein in eine Welt, die geprägt war von Hass, Blut und kranken Gehirnen.

Keines der gängigsten Mordmotive traf auf meine Mutter zu. Wer sollte auf eine Achtzigjährige, die sich nur mehr von Stunde zu Stunde durchs Leben quälte, eifersüchtig sein? Wollte man ihrer Pflegerin Andra unterstellen, sie würde vom Tod meiner Mutter profitieren, so würde sich diese Anschuldigung als Fehlanzeige erweisen. Andra war neben mir die zweite Zeugin der notariellen Beglaubigung des Testaments meiner Mutter und wusste daher, dass sie eine goldene

Halskette samt dazu passenden Ohrsteckern erben würde. Auch ich hatte keinen Nutzen von einer toten Mutter. Ihre zwar ansehnliche Rente sowie ein zweckgebundenes Sparbuch dienten einzig und alleine dem Sinn, dass sie in ihrem eigenen Zuhause von Andra gepflegt werden konnte. Was glauben Sie, wie schnell diese Reserven bei den Unsummen, die eine solche Versorgung verschlingt, schmolzen? Selbst Mutters Urenkel erhielt an Weihnachten oder zu Geburtstagen nur ein eher schmales Salär. Da auch ihre Handtasche nicht geleert worden war, schieden also ebenfalls Geld oder Habgier als Motive aus.

Sexuelle Verwirrung war schon deshalb auszuschließen, da ihre Kleider weder zerrissen noch beschmutzt worden waren, und es gab keine eindeutige Pose, in der sie zurückgelassen worden war, was auch einen Ritualmord ziemlich unwahrscheinlich machte.

Nach einigen Tassen Kaffee und einem überquellenden Aschenbecher gab ich meine Erkundungsreise in der großen weiten Internetwelt auf, mir war grottenschlecht geworden von all dem unbeschreiblichen Leid, zu dem die angeblich intelligente, sozialisierte Menschheit im Stande war.

Gegen halb acht Uhr am Morgen telefonierte ich mit dem Bestatter, um die Einäscherung meiner Mutter kurz zu besprechen, fuhr um acht Uhr mit der Métro zu dessen Unternehmen direkt am Cimetière de Montmartre in die Avenue Rachel, erledigte sämtliche Formalitäten – ich kann Ihnen diese Firma nur wärmstens empfehlen; das Personal arbeitet effizient, unkompliziert und rücksichtsvoll, ohne gefühllos zu wirken – und war bereits um halb zehn im Café Moncœur, um mir ein Glas Bordeaux zu genehmigen und auf Commandant Lefort zu warten.

Denn ich war nach all den Nachforschungen in meinen Überlegungen zu dem Schluss gekommen, dass meine Mutter entweder als unliebsame Zeugin eines Verbrechens beseitigt hatte werden müssen oder von einem geisteskranken Irren aus keinem bestimmten Grund außer gigantischem Wahnsinn umgebracht worden war. Das war schließlich Leforts Spezialgebiet.

* * * * *

Josephine würde an diesem Tag bis zum späten Abend im Hôpital Hotel Dieu auf der Île de la Cité damit beschäftigt sein, chronisch kranken Kindern mit Hilfe von originellen Spielen und motivierenden Lernprogrammen das Lesen beizubringen – eine ihrer zahlreichen ehrenamtlichen Aufgaben, die sie mit Freude und Hingabe erfüllte. Somit konnte sich Lefort in Ruhe und ohne besondere Eile seinem hehren Vorhaben widmen, nach Gutdünken und Begehrlichkeit Herzen zu sammeln, ohne dafür Menschenleben zu opfern.

Doch bevor es soweit war, wollte er die Gunst der Stunde seines Alleinseins nutzen und eilte trotz sengender Nachmittagshitze im Laufschritt über den

Boulevard de Clichy in die Rue Pierre Fontaine, wo er den winzigen Eisenwarenladen von François gegenüber des Moulin Plaza geöffnet vorzufinden hoffte. François, ein verhutzelter zahnloser Greis, der mittlerweile bereits auf die Neunzig zugehen musste, hatte das zu einem Laden umgebaute, einem ebenerdigen Appartement angehörige Wohnzimmer von seinem Vater geerbt und nicht die geringste Kleinigkeit daran jemals verändert. Das Ergebnis waren außerordentlich gut bestückte Regale, gefüllt mit unzähligen Holzkistchen, in denen sich Schrauben, Nägel und Kleinteile sammelten, die man tatsächlich noch einzeln erwerben konnte. François verkaufte seine Ware wie eh und je nach Kilopreis, sogar seine Waage war ein liebevoll gepflegtes und regelmäßig geeichtes Original mit kupfernen Schalen aus dem Bestand seines Vaters. Außerdem gab es nichts, was man in François' Sortiment nicht fand – und sollte man einen Spezialwunsch haben, wusste der Alte in ganz Paris am besten darüber Bescheid, wo man ihn sich erfüllen konnte.

Lefort kannte François seit einer lange zurückliegenden Episode, über die sie beide noch heute bei einem Gläschen Pastis herzlich lachen konnten. Im Zuge einer Ermittlung hatte der damals noch hitzköpfige und übereifrige Lefort irrtümlich einen Unschuldigen verhaftet, ihm Handschellen angelegt und in seiner Aufregung den kleinen Schlüssel dafür fallen lassen, der prompt mit einem hellen Pling zwischen den Ritzen eines Kanalgitters verschwand. Der Verhaftete schrie aus Leibeskräften, beschimpfte Lefort und trat wild um sich. François hatte die Szene durch sein Ladenfenster hindurch beobachtet und erkannte mit einem Schmunzeln das Dilemma und die langsam aufkeimende Verzweiflung des jungen Polizisten, der sich hektisch nach Hilfe umsah und dennoch beruhigend auf den Tobenden einredete. François trat auf die Straße, packte wortlos die Kette der Handschellen, zerrte den Mann damit in den Laden und bedeutete Lefort mit einem Kopfnicken, ihm zu folgen. Im kühlen, nach Rost und Metall riechenden Inneren bugsierte François Opfer und Täter vor einen grob gezimmerten Holztresen, stellte drei an den Rändern ausgeschlagene, dickwandige Gläser sowie eine staubige Flasche Rotwein darauf, schenkte zwei Fingerbreit ein und drückte sie ihnen in die Hand. Mit einem lächelnden „Santé" zwang er sie, sich gegenseitig zuzuprosten und griff danach in eine seiner Holzkisten, um daraus ein Eisenstäbchen und eine filigrane Zange hervorzukramen, mit denen er in drei Sekunden die Handschelle problemlos öffnete. Vor Verblüffung über diese unglaubliche Aktion fielen weder Lefort noch dem Verhafteten passende Worte ein und François nutzte die Sprachlosigkeit, um nachzuschenken und erneut zuzuprosten. Nach zwei geleerten Flaschen war man aufs Engste untereinander befreundet, um nicht zu sagen verbrüdert, und es verstand sich von selbst, dass der Zwischenfall ein Geheimnis unter engsten Vertrauten blieb.

Das gewellte, verblichene Pappschild mit der handgeschriebenen Auskunft „fermé" an der Glasscheibe der wackeligen Tür hinderte Lefort nicht daran, zu klopfen, zu rufen und ungeduldig am versperrten Knauf zu rütteln. Er wusste, dass François sich ganz sicher in einem der hinteren Räume befand und es war nur eine Frage der Zeit, bis der schwerhörige Greis nach vorne geschlurft kam. Lefort drückte seine Stirn an die Scheibe und vernahm tatsächlich eine Bewegung wie in Zeitlupe im finsteren Verkaufszimmer. Mit zitternden, knorrigen Fingern drehte François den Schlüssel zum Öffnen und blickte ihm erstaunt ins gerötete Gesicht, das mit einem feinen Schweißfilm überzogen war.

„Wo brennt's, Jerome?", lispelte er, während er hinter Jerome wieder sorgsam abschloss.

„François, alter Freund, ich brauche ein kleines Schloss für meinen Schreibtisch. Seitentüre, nicht Lade, links angeschlagen", stieß Lefort kurzatmig hervor. Er war zu schnell gelaufen und sein Herz pumpte mit beängstigender Geschwindigkeit Blut und damit hoffentlich auch ausreichend Sauerstoff durch seinen Körper.

„Schlüssel oder Zahlen?"

„Was empfiehlst du mir?"

„Schlüsselschloss ist für innen, das mit Zahlen liegt außen. Beides ist dem Einbrecher egal", kicherte François, „du musst wohl langsam deine Schmiergelder vor deiner Frau verstecken, n'est-ce pas?"

„So ist es, mon ami, so ist es", grinste Lefort und klopfte dem Alten freundschaftlich auf die Schulter, „ich nehme eines mit Schlüssel. Klein sollte es sein, einfach zu montieren. Ich bin kein großer Handwerker, das weißt du ja."

François nickte und zog aus dem Wandregal mit sicherem Griff eine Schublade, in der er einige Zeit umherwühlte, bevor er ein beschlagenes Zylinderschloss, in dem ein flacher Schlüssel steckte, vor Lefort hinlegte.

„Gebraucht, funktioniert aber einwandfrei", kommentierte er den Zustand des Teils.

Lefort nickte und befingerte es stirnrunzelnd.

„Mit der Fräse ein Loch in die Tür bohren, zirka zwei Zentimeter von Ober- und Seitenkante entfernt. Schloss durchstecken, mit Schellen vorne und hinten befestigen. An der Innenseite kleine Litze zum Versperren für den Hebel schremmen. Am besten mit scharfem Schnitzmesser. Alles klar?"

Lefort nickte erleichtert, froh, dass er kostenlos eine Montageanleitung erhalten hatte und sich nicht mit dummen Fragen blamieren musste.

„Fünf Euro. Du siehst gehetzt aus, Jerome, und bleich um die Lippen. Bist du in Ordnung?"

Lefort zog einen Schein aus dem Hosensack und versuchte, sich seine Besorgnis darüber, dass noch jemand außer Albert und Josephine seinem offensichtlich mangelhaften Wohlergehen Beachtung schenkte, nicht anmerken zu lassen.

„Alles bestens, François, wirklich", versicherte er und verließ überstürzt den Laden.

Es erwies sich als tatsächlich so einfach, die Verriegelung einzubauen, wie François es ihm geschildert hatte und nachdem er Werkzeuge weggeräumt und Bohrstaub entfernt hatte, wischte er mit einem feuchten Lappen sowohl Seitenfach als auch Türe seines Schreibtisches sorgfältig sauber.

Er zog die Socke hinter dem H-Lexikon hervor und drapierte seine ersten Heiligtümer, Herzkettchen und Anhänger, im dunklen Inneren. Stolz verschloss er das Fach und stellte als Krönung noch den Pflanzenstock mit seinen in der Zwischenzeit prall geformten tränenden Herzen genau darüber auf die Tischplatte.

Nach einer erfrischenden Dusche wählte er eine dunkelblaue Sommerhose sowie ein luftiges weißes Hemd, kleidete sich sorgfältig an, versprühte noch einen Spritzer Armani hinter die Ohren und hüpfte vergnügt voller Vorfreude durch das Eingangstor auf die Straße. Entschlossen wandte er sich nach rechts, um auf schnellstem Weg über die Rue des Abbesses zur Funiculaire Gare Basse zu gelangen. Direkt unter dem wachsamen Blick der Basilika Sacré-Cœur wollte er sich in den Gässchen unter dem Hügel hemmungslos seiner Leidenschaft hingeben. Gab es einen heiligeren Ort, um für seine Sünden zu büßen und seine Passion in neue Bahnen zu lenken?

Mit klopfendem Herzen stürzte er sich in das Gewühl aus lärmenden Menschen, ließ sich mitreißen vom Touristenstrom, lächelte über von Eis klebrige Kinderhände, war einem Rollstuhlfahrer behilflich, der in einem Rinnstein hängen geblieben war, ließ seine emsigen Augen auf der Jagd nach Herzen unaufhörlich über Souvenirläden, Galerien, Patisserien und

Straßenhändler schweifen und bemerkte keinen einzigen der befremdeten, zuweilen mitleidigen Blicke, die ihm zugeworfen wurden.

Manch einer grinste, manch einer schüttelte verwundert den Kopf über diesen eleganten, sehr gepflegten, distinguierten, graumelierten Monsieur ohne Schuhe.

* * * * *

Drei Stunden später registrierte Lefort verwundert die riesige, knallrote Papiertüte mit der weißen Aufschrift „Galeries Lafayette", die am Boden zu seinen Füßen im Gras stand. Er selbst saß barfuß auf einer schattigen Bank unter einer ausladenden Ulme im Parc Monceau. Direkt vor ihm blickte er auf einen neu errichteten Kinderspielplatz, also musste er sich im nördlichen Teil der großzügig angelegten grünen Oase mitten in Paris befinden. Er hatte furchtbaren Durst und seine Füße brannten. Entsetzt stellte er fest, dass er keine Schuhe trug, sich auch nicht erinnern konnte, ob er sie verloren oder nie angezogen hatte. Was geschah mit ihm, das ihn dermaßen die Kontrolle über sich selbst verlieren ließ? Wo war er in den letzten Stunden gewesen?

Er zog die beinahe zum Platzen gefüllte Einkaufstüte zu sich heran und kramte hektisch darin herum. Fassungslos starrte er auf all die Herzensdinge, die er allem Anschein nach gekauft – und hoffentlich nicht gestohlen – haben musste. Kühlschrankmagnete, Badeschwämme, Kerzenhalter, Kaffeetassen, Fruchtgummi, Krawattennadeln, Fotorahmen, Haarspangen, bedruckte Boxershorts, Knabbergebäck, ja sogar eine Taschenlampe – all diese Dinge, als Herzen geformt oder zumindest über und über mit Herzen bedruckt, drängten sich dicht an dicht in dem stabilen, reißfesten Papiersack der weltberühmten Kaufhauskette.

Schuhe fand er nicht darunter.

Das alles musste ein kleines Vermögen gekostet haben und besorgt zog er seine Geldbörse aus dem hinteren Hosensack und stellte erleichtert fest, dass er keinen müden Euro mehr besaß. Er hatte wohl zum Glück in bar bezahlt; hätte er seine Kreditkarte verwendet, hätte er womöglich Spuren seiner verrückten Einkäufe hinterlassen.

Lächelnd und gedankenverloren beobachtete er die wenigen Kinder verschiedenen Alters, die sich an Hängebrücke, Klettergerüst oder Drehkarussell vergnügten. Nur eine einzelne Mutter saß weit von ihm entfernt ebenfalls auf einer Bank und strickte. Die Jungen und Mädchen waren zum Großteil schon bestimmt über zehn Jahre alt, sie benötigten nicht mehr zwingend ihre Mütter als Aufsichtsperson, solange sie sich im sicheren Rudel aufhielten. Für Kleinkinder war es wohl noch zu heiß für den Spielplatz, spekulierte Lefort. In diesem Kinder-Thema war er nicht besonders bewandert. Auf dem gepflegten Rasen, der dem Spielplatz angehörte, hatten sich einige Halbwüchsige zu einem erbitterten Fußballmatch gefunden, wie er den teils euphorischen, teils grölenden Rufen aus der Ferne entnehmen konnte.

Eine sanfte Bewegung in seinem Augenwinkel – später konnte er nicht mehr sagen, war es ein Vogel oder ein im Wind flatterndes Blatt – lenkte seinen Blick auf einen Kinderwagen, der abseits seiner Parkbank dicht am Ulmenstamm abgestellt war. Er war mit einem bunten Teddybären-Stoff bezogen und sein Dach war wohl zum Schutze des Babys darinnen hochgezogen. Lefort sah sich um, konnte aber in nächster Nähe niemanden entdecken, der sich um diesen niedlichen Wagen zu kümmern schien. Seine jahrzehntelang trainierten Ermittlerinstinkte waren sofort geweckt – da wird doch wohl nicht jemand sein Kind ausgesetzt haben? – vergessen waren seine Sammelstücke, und er stand rasch auf, eilte die drei, vier Schritte zu dem Kinderwagen und beugte sich darüber. Ein entzückendes, blond gelocktes Mädchen, höchstens einige Monate alt, schlief mit geballten Fäustchen und vom Schlaf geröteten Wangen tief und fest. Die Decke hatte es abgestrampelt und aus einer rosafarbenen Latzhose lugten die winzigsten Zehen hervor, die Lefort jemals gesehen hatte. Eine feine Haarlocke klebte auf der verschwitzten Stirn und das Baby nuckelte mit saugenden Geräuschen rhythmisch an einem Schnuller.

Den zierlichen pinkfarbigen Herzen, die den Schnuller rundum auf dem Kunststoffrahmen zierten, konnte Lefort unmöglich widerstehen.

Behutsam zog er daran und mit einem schmatzenden Geräusch löste sich der Gummisauger aus dem von Speichel feuchten Mund. In derselben Sekunde schlug das Mädchen seine Augen auf und begann wie am Spieß schrill und durchdringend zu schreien.

Das Bild des hilflos strampelnden Menschenkindleins verschwamm hinter Leforts Lidern, wurde zu einem diesigen Dunst aus rosa Wattebäuschen, wabberte an seinen Augen vorbei, verformte sich zu tiefroten Schleierfäden, ihm entfuhr ein erleichterter Seufzer höchster Zufriedenheit und er streckte die Hand aus, um sie sanft auf den mittlerweile verzweifelt nach Luft schnappenden Kindermund zu legen.

„Monsieur! Monsieur! Was machen Sie da? Lassen Sie sofort meine Schwester los!"

Ruckartig wurde sein Arm zurückgerissen und Lefort blickte in die zornigen Augen eines dreckverschmierten Jungengesichts.

Merde, der große Bruder, dachte Lefort, der die Gefahr sofort erkannt hatte und blitzschnell seinen Nebelgefilden entflohen war.

Der Junge war ungefähr vierzehn Jahre alt und Shorts und Schuhe ließen darauf schließen, dass er einer der Fußballmannschaften auf der entfernten Wiese angehörte.

„Junge, beruhige dich", fuhr ihn Lefort forsch an, „sie hat ihren Nuckel ausgespuckt und natürlich geschrien. Ich wollte ihn ihr wieder in den Mund stecken, so wie ich es bei meiner Enkeltochter auch immer mache. Du sollst wohl auf sie aufpassen, wie?"

Die verlegene Röte, die dem Jungen ins Gesicht schoss, sprach für sich.

Lefort wusste, dass er ins Schwarze getroffen hatte.

„Hör zu, junger Mann, ich kann ja verstehen, dass du dich lieber mit deinen Kumpanen amüsierst, aber dann musst du den Wagen näher bei dir parken, verstanden?"

Als Antwort erntete er beflissenes Nicken.

„Das hätte ins Auge gehen können. Was wäre gewesen, wenn statt mir ein Irrer des Weges kommt und deine Schwester entführt oder ihr noch Schlimmeres antut? Du siehst ja, wie schnell so etwas gehen kann!", setzte Lefort belehrend nach.

Nun tropfte endlich die erste Träne über das schuldbewusste Gesicht des Jungen und hinterließ zähe Schlieren auf seiner schmutzigen Wange. Lefort entspannte sich.

Gönnerhaft klopfte er dem Jungen auf die Schulter.

„Schon gut, ist ja zum Glück nichts passiert, mein Freund. Nun fahr sie aber schnell nach Hause, ich glaube, sie hat Hunger und ihre Windel duftet auch nicht gerade nach Rosenwasser."

„Ja, Monsieur. Vielen Dank, Monsieur!", stammelte der Junge, löste die Bremsvorrichtung des Kinderwagens, fixierte den Blick auf seine noch immer schniefende Schwester, stimmte lauthals ein Kinderlied an und schob den Wagen in einem Höllentempo ruckelnd über den Kiesweg dem nördlichen Ausgang des Parks zu.

Lefort holte keuchend Atem, besorgt befühlte er seine linke Halsschlagader, an der sein Puls vorwurfsvoll hämmerte.

Hätte er nicht sein gesamtes Leben in dieser Stadt verbracht, wäre es ihm in dieser seiner erschöpften Verfassung niemals gelungen, sich zu orientieren und die richtige Métro nach Hause zu finden. Als alteingesessener Parisien aber ging er automatisch auf den Ausgang Nord zu, nahm den Métroeingang Monceau, fuhr bis zum Place Clichy und gelangte zwar barfuß mit aufgeschürften Fußsohlen, aber ansonsten einigermaßen gesund nach Hause.

Es blieb ihm noch genügend Zeit, seine Einkaufstüte sicher in seinem Schreibtischfach zu verwahren, sich selbst ein ausgiebiges Bad zu genehmigen, seine Füße mit Wundsalbe einzucremen und unter Socken zu verbergen und sich eine „Für den äußersten Notfall Lüge" für Josephine auszudenken.

Die benötigte er allerdings nicht mehr, denn um genau einundzwanzig Uhr dreiunddreißig alarmierte Josephine, sobald sie nach Hause gekommen war und einen Blick in das Schlafzimmer geworfen hatte, die Rettung, da sie der Meinung war, ihr Mann erleide soeben einen Herzinfarkt.

Dem Notarzt schilderte sie panisch am Telefon, Commandant Jerome Lefort sei bei Bewusstsein, aber sein Puls läge bei einhunderteinundsechzig Schlägen und er könne nur keuchend Luft holen. Lefort wurde mit Blaulicht ins Hôpital Rothschild eingeliefert, doch bereits im Ambulanzwagen stellten Sanitäter und Notarzt per Elektrokardiogramm keinerlei Unregelmäßigkeiten seiner Vitalfunktionen außer leicht erhöhter Pulsfrequenz fest.

Darauf folgende detaillierte, gründliche Untersuchungen unter der Oberaufsicht des auf Betreiben einer ungewohnt hysterischen Josephine aus dem Bett geholten Chefkardiologen Dozent Professeur Docteur Meier ergaben denselben Befund: Lefort konnte noch am frühen Morgen in die Obhut seiner Gemahlin entlassen werden. Er war gesund.

Körperlich zumindest.

* * * * *

Schönheitsflecken

Sie hätten Albert erleben sollen an diesem Morgen im Café Moncœur, er war eine Nummer für sich, wie er herumwuselte und wichtigtuerisch seinen Freunden und Bekannten die letzten Weisheiten des Tages unterbreitete! Zugegeben, es passiert selbstverständlich nicht alle Tage, dass sich ein alter Kellner mit zwei Todesfällen innerhalb von wenigen Stunden konfrontiert sieht, aber wenn Sie ihn gehört hätten, würden Sie denken, er wäre der einzig wahre Jugendfreund meiner Mutter und Suzettes liebender Pflegevater gewesen.

Im inneren Barbereich herrschte schon als ich ankam reger Betrieb, es hatte sich wohl im Viertel bereits herumgesprochen, dass Albert bereitwillig Audienz zu den brandheißen Themen „Der Fall Suzette" und „Mord im Stiegenhaus" hielt. Großzügig schenkte er seinem sensationsgierigen Publikum bereits am Morgen kostenlosen Fusel aus und ließ sich nicht zweimal bitten, wenn jemand eine Zwischenfrage stellte oder um nähere Details bat.

Eigentlich wusste er ja nicht besonders viel, daher schmückte er seine Geschichten von Mal zu Mal etwas mehr aus, sodass ich mich nach einer Weile des tatenlosen Zuhörens gezwungen sah, ihn zu bremsen. Ich verübelte ihm, wie er über den Mord an meiner Mutter schwadronierte und mich als bemitleidenswerte Mitarbeiterin hinstellte, auf die man in den nächsten Wochen besonders Rücksicht nehmen musste, und das, obwohl sie ihren Dienst doch eben erst angetreten hatte. Rücksicht oder Mitgefühl musste man sich nach Alberts moralischen Grundsätzen lange und vor allem hart erarbeiten.

„Albert, bitte hören Sie auf damit, vom Unglück meiner Mutter zu sprechen. Sie greifen der Polizeiarbeit mit Ihren Spekulationen und aus der Luft gegriffenen Theorien vor. Halten Sie sich doch etwas zurück."

„Aber Elaine, Madame Sabatier, verzeihen Sie, ich habe doch nur ...", verhaspelte er sich verlegen und knetete tiefe Falten in seine schwarze Bauchschürze.

„Egal, Albert", unterbrach ich ihn, eine klitzekleine Gemeinheit aus dem Ärmel ziehend, „Sie lenken die Aufmerksamkeit des Mörders auf sich mit Ihrem Geschwafel."

Er japste kurz, murmelte etwas Unverständliches in meine Richtung und fuhr die blutjunge Aushilfskraft an: „Was stehen Sie hier herum, sehen Sie nicht, dass draußen die Gäste warten? Richten Sie den Tisch für Commandant Lefort her. Reserviert-Schild, die Le Monde und die Blumenvase nicht vergessen! Nun aber hurtig!"

Das Mädchen drehte sich erschrocken um und ergriff die Flucht ins Freie, um die harschen Befehle umgehend auszuführen.

Von meinem Platz am Tresen aus hatte ich einen guten Überblick über das Geschehen vor dem Lokal. Touristen strömten schlendernd vorbei, manche hielten an, um die Tafel mit den Plats du jour zu studieren, einige ließen sich an einem freien Tisch nieder, wieder andere würdigten das Moncœur keines Blickes, sondern steckten ihre Nase lieber tief in breit ausgefächerte Stadtpläne mit den ach so berühmten Sehenswürdigkeiten von Paris.

Ganz entgegen meiner Art hatte ich mich selbst hemmungslos an der billigen Bordeauxflasche bedient und bereits mein drittes Glas hinter mich gebracht, als ich Lefort auf seinen angestammten Platz mit gesenktem Kopf zuhinken sah. Es hatte den Anschein, als hätte er sich Blasen an den Füßen oder eine sonstige schmerzhafte Verletzung zugezogen und seine Körperhaltung sprach dafür, dass er nicht gerade einen seiner besten Tage erlebte. Ich beschloss, ihn erst seinen Café au lait trinken und die Zeitung durchblättern zu lassen, bevor ich ihn mit meinem Anliegen behelligte. In der Zwischenzeit aß ich ein ansehnliches Stück der Quiche Tarte, was meinem vom Alkohol etwas schwummrigen Kopf und flauen Magen durchaus wohl tat. Dabei verlor ich den Commandant aber keine Sekunde lang aus den Augen und was ich beobachtete, kam mir äußerst eigenartig vor. Seinen Café au lait rührte er nicht an, die Zeitung ließ er links liegen und nur das kleine Glas lauwarmen Wassers hatte er in einem Zug hinuntergestürzt, als wäre er kurz vor dem Verdursten. Die Zeit schlug er mit leerem Starren in die vorbeiziehende Menschenmenge tot, während er unablässig seine Finger verschränkte und wieder löste.

Es war meiner Meinung nach durchaus in Ordnung, ihn aus dieser Versenkung herauszuholen und so rutschte ich vom Barhocker, zog mein Kleid zurecht, zupfte mein Haar in Ordnung, straffte den Rücken und bereitete mich innerlich auf eine Abfuhr vor, die ich mit Contenance entgegennehmen würde.

„Guten Morgen, Monsieur Lefort", sprach ich ihn leise an, „kann ich Sie einen Augenblick sprechen?"

Er zuckte nervös zusammen und hatte sichtlich Mühe, seinen Blick mir zuzuwenden und mich aus seinem Erinnerungskästchen als die neue Serveuse hervorzukramen.

„Madame?", fragte er mit belegter Stimme.

„Sabatier, Elaine Sabatier. Darf ich?" Noch während ich sprach, zog ich den Stuhl rechts von ihm unter dem Bistrotisch hervor und setzte mich unaufgefordert, solange ich noch den Mut dazu besaß.

Dies dürfte für Lefort dann doch ein äußerst unangemessenes Benehmen ihm gegenüber gewesen sein, denn er richtete sich auf, kniff die Augen zusammen und musterte mich arrogant von oben herab.

„Was wollen Sie von mir?", erkundigte er sich barsch.

„Ich möchte Sie um Hilfe bitten." Ich kann mich nicht erinnern, dass es in meinem Leben jemals einen Satz gegeben hätte, der mir so schwer gefallen ist, wie dieser. Jedes einzelne Wort nötigte ich mir mühsam ab, seine abweisende Reaktion bestätigte nur mein allererstes Urteil über ihn. Eingebildeter Schnösel, dachte ich.

„In welcher Angelegenheit?", erkundigte er sich knapp und desinteressiert.

Er hatte angefangen, in seinem erkalteten Café zu rühren. Am Nebentisch bediente Albert eine Familie mit zwei Kindern extra höflich und zuvorkommend und warf dabei immer wieder fassungslose Blicke in meine Richtung. Meine Unverfrorenheit, mich zu dem Polizeiheiligen in Rente an den Tisch zu setzen, schlug doch auch wirklich dem Fass dem Boden aus, n'est-ce pas? Dennoch keimte in Albert die Hoffnung, er könne ein paar Worthäppchen erhaschen, mit denen er seinen Wissensstand updaten könnte.

„Meine Mutter wurde ermordet."

„Dafür ist in diesem Arrondissement Monsieur l'Inspecteur Lunel zuständig", informierte er mich und griff demonstrativ ablehnend zur Le Monde.

„Das weiß ich, und er hat sich auch sehr um mich bemüht. Aber ich denke, an Ihre Kompetenz reicht niemand heran."

Es gibt also doch einen zweiten Satz in meinem Leben, den ich mir aus der Kehle und über die Lippen würgen musste.

Er seufzte gelangweilt, schlug aber die Zeitung nicht auf.

„Schmeichelei bringt Sie nicht weiter. Ich bin im Ruhestand und Lunel ist ein fähiger Mann."

Ich fühlte, dass ich ein klein wenig Boden unter den Füßen gewann, neigte den Kopf meinen Widerwillen niederkämpfend zu ihm hin und strich mir dabei eine Haarsträhne hinter das Ohr, damit sie mir nicht die Sicht auf sein blasiertes Antlitz verwehrte.

„Würden Sie mir zwei Minuten zuhören?"

Ich versprach meinem aufheulenden Stolz, dass dies der letzte Versuch wäre, seine Aufmerksamkeit zu erheischen. Es funktionierte. Zwar sah er mich nicht direkt an, sondern fixierte einen Punkt, der irgendwo hinter meinem linken Ohr liegen musste, doch sein Interesse war geweckt.

„Meinetwegen. Zwei Minuten. Dann entscheide ich, ob ich vielleicht ein gutes Wort bei Lunel für Sie einlege."

Das war zwar nicht genau das, was ich mir erhofft hatte, aber man würde ja weitersehen, sobald er erst die Einzelheiten meiner Geschichte kannte.

Zwei Minuten reichten natürlich nicht aus, um ihm lückenlos sämtliche Informationen von Pathologie und Polizei sowie meine eigenen Schlussfolgerungen mitzuteilen, aber er unterbrach mich kein einziges Mal, nickte sogar hin und wieder als Zeichen seines Zuhörens – Interesse konnte man es wohl kaum nennen – und glotzte dabei die ganze Zeit weiterhin unverwandt auf den ominösen Punkt links hinter mir.

Ich sage Ihnen, dieses konsequente an mir vorbei Starren wirkte auf mich ziemlich irritierend und ich musste mich sehr zusammenreißen, um nicht jäh den Kopf zu drehen und über die Schulter zu sehen, worauf er sich so intensiv konzentrierte.

Wahrscheinlich habe ich deshalb völlig darauf vergessen, ihm zu erzählen, dass der kirschförmige Notrufanhänger meiner Mutter vermisst wurde.

* * * * *

Die seines Erachtens übertriebene Sorge und Betulichkeit Josephines trieb ihn letzten Endes aus dem Haus, obwohl er zu gerne noch ein, zwei Stunden länger ruhend im Bett verbracht hätte. Zwar konnte er ihre Ängste um ihn durchaus nachvollziehen – wäre der Fall umgekehrt gelagert gewesen und er hätte Josephine mit einer Sauerstoffmaske und angeschlossen an furchterregend piepsende Maschinen bleich in einem Krankenbett hilflos betrachten müssen, er wäre vermutlich kollabiert – doch er selbst fühlte sich bis auf seine zerschrammten Fußsohlen erstaunlich wohl.

Von dem Augenblick an, als er am Abend zuvor Josephines klackernde Schuhe im Flur vernommen und mit einem Mal das beklemmende Gefühl hatte, nicht mehr richtig atmen zu können, empfand er eine behagliche Geborgenheit inmitten der hektischen Betriebsamkeit, er zweifelte keine Sekunde daran, dass er sich in fachkundigen Händen befand und unversehrt aus dieser schrecklichen gesundheitlichen Bedrohung hervorgehen würde. Er fühlte sich sicher und beschützt zwischen all den Kabeln und Schläuchen, die von seiner Brust zu flimmernden Computerbildschirmen führten, und den Ärzten und Krankenschwestern, deren einziges Ziel es war, ihn am Leben zu erhalten. Insgeheim war er, sobald die Sanitäter ihn in einem nach Desinfektionsmittel stinkenden Tragesitz schnaufend über die gewundene Treppe transportiert hatten, der stillen Überzeugung gewesen, dass ihm nichts Lebensbedrohliches fehlte, sondern sein seit Neuestem sensibles, immerhin über sechzig Jahre altes

Herz schlicht und einfach auf die Ereignisse des Tages überreagiert hatte.

Josephine sah das naturgemäß allerdings leider ein wenig anders.

Sie hatte ihn auf sein Versprechen, sich halbstündlich per Telefon zu melden, hoch und heilig schwören lassen, erst dann war sie bereit gewesen, ihn in seinen gewohnten Tagesablauf zu entlassen. Ihre eigenen Termine hatte sie sämtliche bis zum Ende der Woche abgesagt, ihr stand weniger der Sinn nach Sport oder Gemeinschaftswohl als vielmehr nach einer minutiösen Verfügbarkeit für ihren kränkelnden Mann.

Leforts einzige Besorgnis hingegen galt unausgesetzt seinen Socken sowie der damit verbundenen Befürchtung, man würde sie ihm im Hôpital abnehmen und die erklärungsbedürftigen Schürfwunden entdecken; allerdings nahm niemand angesichts seiner pseudodramatischen Herzprobleme davon nur die geringste Notiz.

Mit Hilfe der verabreichten Beruhigungsspritze sowie einem präventiven Medikament zur Pulsstabilisierung hatte er bis zum Vormittag wie ein Baby geschlafen und es nach einem opulenten Frühstück, erfolgreicher Blutdruckmessung durch Josephine und sinnlosen Versprechungen an sie geschafft, lädiert aber ungebrochen in sein Stamm-Café zu humpeln. Wie erwartet hatte Josephine ihn noch etwas in die Mangel genommen wegen seiner Füße, aber mit seiner gewissenhaft trainierten Schilderung, wie er nicht widerstehen hatte können, sich mit ein paar Jungs im Park am runden Leder zu versuchen und barfuß gespielt hatte, um seine teuren Lederschuhe zu schonen, gab sie sich über solch kindischen Unfug zwar kopfschüttelnd aber doch zufrieden.

Im Moncœur wollte er in Ruhe darüber sinnieren, was es mit seinen beängstigenden Erinnerungslücken auf sich hatte. Vor allem aber musste er mit seinem Alter Ego ein für alle Mal klären, warum seine erworbenen Schätze in der roten Papiertüte keinerlei Regung in ihm hervorriefen, ein kreischendes Baby hingegen, dessen Gesichtchen er mit seiner riesigen Pranke beinahe vollständig abdecken konnte, einen wohligen Schauder in ihm zu erzeugen vermochte.

Allerdings durchkreuzte diese aufdringliche, neue Bedienstete des Café Moncœur seine Pläne, kaum dass er mit seiner schonungslosen Selbstanalyse begonnen hatte.

Ihre Mutter sei ermordet worden, eröffnete sie ihm, nachdem sie so schnell Platz genommen hatte, dass er keinerlei Gelegenheit gehabt hatte, dies zu verhindern. Ein Wimpernschlag nur, und schon war sie ihm gefährlich zu nahe getreten. – Na und? Was ging ihn das an? Lunel wurde schließlich dafür bezahlt, sich um solche unerfreulichen, aber alltäglichen Vorkommnisse zu kümmern.

Lunel sei sehr bemüht, aber seine – Leforts – Kompetenz sei unerreichbar. Welch plumper Versuch, ihn an seiner männlichen Ehre zu packen und damit auf ihre Seite zu ziehen. Eine schlichte, ungebildete Person eben, diese Elaine Sabatier.

Nicht umsonst war sie Kellnerin am Montmartre und nicht Wissenschaftlerin mit Schwerpunkt Biogenetik.

Sie hatte sich bedauerlicherweise nicht abwimmeln lassen mit ihrer tödlich langweiligen Geschichte über ihre pflegebedürftige Mutter, die ihr armseliges Leben in einem Stiegenhaus irgendwo am Montmartre endlich ausgehaucht hatte. Lefort konnte sich nicht mehr daran erinnern, worum es genau ging in dieser fesselnden Tragödie über das Ableben einer bedeutungslosen, längst überfälligen Alten.

Die Sabatier hatte nämlich mit einer beiläufigen Handbewegung ihr Haar hinter das Ohr geschoben und was darunter zum Vorschein kam, setzte Leforts Verstand schlagartig außer Kraft: Ein dunkles Muttermal pulsierte im Takt ihrer Aufregung an der Oberfläche der zarten Haut über ihrer Halsschlagader. Ein klein wenig asymmetrisch vielleicht, aber eindeutig herzförmig.

Jerome Lefort gewährte Elaine Sabatier mehr als nur zwei Minuten seiner kostbaren Aufmerksamkeit.

* * * * *

Ich war mit meiner Schilderung schon längst am Ende angelangt, da starrte der Commandant immer noch, nur dass er nun auch noch über meine Schulter lächelte.

Sein Gesichtsausdruck hatte etwas Entrücktes, Fernes. so als ob er sich im Geiste im Niemandsland befand und ich ärgerte mich nun maßlos über mich selbst, dass ich mich dazu herabgelassen hatte, diesem ignoranten Wichtigtuer meine Hilflosigkeit einzugestehen und auch noch Unterstützung von ihm zu erhoffen. Seine Handflächen strichen fortwährend über die Le Monde, als wollte er sie kraft seiner Körperwärme glätten und die sinnlose Monotonie dieser Bewegung machte mich beinahe aggressiv. Um mir selbst Erleichterung zu verschaffen, legte ich meine Finger ungeduldig auf seine zuckenden Handrücken.

„Jerome?", vernahm ich in demselben Augenblick eine sanfte Stimme hinter mir und zog meine Hände blitzschnell zurück, da mir sehr wohl bewusst war, wie intim meine Berührung auf Josephine wirken musste. Dass es sich bei der gesichtslosen, leicht kehligen Stimme nur um die Josephines handeln konnte, war mir augenblicklich klar.

Ich drehte mich halb zu ihr um, setzte dazu an, diese irreführende Situation zu erklären, wollte mich ihr vorstellen und hielt peinlich berührt inne, als Lefort seine Frau erzürnt anherrschte: „Was machst du hier? Spionierst du mir etwa nach?"

Sie wurde zwar um eine Nuance blasser, biss sich auch kurz auf die Lippen, bewahrte aber bewundernswert die Fassung und behielt auch ihren ruhigen, gelassenen Tonfall bei.

„Wenn du es so nennen willst, mein Lieber, ja, so ist es", antwortete sie, „ich spioniere dir nach, weil du dich nicht wie versprochen gemeldet hast. Da dein portable vergessen und einsam im Flur am Ablagetischchen lag, konnte ich dich auch nicht erreichen."

Sie zog ein flaches Telefon aus ihrer sündhaft teuren Designerhandtasche, legte es wortlos vor ihn hin, nickte mir höflich zu und entfernte sich ohne weiteren Aufhebens mit gemessenen Schritten und kerzengerader Haltung entlang der Rue Bruxelles in Richtung Boulevard Clichy. Ich sah der schlanken, sichtlich konsequent trainierten Gestalt nach, die in ihrem eleganten Leinenkleid auf Sandaletten mit muschelbesetzten Riemchen über den flimmernden Asphalt elegant dahinzuschweben schien.

Lefort schlug beide Hände vors Gesicht und rieb sich in einer desperaten Geste über Augen und Stirn.

„Du meine Güte, was ist denn bloß in mich gefahren", murmelte er mehr zu sich selbst als für mich bestimmt.

Nun hatte ich in meiner langen Laufbahn wahrhaft genügend Beziehungsstreitigkeiten in aller Öffentlichkeit hautnah miterleben dürfen, vor allem wenn zusätzlich Alkohol die Hemmschwellen des guten Tons lahmlegte, doch Josephines noble Reaktion beeindruckte mich doch sehr.

„Ich würde meinen, Sie haben Ihre Frau gehörig vor den Kopf gestoßen, Monsieur Lefort. Wie es für mich aussah, außerdem zu unrecht." Ich maßte mir ein Urteil an, das mir nicht zustand und meine Chancen, dass er sich des Mordes an meiner Mutter annehmen würde, sanken in diesem Augenblick gegen Null.

„Ja", antwortete er schlicht, sah mich mit klarem Blick an, zupfte wie selbstverständlich einen Stift aus der Brusttasche seines schneeweißen Hemds, riss einen Randstreifen von der Le Monde ab und wollte von mir nicht unfreundlich, aber bestimmt wissen: „Vollständiger Name, Wohnadresse und Telefonnummer bitte, Madame?"

* * * * *

Das eintönige Geschwafel dieser unsympathischen Person ermöglichte Leforts verwirrtem Gehirn, den aberwitzigen Gedanken um Herzen in ihrer reinsten, mannigfaltigen Form ungehemmt freien Lauf zu lassen. Als ehemals mit den schwärzesten Tiefen der menschlichen Seele befasstem Ermittler fiel es ihm nicht schwer, unübersehbare Zusammenhänge zwischen seinem innersten Drang nach Befreiung und den damit verbundenen zwangsläufigen Toden von Suzette und der alten Frau herzustellen. Im Grunde war die leidige Angelegenheit ganz simpel: Das herkömmliche Beschaffen von Herzen wie Einkaufen, Herstellen oder Beschenkt-Werden bereitete ihm weder Genuss noch Erleichterung. Nichts davon löste auch nur den Hauch eines spürbaren Reizes aus, der nach Erfüllung gierte. Nichts Verbotenes, nichts Absurdes, nichts Einzigartiges, das es dabei zu überwinden galt, das das Blut einem Orgasmus gleichsam zum

Wallen brachte oder ekstatisches Surren bis in die Fingerspitzen hervorzurufen vermochte. (Obwohl – er konnte sich keineswegs daran erinnern, eine Erektion verspürt zu haben, wenn er an die Ereignisse der vergangenen zwei Tage zurückdachte.)

Erst nachdem der von ihm eigenhändig herbeigeführte Tod seine nicht verhandelbare Endgültigkeit unter Beweis gestellt hatte, erfasste ihn diese unbeschreibliche Losgelöstheit, eine fulminante Schwerelosigkeit, die ihn in ungeahnte, körperlose Sphären katapultierte. Alleine das haptische Empfinden Stunden danach noch, wenn er Herzkette oder Anhänger betastete, kam einem Sinnestaumel von Berauschtheit und Erregung gleich.

Hätte ihn der Junge nicht in der sprichwörtlich letzten Sekunde gerettet, hätte er ohne mit der Wimper zu zucken sogar ein Baby für diesen einen, wunderbaren Moment geopfert!

Lefort musste sich eingestehen, dass er Elaine Sabatier nicht wirklich, nicht bei vollem Bewusstsein zugehört hatte. Nicht einen Atemzug lang, schon gar nicht, als er den schwarzbraunen Fleck seitlich unter ihrem Ohr sanft vibrieren sah, ein brillantes, lebendiges Juwel, das er, und nur er allein, entdeckt hatte und das er sich dringend zu eigen machen musste.

Josephine machte ihm mit ihrem blödsinnigen Auftritt allerdings einen unliebsamen Strich durch seine erst im Entstehen begriffene Rechnung. Im Nachhinein könnte er sich für sein unbeherrschtes Gebaren ohrfeigen; es war absolut unnötig, seiner sanftmütigen und verständnisvollen Frau derart derb und lieblos zu begegnen, sein ungehobeltes Benehmen bot erneut Anlass zur Sorge um ihn. Josephine war nicht verletzt, wahrscheinlich nicht einmal beleidigt und mit Sicherheit würde sie ihm zu Hause keinerlei Vorwürfe machen, aber sie wäre alarmiert ob seines rüden Verhaltens, würde sich nicht erklären können, woher dieser negative Gesinnungswandel ihres Mannes nach so vielen Jahrzehnten rühren mochte und würde ihn nicht ohne eines für sie zufrieden stellenden, klärenden Gesprächs vom Haken lassen.

Aus dem Augenwinkel hatte er zudem mitbekommen, dass die für ihn anfangs nichtssagende, mittlerweile aber begehrenswerte Kellnerin flüchtig ihre Hände über seine gelegt hatte, was naturgemäß die eheliche Aussprache erschweren würde.

Dass diese mit fachkundigem, auf solche Situationen trainierten Serveuse-Blick den geschmacklosen Vorfall nicht nur ziemlich gut auf den Punkt brachte, sondern auch noch unaufgefordert kommentierte, war zwar für den Augenblick recht hilfreich, um ihn aus seinem verheerend süßen Tagtraum zu reißen, machte sie für ihn aber um keinen Deut anziehender.

Was er von ihr wollte, war nicht eine altkluge Bemerkung, sondern ihren herzförmigen Leberfleck.

* * * * *

Ja, aber natürlich habe ich ihm meine persönlichen Daten gegeben! Nennen Sie mir einen einzigen vernünftigen Grund, warum ich dies zu diesem Zeitpunkt nicht hätte tun sollen! Erst ersuche ich ihn um Rat und Tat und dann verweigere ich Name, Adresse und Telefonnummer? Welchen Sinn hätte das denn gemacht?

Er notierte sich meine Angaben penibel auf dem Papierschnipsel, faltete ihn akkurat zusammen und versicherte mir – erstmals hatte ich dabei den Eindruck, er würde mich tatsächlich als menschliches Lebewesen wahrnehmen – ernsthaft: „Nun, Madame Sabatier, ich werde mit Monsieur l'Inspecteur Lunel über Ihre Bedenken sprechen. Es wäre vermessen, Ihnen Versprechungen zu machen, die ich eventuell nicht halten kann, aber ich werde mein Möglichstes tun. Lassen Sie mir ein wenig Zeit und sprechen Sie mich in Gottes Namen nicht in Anwesenheit Alberts darauf an. Ich wüsste es sehr zu schätzen, wenn ich auch die nächsten Tage in Ruhe meinen Café au lait hier genießen könnte, bien?" Dabei grinste er spitzbübisch und ich war tatsächlich sprachlos.

Dieser unverhofften Umkehr von „Ich ertrage dieses öde Gelaber nicht länger und verabschiede mich einstweilen in meine geheime, prickelnde Parallelwelt" zu „Ich werde mein Möglichstes tun" konnte ich nur schwer folgen und ich zweifelte ernsthaft an meiner Urteilsfähigkeit.

Dennoch überwog eindeutig die Freude, und, ich gebe es nur ungerne zu, ein Fünkchen Genugtuung darüber, dass er mich nicht im Regen stehen gelassen hatte, meine Sicht der Dinge ernst nahm und durch seine Kontaktaufnahme mit Lunel das Signal setzte, dass hinter dem wenig sensationellen Fall „Die alte Sabatier" jemand stand, der einen gewissenlosen Mörder nicht schadlos davonkommen lassen wollte.

* * * * *

Bevor er den direkten Weg nach Hause und damit zu Josephine über den Boulevard Clichy einschlug, überlegte es sich Jerome Lefort noch einmal anders und zweigte direkt vor dem Einschnitt zu seiner Wohnstraße abrupt nach links ab, um sich nördlich in Richtung Cimetière de Montmartre zu halten. Er war noch zu unruhig, zu fahrig und aufgewühlt, um Josephine unerschüttert von Angesicht zu Angesicht gegenübertreten zu können. Was er im Moment am dringendsten benötigte, war ein wenig Ruhe und Abgeschiedenheit, ein schattiges, einsames Plätzchen, an dem er seine verworrenen Gedanken sortieren und seine närrischen Gemütsbewegungen zur Räson bringen konnte. Es galt nun unausweichlich, mit kühlem, analytischem Kopf Ordnung in seine zerstreuten Sinne und abstrusen Empfindungen zu bringen. Eile war geboten bei diesem Unterfangen und es durfte keinesfalls aufgeschoben werden.

Zu viel Schreckliches, aber auch gleich viel unverhofft Entzückendes, war bereits passiert in den letzten achtundvierzig Stunden, seit er dieses verfluchte Zitat gelesen und zugelassen hatte, dass es seinen Verstand derart vernebelte, dass er zum Mörder (aber noch mehr unversehens zum Genießer) geworden war.

Entlang der breit gepflasterten Avenues durch den weitläufigen Friedhof schlenderte er ziellos umher auf der Suche nach einer Stelle, an der er ungestört mit sich selbst ins Reine kommen konnte. Es war angenehm still zwischen den steinernen Gedenkstätten, marmornen Skulpturen und begrünten Gräbern; der Straßenlärm des Boulevards und der umliegenden Hauptverkehrsadern war nur als sanftes Brummen wahrzunehmen, sobald man sich dem Zentrum des größten Friedhofs von Paris näherte. Die Mittagshitze trug das ihrige dazu bei, dass nur wenige Touristen umherflanierten, um die unzähligen Monumente und prunkvollen Denkmäler und Mausoleen zu bestaunen.

Lefort fand, dass dies ein durchaus günstiger Zeitpunkt wäre, seinen Freund Lunel anzurufen. Zum einen war er durch sein voreiliges Versprechen der Serveuse in der Pflicht, zum anderen konnte es nicht schaden, tatsächlich mit Lunel in Kontakt zu bleiben für den unwahrscheinlichen Fall, dass Josephine misstrauisch würde und er heiklen Erklärungen Glaubwürdigkeit verleihen musste. Er tippte im Gehen die Kurzwahltaste neun und Lunel meldete sich, während der erste Klingelton noch nicht ganz verklungen war.

„Jerome, alter Freund! Das nenne ich Gedankenübertragung! Gerade habe ich zum Telefon gegriffen, um dich anzurufen und um einen Freundschaftsdienst zu bitten! Wie geht es dir, mein alter Haudegen?" Mathis Lunels überschwängliche Begeisterung zeugte davon, dass er Jerome neuerlich zu einem verdeckten, um nicht zu sagen geheimen Einsatz mit Nulltarif überreden wollte. Besser konnte es nicht laufen für Jerome Lefort.

„Das trifft sich gut, mon ami", lachte er vergnügt – oder klang es vielleicht ein wenig neurotisch? – und entschuldigte sich mit einer flüchtigen Handbewegung bei einem gramgebeugten alten Mann, der ihn kopfschüttelnd mit auf die Lippen gelegtem Zeigefinger wegen seiner Lautstärke mahnte.

„Ich wollte dich nämlich ebenso um eine kleine Gefälligkeit bitten", fuhr er mit gedämpfter Stimme fort, „aber du zuerst!"

„Was hältst du davon, wenn wir uns am Abend zu mehreren Gläschen im Au Lapin Agile treffen? Im Hinterzimmer wie in alten Zeiten? Gegen acht? Und nimm ein Taxi!", schlug Lunel erfreut vor.

„Famos, mein Lieber, famos", gluckste Lefort.

Das Hinterzimmer des Lapin Agile hatte eine ebenso traditionsreiche Geschichte wie das kleine Pariser Kabarett am Hügel des Montmartre selbst. Seit seiner Entstehung verkehrten darin nicht nur Kleinkünstler, auch Berühmtheiten wie Picasso ließen sich in diesem einstmals charmanten, mittlerweile aber etwas in die Jahre gekommenen Haus inspirieren. Vor Jahrzehnten hatte Lefort dem Besitzer in einer Drogenaffäre rund um einige Bardamen den Rücken frei gehalten. Dieser dankte dem Commandant dahingehend, dass er eine schmale Kammer extra für Lefort und dessen persönliche Freunde gemütlich möblierte, ein verschließbares Durchreichefenster zum Schankraum in die Mauer stemmte und sogar eine separate Hintertür mit Ausgang auf die Rue Saint Vincent anbringen ließ. Im Laufe der Jahre hatte das bei einer ausgelassenen Einweihungsfeier getaufte „Hinterzimmer" nicht nur feuchtfröhliche Feste, sondern auch intime Gespräche, geheime Ermittlungen oder entspannte Freundesrunden miterlebt. Hier war die erlesene Klientel, die sich zu Leforts engeren Freunden zählen durfte, vor ungebetenen Zuhörern sicher. Für alle galt das ungeschriebene Gesetz, dass vor allem Ehefrauen unter keinen Umständen von dieser Dependance erfahren durften, nie hatte jemand dagegen Einspruch erhoben. Die Durchreiche öffnete man nur, um Getränke oder kleine Imbisse zu bestellen und entgegenzunehmen, ansonsten blieb sie fest verschlossen.

Im kleinen Rahmen seiner privaten Pensionierungsfeier hatte Lefort Lunel beiseite genommen und dem um zwanzig Jahre Jüngeren wortlos den Schlüssel zur „Hintertür" in die Hand gedrückt. Lunel hatte erstaunt den Kopf geschüttelt, Leforts Hand energisch zurückgeschoben und rau geflüstert: „Dein Erbe trete ich erst an, wenn du gestorben bist."

Lefort war sehr gerührt über diese Geste gewesen und auch dankbar dafür, dass Lunel damit ein eindeutiges Zeichen gesetzt hatte, dass er noch immer erwünscht und nicht nur geduldet war. Auch jetzt empfand er nicht nur Freude bei der Aussicht auf ein Treffen mit seinem Freund, sondern vor allem Dankbarkeit. Er sah in dieser Zusammenkunft einen weiteren Fingerzeig dafür, dass sich das Blatt wenden würde, Lunel würde Normalität in sein Leben zurückbringen. Lefort würde ihm sich keinesfalls anvertrauen, beileibe nicht, dennoch kam in seiner prekären Situation ein vorsätzlicher Umtrunk in amikaler Gesellschaft sehr gelegen. Bis es so weit war, würde er Josephine in ein teures Restaurant ausführen, seine Angelegenheiten mit ihr bereinigen, sich entschuldigen und überhaupt alles tun, um den ehelichen Frieden wiederherzustellen und Missverständnisse aus der Welt zu schaffen. „Lass das Grübeln, alter Knabe. Was geschehen ist, lässt sich nicht mehr ändern. Du machst dich nur verrückt damit", sagte er sich mit neuer Zuversicht.

Erleichtert ließ er sein Telefon in die Hosentasche gleiten und beschwingt schritt er, die Arme locker neben sich herpendelnd, festen Tritts aus, um zum nächsten Ausgang Direction Rue Coulaincourt zu gelangen. Keinen einzigen Gedanken verschwendete er mehr daran, mit sich in Gericht zu gehen; wie ausradiert waren plötzlich seine besten Absichten, sein verwirrtes Gehirn zu analysieren und wieder auf den rechten Weg zu leiten.

Er musste sich zusammennehmen, um nicht fröhlich vor sich hinzupfeifen, was sich innerhalb eines Friedhofs nun wirklich nicht geziemte und zur Ablenkung musterte er die Gräberreihen zu beiden Seiten, bis er wieder auf den Alten traf, den er durch sein lautes Telefonat gestört hatte. Aus seiner blendenden

Laune heraus entschied er kurzerhand, sich persönlich zu entschuldigen.

Der Alte stand vor einem winzigen frischen Grab, trotz der Hitze war sein schwarzer Mantel bis zum Kragen zugeknöpft, er trug einen abgegriffenen, dunkelgrauen Hut und eine speckige braune Ledertasche klemmte unter seinem dürren Arm.

Versunken in tiefe Trauer murmelte er vor sich hin, nickte oder schüttelte beizeiten den Kopf, bückte sich zwischendurch mühsam und wie in Zeitlupe, um etwas Unkraut zu zupfen oder eine trockene Blüte zu entfernen. Alles in allem bot er ein bemitleidenswertes Bild an Einsamkeit und Verzweiflung.

Lefort trat zu ihm und in gemessenem Ton sprach er ihn leise an.

„Monsieur, verzeihen Sie?"

Der alte Mann hob den Kopf und sah Lefort aus wässrigen Augen an.

„Ja?", krächzte er.

„Ich wollte mich entschuldigen für mein ungebührliches Benehmen vorhin. Sie haben mich zurechtgewiesen wegen meiner Lautstärke und das war ganz richtig so. Es tut mir leid, Sie gestört zu haben." Lefort machte die Andeutung einer kurzen Verbeugung und fühlte sich großartig dabei. Er war doch nicht so verkommen und verroht, wie er schon befürchtet hatte.

„Ah, bien, junger Mann. Schon gut, schon gut. Bin nur ziemlich empfindlich in letzter Zeit, seit meine Lina nicht mehr ist. Komm noch nicht zurecht in diesem Leben ohne sie." Er wischte sich über die Augen.

„Waren achtundsechzig Jahre verheiratet. Wie soll das jetzt werden ohne sie?" Der Alte sah auf zu Lefort und Tränen bahnten sich einen Weg durch die tiefen Furchen und Gräben seines runzligen Gesichts. Er muss auf die hundert zugehen, dachte Lefort. Armer Kerl.

Er drückte ihm die knochige Schulter und warf pflichtschuldig einen flüchtigen Blick auf den billigen Grabstein, in den nur Vorname und Jahreszahlen von Geburt und Tod eingraviert waren. Die Schrift war verschnörkelt und blütenweiß, der Stein noch nicht verwittert. Lina war erst in diesem Jahr gestorben und achtundachtzig Jahre alt gewesen. Lefort betrachtete den frischen Blumenschmuck und die vielen Kerzen und überlegte zappelig, wie er einen schnellen Abgang hinbekommen könnte, ohne allzu unhöflich zu erscheinen. Er setzte gerade zu einer mitfühlenden Phrase an, als seine Augen über ein zierliches Mooskissen schweiften, das über und über mit weißen Rosenknospen bestückt war und direkt unter dem Sterbejahr schräg an den Grabstein gelehnt war. Ein Moosherz mit Rosen. Rosenherz auf Moos. Moosrosen mit Herz. Herzrosen im Moos.

Lefort stolperte zwei Schritte auf den Grabstein zu, forderte den trauernden Witwer mit einer winkenden Hand auf, ihm zu folgen und erkundigte sich interessiert: „Wo haben Sie denn dieses wunderhübsche Gesteck binden lassen? Das ist ja außergewöhnlich reizend. Ich habe so etwas Kunstvolles noch nie gesehen, wirklich ganz einzigartig!"

Der Alte, sichtlich erfreut über Leforts Kompliment, schlurfte mit zittrigen Schrittchen zu ihm hin und beugte sich ächzend zu dem Mooskissen, augenscheinlich, um es anzuheben und voller Stolz zu präsentieren.

Leforts Gesichtsfeld schrumpfte, sein Tunnelblick fokussierte sich auf das Mooskissen, der wohlbekannte rosa Schleier zog in feinen Streifen an seinen Augen vorbei, die über die Gräberreihen huschten und feststellten, dass sie in ihrer Reihe völlig alleine waren. Wie ausgestorben, der Friedhof, könnte man sagen.

Augenblicke später war ihm kalt und er verspürte ein leichtes Jucken an der Haut rund um seinen Nabel. Er blickte an sich hinunter, bemerkte erst die Gänsehaut auf seinen Unterarmen – sehr erstaunlich bei dieser Hitze – dann eine ungewöhnliche Wölbung unter seinem Hemd und zuletzt den alten Mann zu seinen Füßen, der zusammengekrümmt vor dem Grabstein inmitten all der Blumensträuße und Gebinde lag. Aus einer grässlichen Wunde an seiner linken Schläfe strömte dunkelrotes Blut, ganz still lag er da, zuckte oder röchelte nicht, war höchstwahrscheinlich tot, so gebrechlich wie er schon gewesen ist. Mit Sicherheit wusste man das allerdings nicht, aber es war zu hoffen. Was wäre denn das noch für ein Leben gewesen, so ohne Lina?

* * * * *

Lefort war grußlos gegangen, sobald er den Zeitungsfetzen mit meinen Angaben in seine Hemdtasche gestopft hatte; wie immer lagen einige Münzen für seine Au laits am Tisch. Ich blickte ihm nach, wie er leicht humpelnd denselben Weg einschlug, den kurz zuvor seine Ehefrau gewählt hatte. Meine anfängliche Freude über seine Zusage verflog so schnell wie sie gekommen war und machte einer eigenartigen Niedergeschlagenheit Platz. Nicht Trauer oder gar Verzweiflung, eher glich meine Stimmung erschöpftem Trübsinn und ich überlegte ernsthaft, noch ein weiteres Glas Rotwein drinnen unter dem schnurrenden Ventilator an der Theke zu trinken. Es war Mittag geworden und alle Tische des Moncœur waren bis an die äußersten Ecken besetzt und so stand ich auf, um Platz zu machen. Schon beim ersten Schritt in Richtung Tresen wurde mir schwindelig, Hitze wallte in mir hoch, meine Wangen fühlten sich glühend heiß an, Schweißperlen sammelten sich auf meiner Oberlippe und im Nacken löste sich ein Tropfen, der zwischen die Schulterblätter rann und von meiner bestimmt nicht mehr lange frisch duftenden Bluse aufgesogen wurde. Der Rotwein hatte mir trotz der Quiche Tarte zugesetzt; ich war es nicht gewohnt, Alkohol so schnell in dieser Menge zu trinken und schon gar nicht am Vormittag. Ein zusätzliches Glas war also keine besonders gute Idee. Ich hatte noch sechs Stunden Zeit bis zum Beginn meiner Abendschicht und so rief ich stattdessen Andra an und verabredete mich mit ihr im Vingt Heures Vin, einer originellen Bar, in der man neben liebevoll zubereiteten Häppchen auch ausgesuchte regionale Spezialitäten genießen konnte. Sie liegt gegenüber dem Cimetière de Montmartre, nur getrennt durch die Rue Coulaincourt, was für uns von Vorteil war, da wir einiges Organisatorische zur Einäscherung und Auflösung des Hausstandes meiner Mutter zu besprechen hatten. Gemeinsam wollten wir auch noch zur Bestattung, damit ich Andra dort vorstellen konnte, da in mir der Plan gereift war, die Pflegerin noch einige Tage aus privater Tasche zu bezahlen, wenn sie als Gegenleistung sämtliche Ämtergänge für mich erledigte, die nun anstanden.

Andra saß bereits an einem Tischchen am Fenster, ich konnte sie von der Straße aus dabei beobachten, wie sie mit gerunzelter Stirn konzentriert die wenigen Gerichte studierte, die mit bunter Kreide auf Schiefertafeln geschrieben waren, die über das ganze Lokal verteilt hingen, lehnten oder lagen. Über zwei Jahre hatte sie mit meiner Mutter zusammengelebt, sie gepflegt, ihre Launen ertragen, Beschimpfungen erduldet, Mutters Einsamkeit gemildert, sie gewaschen, gefüttert, umsorgt. Für mich war sie eine Heldin, für meine Mutter der heißersehnte Ersatz einer Tochter, die sie in dieser Form nie gehabt hatte. Andras Französisch war trotz aller Bemühungen noch immer äußerst dürftig, daher bestellte ich für sie eine bunte Mischung aus petites tartines chaudes, für mich einen Salat mit Carpaccio und gemeinsam entschieden wir uns für eine halbe Karaffe leichten Roséweins mit einem großen Krug frischen Wassers. Korrekt und penibel wie sie war, hatte Andra eine Mappe mit sämtlichen Papieren und Dokumenten meiner Mutter mitgebracht, die wir glücklicherweise nicht mehr sichten mussten, da sie fein säuberlich geordnet und am neuesten Stand waren.

Aus dem Augenwinkel nahm ich durch die blank geputzte Fensterscheibe eine huschende Bewegung am Bürgersteig wahr und als ich kurz den Kopf wandte, erkannte ich auf der anderen Straßenseite Lefort, der einen – wie soll ich sagen? nervösen? erregten? – nein, gehetzten Eindruck machte. Er hastete die Rue Joseph entlang, in der rechten Hand trug er eine blaue Einkaufstüte aus dünnem Plastik, die ziemlich verschmutzt und zerschlissen aussah. Mit starrem Blick trieb es ihn vorwärts, sein linker Arm schwang angewinkelt vor und zurück, gerade so als wollte er mit diesem Schwung an Geschwindigkeit gewinnen. Sein Humpeln von vor noch nicht einmal einer Stunde war wie weggeblasen. Ich hätte nie und nimmer gewinkt oder mich sonst irgendwie zu erkennen gegeben, auch nicht, wenn er direkt vor dem Fenster gestanden hätte, nein, bestimmt nicht.

Am Tisch hatte Andra einen Notizblock samt Kugelschreiber vorbereitet und wir steckten die Köpfe zusammen, um eine Liste all der Wege zu erstellen, die wir chronologisch abarbeiten wollten. Mit Tränen in den Augen versprach sie mir, sich um alles zu kümmern, sollten persönliche Unterschriften von mir erforderlich sein, werde sie mit den Unterlagen ins Café Moncœur kommen.

Geld wolle sie dafür nicht annehmen, das wäre geradezu eine Beleidigung; im Gegenteil, mein Vertrauen in sie wäre ihr eine Ehre. Sie würde bleiben, bis die Wohnung in der Rue Deveret geräumt und aufgelassen war, danach würde sie ein paar Tage bei ihrer Familie in Rumänien Urlaub machen, bevor sie ihre nächste Pflegestelle antrat. Ich kann Ihnen versichern, diese warmherzige Frau hat mir das Leben in den nächsten Tagen ungemein erleichtert mit ihrer Hilfsbereitschaft und Geduld, und es tat mir leid, dass ich in all der langen Zeit, die sie bei meiner Mutter verbracht hatte, keine Gelegenheit gefunden hatte, sie näher kennenzulernen. Aber das hätte bedeutet, ich hätte meine Mutter öfter besuchen müssen und das wäre ein Ding der Unmöglichkeit gewesen.

Ich bezahlte, wir drängten uns aus dem vollgestopften Lokal und hielten auf den Cimetière de Montmartre zu, um die Bestattung aufzusuchen.

Leider war der Weg umsonst, alle Bediensteten waren damit beschäftigt, sich um Polizei- und Ambulanzwägen zu scharen, die mit zuckenden Blaulichtern vor und in der Einfahrt des Friedhofs standen. Wir gesellten uns dazu und erfuhren, dass ein alter Mann gegen den Grabstein seiner kürzlich verstorbenen Frau gestürzt war. An einer Kante der harten Granitplatte habe er sich so unglücklich den Kopf gestoßen, dass er seiner schweren Verletzung erlegen war. Die frischen Blumen seien voller Blut, eine umgefallene Kerze habe einen vertrockneten Strauß entzündet, so sei man auf das Grab überhaupt erst aufmerksam ge-

worden. Um diese Zeit seien nie viele Besucher am Cimetière de Montmartre anzutreffen.

Wortlos hakte ich mich bei Andra unter und dirigierte sie zurück zum Vingt Heures Vin, wo wir uns
eine teure Flasche schweren Bordeaux gönnten und
auf unsere Lebendigkeit anstießen.

Dass es einen Zusammenhang zwischen Lefort und
dem Toten am Friedhof geben könnte, wäre mir niemals in den Sinn gekommen. Ehrlich gesagt, auch
heute noch bin ich in diesem speziellen Fall etwas
skeptisch; vielleicht war der alte Mann ja wirklich unglücklich gestürzt? Haben Sie nie daran gezweifelt?

* * * * *

Er drückte beide Hände über seinem Hosenbund
fest zusammen, um das Moosherz unter seinem Hemd
daran zu hindern, noch weiter Richtung Hose zu rutschen und – Gott bewahre! – womöglich auf den Boden zu fallen.

Hektisch sah er sich nach Besuchern oder Touristen
um, die ihn vielleicht beobachteten, doch die einzige
Frau in dieser Gräberreihe war erst in ungefähr hundert Metern in Sicht und kniete außerdem in der ausgetrockneten Erde vor einem verwitterten Grab, das
sie offensichtlich frisch bepflanzte.

Lefort zwang sich dazu, nicht zu laufen und bemühte sich um ein möglichst unauffälliges Gebaren,

was angesichts seines unförmigen Bauches nahezu unmöglich war. Daher suchte er verzweifelt in seiner näheren Umgebung einen der am Gelände zahlreich aufgestellten Mülleimer, in dem er nach einer Plastiktüte kramen konnte. Beim vierten Anlauf wurde er endlich fündig, nachdem er zwei Mal beinahe in Hundekot gegriffen und die Stadtverwaltung ob ihrer strengen Verordnungen zur Entsorgung der Haustierexkremente verflucht hatte. Ungeduldig zerrte er an einem blauen Sack aus dünnem Plastik, rüttelte daran, bis der Abfall – blutige Taschentücher, eine Bananenschale sowie ein gebrauchtes Pflaster – herausfiel und stellte sich zwischen zwei Grabsteine, wo er einigermaßen gut geschützt vor etwaigen neugierigen Blicken das Rosengebinde in die verknitterte Tüte rutschen ließ. Unablässig glitten seine Augen über den Friedhof, wie ein Radar scannte er die Wege ab nach menschlichen Stimmen und Bewegungen und er konnte kaum glauben, dass sich tatsächlich niemand gefährlich nahe bei ihm befand.

Mit seiner neuesten Errungenschaft in der Tüte strebte er dem Ausgang zu, passierte das Grab Heinrich Heines, flüsterte zu sich selbst „nicht noch ein deutscher Dichter, bitte" und schmunzelte noch über seinen eigenen Scherz, als er mit einem Mal seinen trockenen Mund und die verschwitzten Hände bemerkte. Noch während er besorgt daran dachte, dass er dringend einen Schluck Wasser trinken sollte, begann sein Herz, in stakkatoähnlichem Tempo gegen die Rippen zu hämmern.

Seine Lippen vibrierten, die Fingerspitzen brannten und hinter seinem Innenohr dröhnte es bedrohlich. „Ich bin gesund, die Ärzte haben gesagt, ich bin gesund, das sind nur die Nerven", versuchte er, die aufkeimende Panik einzudämmen. Doch all seiner Anstrengungen zum Trotz trommelte sein Herz weiter einen eigenen irrwitzigen Takt.

Leforts Entsetzen wurde übermächtig, sein einziges Sinnen galt dem fiebrigen Bemühen, nicht hier auf dem Friedhof einem Herzversagen zu erliegen, nicht mit dem Moosherz in der Hand und mit einem toten Greis im Rücken. Verzerrte Bilder wie in einem horrenden Daumenkino zogen an ihm vorbei, in denen er den kahlen Schädel von Linas Mann seitlich an der Schläfe gepackt und in einer einzigen fließenden Bewegung mit Wucht an den Grabstein geschlagen hatte.

Er hastete weiter, atemlos jetzt, er keuchte, blieb aber nicht stehen, sah ein Glas Wasser vor sich in seiner Küche, zu Hause bei Josephine, in Sicherheit. Mit jedem Meter, den er sich vom Cimetière de Montmartre entfernte, stieg seine Chance zu entkommen; wenn schon nicht seinen eigenen Dämonen, so wenigstens der Polizei. Lefort drosselte sein Tempo, so würde er nicht durchhalten bei dieser Hitze mit diesem beängstigenden Herzjagen. Als er auf Höhe des Theatre des deux anes angekommen war, konnte er nicht mehr an sich halten, drückte panisch die wuchtige Glastür des Eingangs des kleinen Theaters auf und atmete im kühlen Foyer erleichtert auf, als er die Hinweisschilder ausmachte, die den Weg zu den Toiletten wiesen. Wie ein Verdurstender hielt er den Kopf unter den Wasserhahn, schluckte genussvoll und mit Bedacht die lauwarme Flüssigkeit. Kaltes Wasser zur Sommerzeit spendeten in Paris nicht Leitungsrohre, sondern ausnahmslos Eiswürfel. Doch er störte sich nun jetzt nicht daran, froh, dass er eine Gelegenheit gefunden hatte, sich zu erfrischen und zu Atem zu kommen. Er musste sich unbedingt in den Griff bekommen, bevor er Josephine gegenübertrat. Sein Hemd wies ausladende nasse Schweißflecke auf, sein Gesicht war gerötet, das Haar klebte ihm wie angeklatscht am Kopf. Keinesfalls wollte er Josephine mit diesem Anblick neuerlichen Grund zu Besorgnis liefern oder eine offensichtliche Angriffsfläche für Kritik und hartnäckige Fragen bieten. Mit den Papierhandtüchern aus dem Spender neben dem Waschbecken trocknete er sich Gesicht und Hände, rubbelte damit ein wenig über seine Haare und gab dann seine Anstrengungen auf.

„Es ist wie es ist", murmelte er resigniert und schleppte sich zurück auf den flimmernden Asphalt, um die letzten Meter über die Moulin Rouge nach Hause in Angriff zu nehmen. Er dachte nicht an die knisternde Plastiktüte mit dem verräterischen Grabschmuck in seiner Hand, er machte sich keine Sorgen mehr über sein Aussehen und Josephines Reaktion, so sehr war er gefangen genommen von seinen flatternden Herzschlägen, dass er zwischen seine ausgetrockneten Lippen immer wieder den pulsierenden Rhythmus dieser schrecklichen Kakophonie hervorstieß:

„Un, deux, trois, quatre, un, deux, troi, …".

Vor dem Haustor der Rue Puget angelangt, war er nicht mehr in der Lage, sich mit seinem eigenen Schlüssel Einlass zu verschaffen und so drückte er mit zitternden Fingern so lange auf den Klingelknopf, bis er Josephines fragendes „Oui?" vernahm, „C'est moi" keuchte und sich im dunklen Treppenhaus erschöpft auf eine Steinstufe sinken ließ.

Von oben konnte er hallendes Schuhgetrappel hören, bevor Josephine sich über das geschwungene Geländer beugte und besorgt nach unten rief: „Jerome? Alles in Ordnung? Brauchst du Hilfe?"

Alleine ihre Stimme zu vernehmen, gab ihm die Sicherheit, nicht mehr sich selbst hilflos ausgeliefert zu sein, verschaffte ihm gemeinsam mit der angenehmen Kühle im Inneren des Hauses eine derartige Erleichterung, dass er sich an den Aufstieg wagte und bemüht ruhig antwortete: „Alles in Ordnung, ma chérie, ich komme!"

Er zog sich mehr am Treppengeländer die schier endlosen Stufen entlang, als dass er mit seinem ansonsten forschen Schritt auftrat, doch Josephine war bereits in die Wohnung zurückgekehrt und als er endlich oben anlangte, war sie schon wieder in der Küche beschäftigt und erkundigte sich nur beiläufig über die Schulter: „Hast du deine Schlüssel vergessen?"

„Ja, ich muss sie im Arbeitszimmer liegen haben lassen, ich sehe jetzt gleich nach", gab er ebenso betont nebenher zurück, eilte in sein Büro, nestelte die Schlüssel aus seiner Hosentasche, entsperrte das Seitenfach seines Schreibtischs, warf die Plastiktüte zerstreut zu den anderen Souvenirs, versperrte wieder sorgsam und rief durch die halbgeöffnete Zimmertür: „Ah, da sind sie ja!".

Er ging mit den klimpernden Schlüsseln in der Hand durch den Flur in die Küche und nahm sich ein Wasserglas aus einem Hängeschrank. Verwundert stellte er fest, dass sein Herz zwar noch immer zu schnell schlug, aber zum Glück nicht mehr mit derselben wahnsinnigen Geschwindigkeit wie noch vor ein paar Minuten.

Josephine musterte ihn schweigend, goss fingerbreit Rotwein in zwei hauchdünne Glaskelche, trug sie zum Esstisch und setzte sich. Lefort tat es ihr gleich, gewappnet für das eher ungemütliche Gespräch, das nun unweigerlich folgen musste.

„Es tut mir leid." Er war davon überzeugt, dies wäre der so ziemlich unwiderstehlichste Schachzug zur Eröffnung einer ehelichen Streitpartie.

Josephine nickte. Ein trügerisches Zeichen von Einverständnis, wie er wusste.

„Natürlich", bestätigte sie zurückhaltend, „aber was genau tut dir leid, Jerome? Dass du mir nach vierunddreißig Jahren plötzlich eine hässliche, vertrocknete Pflanze schenkst? Dass du nach einem Schnüffeleinsatz für Lunel nach Hause kommst und stinkst wie ein Penner? Dass du aussiehst, als würdest du unter einer Brücke leben? Oder vielleicht tut dir ja auch leid, wie du mich heute in Anwesenheit dieser neuen Serveuse bloßgestellt hast? Mich behandelt hast, als wäre ich eine nervenschwache Zicke, die jede Minute deines Lebens kontrolliert? Die dir hinterherläuft, um Beweise dafür zu sammeln, dass du ihr untreu bist? Also was, Jerome, was genau tut dir leid?"

Ihre Taktik, in für sie verletzenden Situationen leise und bedächtig zu sprechen, sich keine noch so winzige Gefühlsregung anmerken zu lassen, nicht zu toben oder zu zetern oder gar zu weinen, bewunderte er auch nach über dreißig Jahren grenzenlos. Doch er wäre nicht Jerome Lefort, zeit seines Lebens erfolgreicher Commandant im Dezernat für Schwerverbrechen, hätte er nicht ebenso eine ausgeklügelte Strategie für seine Ehefrau parat, ein Ass im Ärmel sozusagen, mit dem er sie übertrumpfen konnte.

„Alles, Josephine, alles", begann er zerknirscht seinen Seelenstriptease. „Ich erkenne mich selbst nicht wieder. Es geht mir nicht gut. Dieses Herzrasen macht mich verrückt. Ich habe Angst, ganz furchtbare Angst zu sterben. Todesangst, Josephine, Todesangst." Er wischte sich mit beiden Händen über das Gesicht, eine Geste der Konfusion, wenn nicht gar abgrundtiefer Verzweiflung.

Josephines Gesichtsausdruck begann sich wie erwartet kaum merklich von distanziert zu beklommen zu verändern. Man konnte durchaus noch ein wenig nachsetzen, befand er.

„Er ist kaum zu beschreiben, dieser elende Zustand, Josephine. Ich weiß nicht, wie ich mich ausdrücken soll. Ich bin verwirrt, ängstlich, fühle mich zittrig und schwach. All das ist natürlich keine Entschuldigung für mein Benehmen dir gegenüber, das weiß ich wohl. Vielleicht aber eine, wenn auch zugegeben lausige, Erklärung?"

Mitfühlend legte Josephine ihre kühlen Finger auf seine Wange.

„Sollen wir nicht besser noch einmal ins Hôpital Rothschild fahren? Oder einen Spezialisten ausfindig machen? Nur zur Sicherheit? Vielleicht haben sie ja etwas übersehen und …"

Energisch schüttelte Lefort den Kopf und unterbrach sie.

„Auf keinen Fall, Liebes, ich bin sicher, sie haben alles getan, was in ihrer Macht steht. Ich bin gesund, soviel steht fest. Möglicherweise stehe ich am Beginn einer Altersdepression, bin aus der Bahn geworfen durch hormonelle Umstellungen, wer weiß? Ich werde mich schlau machen, als allererstes werde ich mit Docteur Sauvre sprechen, er …"

„… ist ein Pathologe, mein Liebster", beendete Josephine lakonisch seinen Satz.

Lefort lächelte vorsichtig. Der Übergang von ihren Vorwürfen zu seinen Problemen war naht- und problemlos vonstatten gegangen.

„Das ist schon richtig, aber er ist ein kluger Mann mit unendlichem Erfahrungsschatz und kann mir bestimmt weiterhelfen. Zumindest wird er jemanden kennen, der mir helfen kann."

„Und bis dahin, Jerome?" Josephine klang zweifelnd und nicht restlos überzeugt.

„Bis dahin werden wir so leben wie bisher. Es ist uns

doch gut gegangen damit, oder etwa nicht?"

Josephine senkte ihren Kopf, beugte sich zu ihm vor und küsste ihn leicht auf die Lippen.

„Du versprichst mir, dass du Sauvre gleich morgen früh besuchen wirst? Das ist das Einzige, was ich von dir einfordern kann. Denn ich kenne dich, Jerome, du würdest niemals etwas nur mir zuliebe tun, wenn du nicht von Herzen damit einverstanden bist. Also wirst du dich nicht noch einmal genauer untersuchen lassen, n'est-ce pas?"

„Morgen, um acht zu Sauvre, gleich nach dem Frühstück", grinste er verschmitzt.

Josephine erhob sich, die Schlacht war geschlagen.

„In Ordnung, Jerome, in Ordnung", seufzte sie und wandte sich wieder ihren Karotten zu, die sie fein säuberlich schabte.

Er stand auf, trat zu ihr, umfasste sie von hinten, schmiegte seinen Kopf in ihren Nacken und flüsterte: „Ich möchte außerdem nicht, dass du dich wegen mir ans Haus gefesselt fühlst. Ab jetzt werde ich penibel darauf achten, dass ich stets mein portable und die Tabletten bei mir habe."

Josephine sagte nichts dazu, aber sie entzog sich auch nicht seiner Umarmung.

„Ich werde jetzt schnell unter die Dusche hüpfen und dann im Büro noch einiges erledigen. Du rufst mich, wenn das Essen fertig ist, ja?"

Josephine raspelte weiterhin wortlos Karotten in eine Glasschüssel.

Lefort fasste dies als passive Zustimmung auf und

aufgekratzt beschloss er, die Reihenfolge seiner Aktivitäten zu ändern: Zuerst ins Büro, dann duschen.

* * * * *

Ab und an gibt es immer noch Tage, an denen der frühmorgendliche Blick in den Spiegel durchaus erträglich ist, allerdings nehmen diese proportional mit zunehmendem Alter drastisch ab. Beschleunigt man den unaufhaltsamen Verfall der eigenen Gesichtszüge noch zusätzlich mit Alkohol, so wirft der Spiegel nicht nur eine verzerrte, sondern mitunter entsetzliche Wahrheit zurück in das Blickfeld des Betrachters.

Zu viel Alkohol kam bisher äußerst selten vor in meinem Leben und an diesem Tag hatte ich mir bereits am frühen Vormittag für die Bitte an Lefort Mut angetrunken, sodass die Flasche Wein mit Andra im Vingt Heures Vin das Übrige dazugetan hatte, dass mir nun speiübel war und meine Beine schwer wie Blei an mir hingen. Hätte ich Albert im Moncœur angerufen, um mich unter dem Vorwand der Trauer um meine Mutter für den Abenddienst zu entschuldigen, hätte er es wahrscheinlich ohne Murren zur Kenntnis gekommen. Ich schwankte – und dies können Sie ruhig im wörtlichen Sinne verstehen – zwischen einem hektischen, lauten Abend unter fröhlichen Gästen und einer langen Métrofahrt zu meinem einsamen Bett. Nachdem ich mich nach ungefähr zwanzig Schritten in der Rue Joseph in einem dunklen Hausdurchgang erbrochen hatte – die Zeit reichte leider nicht mehr, um die Strecke zurück zur Toilette ins Vingt Heures Vin zu laufen – zog ich einen beschlagenen Handspiegel aus der Tasche und der fatale Anblick des winzigen Bruchteils meines fleckigen Gesichts reichte aus, um die Entscheidung zu fällen, mich ins Moncœur zu schleppen. Der Weg war beschwerlich, wie Sie sich denken können, aber ich erwarte kein Mitgefühl; ich hatte mich selbst in diese unangenehme Situation gebracht und schaffte es tatsächlich, zwar zitternd und schweißüberströmt, jedoch einigermaßen aufrecht, mich am Tresen entlang bis zum Aufenthaltsraum des Cafés zu hanteln. Noch vor zwei Tagen hatte mich Albert bei meinem Dienstantritt milde belächelt, als er die voluminösen Kleidersäcke misstrauisch beäugte, die ich ordentlich in dem mir zugeteilten Spind verstaute. Jetzt war ich froh und dankbar, dass man mich in feineren Etablissements gelehrt hatte, mindestens fünf Garnituren an frischer Kleidung vorrätig zu haben.

„Seien Sie gewappnet, Madame Elaine", hatte mich einst ein hochdekorierter Maître instruiert, „in Ihrer blühendsten Phantasie haben Sie keine Vorstellung davon, was Ihnen im Laufe eines Tages an Widrigkeiten passieren kann."

Recht hatte er behalten, musste ich zugeben, als ich mich in der Toilette mit nassen Papiertüchern so gut es ging frisch machte, mein Makeup erneuerte und erleichtert in duftende Bluse und faltenfreien Rock schlüpfte. Ich trank lauwarmen Pfefferminztee in vorsichtigen Schlucken und knabberte dazu altes Baguette vom Vortag; Grundversorgung war ein unschätzbarer Vorteil, wenn man in einem Bistro arbeitete.

Zwar fühlte ich mich nach wie vor nicht wohl in meiner Haut, war aber zumindest soweit wieder hergestellt, dass ich mir zutraute, bis zum Ende meiner Schicht um Mitternacht durchzuhalten.

Albert hielt immer noch Hof unter dem illustren Montmartre-Völkchen und durchbohrte mich mit einem bitterbösen Blick, der mir zu verstehen geben sollte, dass er mit mir noch ein, wenn nicht mehrere Hühnchen zu rupfen habe wegen meines ungebührlichen Verhaltens Lefort gegenüber. In Alberts Welt dienerte man vor dem Herrn und setzte sich nicht auf Augenhöhe zu ihm an den Tisch.

Die Nachricht von Suzettes Tod hatte sich mittlerweile bis zum letzten Clochard des Viertels herumgesprochen und so herrschte an diesem Abend ein reges Kommen und Gehen, bis gegen Mitternacht der Touristenstrom langsam versiegte und nur mehr ein eingeschworenes Grüppchen an einheimischer Stammkundschaft am Tresen eng zusammenrückte und Anekdoten aus Suzettes Leben austauschte.

Ich war todmüde, erschöpft und ausgelaugt, aber als Neue im Team war ich die Letzte, die alle anderen bedienen musste. Albert samt seinem Küchenpersonal, Kellnern und Putzfrauen machten von ihrem Vorrecht der Alteingesessenen Gebrauch und benahmen sich nun in der Gruppe wie Gäste.

Nichts deutete darauf hin, dass es in dieser Nacht eine Sperrstunde geben würde und ich machte mich darauf gefasst, auf einer der abgewetzten Sitzbänke übernachten zu müssen, bevor meine nächste Schicht am Morgen begann. Bis auch die hartnäckigsten Besucher nach Hause aufbrechen würden, hätte ich meine letzte Métro nach La Défense verpasst.

Weit nach Mitternacht, Albert hatte ein Pappschild mit der krakeligen Aufschrift „Geschlossene Gesellschaft" an die Tür gehängt, klopfte Chloé an die Glasscheibe, eine kleine, abgemagerte Frau, die sich mir höflich als beste Freundin und Mitbewohnerin Suzettes vorstellte. Ihres Latexbustiers, der Netzshorts und den Lackstiefeln nach zu schließen kam sie direkt von der Arbeit. Begleitet wurde sie von den beiden Sergeanten, die mich am Vortag zu meiner toten Mutter und dann nach Hause gebracht hatten. Nun lockerten sie ihre Krawatten, nahmen ihre Kappen ab und warfen die Uniformjacken achtlos über Stühle.

Es war ruhig geworden, als Chloé eintrat und mit Tränen in den Augen eine hübsch verzierte Kerze auf den hinteren Teil der Theke in der Nähe der Küchendurchreiche stellte.

Ich durchforstete rasch Regale und Ablagen nach einem hohen Glas, in dem die Kerze vor Luftzug und betrunkenen Gästen geschützt war.

„Niemand muss beten für sie", sagte Chloé leise und strich sich eine von Schweiß verklebte, platinblonde Locke aus dem Gesicht, „aber jeder sollte daran denken, dass sie ohne ihre Herzkette begraben werden muss. Ohne ihr liebstes Erinnerungsstück an ihren Mann."

Den letzten Satz sprach sie lauter, beinahe schon aggressiv und richtete ihn direkt an die beiden Sergeanten, die verlegen ihren Blick auf die flackernde Kerze richteten.

„Ich war bei Lunel heute Nachmittag, ich habe ihn angefleht, Suzettes Tod nicht so ohne weiteres als Unfall abzutun. Niemals hat sie ihr Kettchen abgelegt, niemals hätte sie es verloren oder vergessen. Es ist ihr gestohlen worden, davon bin ich überzeugt. Gestohlen von ihrem Mörder!"

Nun schluchzte sie verzweifelt und betretenes Murmeln machte sich unter den Anwesenden breit.

Der ältere der beiden Sergeanten räusperte sich und legte väterlich den Arm um Chloés knochige Schultern.

„Chloé, beruhige dich. Soviel ich weiß, haben die Kollegen wirklich gewissenhaft alles untersucht. Sie konnten aber keinerlei Hinweise darauf entdecken, dass Suzette nicht tatsächlich unglücklich gestürzt ist und sich das Genick gebrochen hat. Vielleicht solltest du ihre Sachen nochmals gründlich durchsuchen, zwischen Sofapölstern nachschauen, in Pierres Bar alles durchstöbern ..."

„Ach, hör doch auf", fiel ihm Chloé verächtlich ins Wort, „ich habe sie gefunden, ich habe ihre offenen Augen gesehen, ihren erschrockenen Gesichtsausdruck, sie hat ..." Chloés Weinen war nun lautlos und deshalb umso bemitleidenswerter.

Niemand getraute sich, Bedenken wegen ihres Verdachts auszusprechen, aus Rücksicht auf ihren Schmerz sprach niemand aus, was alle dachten: Es war völlig absurd, einen Mörder zu vermuten, den niemand gesehen hatte, für den es keine Zeugen gab, der keine Spuren hinterließ, der sich in Luft auflöste. Schließlich war der Hinterhof zur Souterrain Wohnung der beiden Mädchen nicht völlig unbewohnt. Es gab Hausparteien, Streuner, Freudenmädchen, die dort lebten und vor allem nachts nicht nur schliefen. Das Wichtigste aber war: Welches Motiv sollte jemand haben, Suzette ihr billiges Kettchen zu stehlen, um sie dafür sogar zu töten?

Das Stimmengewirr im Café hatte wieder normale Lautstärke angenommen, Chloé hatte sich an das Tischchen gesetzt, starrte in das Kerzenlicht und Tränen liefen in kleinen Rinnsalen über ihre von Schminke verschmierten Wangen. Niemand setzte sich zu ihr, um sie zu trösten. Vielleicht weil es keinen Trost gab oder aber vielleicht, weil man sich nicht mit ihren Hirngespinsten auseinandersetzen wollte.

Ich rief eigenmächtig eine letzte Runde aus – was mir einen missbilligenden Blick von Albert einbrachte, den ich gleichgültig ignorierte – schenkte nach, füllte Gläser neu und begann, hinter der Ausschank aufzuräumen. Dabei kam ich ins Grübeln und leise Zweifel keimten in mir auf. Kennen Sie das seltsame, vage Gefühl, wenn man von einer Sache zwar vordergründig überzeugt ist, im Hinterkopf oder Bauch allerdings ein kleines Teufelchen Bedenken anmeldet?

Was, wenn nun doch nicht alle Anwohner in Suzettes Umgebung gewissenhaft befragt worden waren? Wenn man ihren Sturz tatsächlich nicht sorgsam untersucht hatte, weil sie schließlich nur eine von unzähligen weniger Betuchten mit gutem Ruf war? Was, wenn man mit ihrem Tod zu nachlässig umgegangen war und die Befürchtungen ihrer Freundin abtat als hysterische Schnapsidee eines halbseidenen Straßenmädchens?

Urplötzlich dachte ich an meine Mutter, an ihren Tod, der zwar als Mord eingestuft war, aber deshalb in der Hierarchie der am meist beachteten Verbrechen trotzdem nicht an vorderster Stelle rangierte.

Und dann fiel mir der blutrote Notrufsender von „Pour Malades et Vieux" ein, in der Form einer Kirsche. Aus bildhafter Perspektive betrachtet kann man eine Kirsche zweifellos mit einem Herzen vergleichen, meinen Sie nicht auch?

Ich goss für mich ein kühles Glas Eistee ein, schnappte eine halbe Flasche vin de table rouge, stellte diese vor Chloé auf den Tisch, ließ mich auf den Stuhl ihr gegenüber sinken, beugte mich bis dicht vor ihr Gesicht vor und ermunterte sie: „Erzähl mir alles, was du über das Herzkettchen weißt."

Möglicherweise ließ sich Lefort ja dazu überreden, seine Nachforschungen auf Suzette auszuweiten.

* * * * *

Noch vor dem Mittagessen versank Lefort in entzückte Betrachtungen seiner Herz-Pretiosen.

Liebevoll arrangierte er das Moosherz in dem Seitenfach seines Schreibtischs; mal drapierte er das Herzkettchen quer über den Rosenköpfchen, mal bettete er den blutroten Herzanhänger inmitten der weißen Blüten, dann wieder schob er den Grabschmuck ganz nach hinten in das Fach, um davor die beiden anderen Kostbarkeiten anzuordnen, sodass er immer wieder neue Kompositionen seiner Heiligtümer erschuf. Dabei durchflutete ihn eine solche Wonne, dass er jauchzen hätte wollen vor Vergnügen und Seligkeit. Purer Genuss und Lebensfreude ließen die Nervenzellen unter seiner Haut vibrieren, er fühlte sich stark, lebendig, voller Tatendrang.

Josephines verhaltenes Rufen für den Mittagstisch ereilte ihn zu früh, viel zu früh. Er hatte noch nicht geduscht, sich auch noch nicht umgezogen und seine geschätzte Gattin würde diese Nachlässigkeit natürlich missbilligen. Egal, was war ein vorwurfsvoller Blick gegen diese unermessliche Glückseligkeit, die er bei der Berührung seiner Schätze empfand?

Erst als er Josephine gegenüber saß, fiel ihm wieder ein, dass er ja so wenig Aufsehen wie möglich erwecken durfte und nun roch auch er den scharfen, leicht ranzigen Duft, der sich von seiner verschwitzen Kleidung nicht nur in seine Nase schlich.

Josephine schwieg und aß eine Spatzenportion ihres Salates mit hastigen Bissen, bevor sie sich erhob, Teller, Besteck und Wasserglas in die Spülmaschine räumte und beiläufig verkündete: „Du hast Recht, Jerome. Ich werde mir keine Sorgen mehr um dich machen und zu Hause deiner harren in der Hoffnung auf einen Anruf von dir."

Jerome nickte kauend: „Ja, mein Liebes, sei unbesorgt, Sauvre wird morgen wissen, was mit mir zu tun ist. Heute Abend treffe ich Lunel, die Abwechslung wird mir gut tun. Es wird also spät werden, wie immer bei diesen Kriminalisten-Treffen."

Josephine hauchte ihm im Vorbeigehen einen flüchtigen Kuss auf die Wange und zog vor dem Spiegel im Flur ihren Lippenstift nach, während sie ihm über die Schulter zurief: „In Ordnung, Jerome. Ich fahre jetzt zum Einkaufen und mache mir einen gemütlichen Leseabend. Ruh dich ein wenig aus und nimm dir in der Nacht bitte ein Taxi nach Hause, versprochen?"

„Dein Wunsch ist mir Befehl", scherzte Jerome und nahm sich noch ein Glas von dem ausgezeichneten Rotwein. Er hörte die Eingangstür zuschnappen, als seine Frau die Wohnung verließ, atmete befreit auf und freute sich auf die Aussicht auf ein kleines Nickerchen im kühlen Schlafzimmer. Keine Frage, er war erschöpft. Duschen würde er erst, bevor er ins Au Lapin Agile ging.

Leise Unruhe machte sich jäh in ihm breit. Er war nun allein, auf sich gestellt, Josephine war fort. Wo zum Teufel war sein portable?

Fahrig suchte er in der Küche und in seinem Büro nach dem Telefon, bevor er es in der Hosentasche fühlen konnte, wo es seit dem Vormittag gesteckt hatte, als seine erzürnte Josephine es ins Moncœur gebracht hatte.

Schon schlug sein Herz wieder schneller, schon bereitete es sich gewissenhaft auf die nächsten Trommelwirbel vor. Lefort sah die Panik kommen, ahnte bereits die Enge in der Brust, vernahm nun auch wieder das Dröhnen in seinem linken Ohr, das Atmen fiel ihm schwer und kopflos riss er an Schranktüren, auf der begierigen Suche nach den Beruhigungstabletten. Natürlich waren sie im Badezimmer, in dem Medizinschränkchen, wo Josephine sie umsichtig in der ersten Reihe griffbereit deponiert hatte. Hektisch drückte er eine rosafarbene Pille aus dem Blister und spülte sie mit einem Schluck direkt aus dem Wasserhahn seine ausgetrocknete Kehle hinunter. Nach einigen Minuten schon ließ die innere Spannung nach, erlöst und froh fiel er angezogen aufs Bett und sank in einen wohltuenden, traumlosen Schlaf, aus dem er erst wieder erwachte, als Josephine ihn ängstlich, aber energisch an der Schulter rüttelte, um ihn für das Treffen mit Lunel zu wecken.

* * * * *

Das Au Lapin Agile war wie gewöhnlich zum Brechen voll und Lefort fühlte sich so pudelwohl wie schon lange nicht mehr. Er freute sich auf den feuchtfröhlichen Abend mit Lunel, auf die Gespräche, auf derbe Späße und meist nicht ganz jugendfreie Witze. Nach links und rechts grüßend und winkend drängte er sich durch die dicht an dicht stehenden Gäste und arbeitete sich bis zum vertrauten Extrazimmer vor, in dem ihn Mathis Lunel längst erwartete. Der Tisch war zum Essen gedeckt, ein Krug Rotwein stand bereit, aus zwei Brotkörben verströmten frisch gebackene Baguettes appetitanregenden Duft. Lunel erhob sich und umarmte den väterlichen Freund fest, klopfte ihm mehrmals auf die Schulter, warf ihm aber dabei prüfende Blicke zu.

„Jerome, ist alles in Ordnung mit dir? Du siehst etwas kränklich aus, hast du an Gewicht verloren?"

Lefort überlegte nicht lange, zu groß war die Versuchung, sich seinem jungen Freund wenigstens in Teilen anzuvertrauen.

„Wenn man den Ärzten glauben darf, bin ich gesund. Ich neige dazu, ihnen zu glauben. Allerdings plagt mich seit einigen Tagen ein äußerst beängstigendes Herzrasen, das sich auch mit ausführlichen Untersuchungen nicht erklären ließ", brachte er seine Ängste auf den Punkt.

„Hast du auch wirklich alles medizinisch Mögliche ausgeschöpft?", erkundigte Lunel sich skeptisch.

„Nun ja, ich war bei Docteur Meier und ich denke, er verfügt in seiner Klinik über die modernsten Gerätschaften. Auch schien er ansonsten sehr fürsorglich und wachsam. Aber er konnte keine körperlichen Ursachen ausmachen. Zum Glück, muss ich wohl sagen."

Lunel nickte bestätigend und verständnisvoll.

„Ich vermute fast, mir ist schlicht und einfach langweilig", stellte Lefort lapidar fest, „wer kann schon dingfest machen, was Geist und Seele aushecken, um einen alten Mann das Fürchten zu lehren und so ein wenig Spannung in seinen öden Alltag zu bringen?", fragte er mit einem schiefen Grinsen.

„Dem kann ich Abhilfe verschaffen, mon ami", gab Lunel vorsichtig zurück. „Fühlst du dich fit genug, einige harmlose Nachforschungen anzustellen?"

„Die einzig wahre Arznei – sinnvolle Beschäftigung!" Lefort hatte es innig erhofft, dass Lunel ihn ein wenig vor den Karren des überforderten und chronisch unterbesetzten Polizeiapparats spannen würde.

„Bist du wirklich sicher, dass ich dir das Herumlaufen und Befragen zumuten kann? Wie behilfst du dir im Falle eines plötzlichen Anfalls?" Lunel hatte sich noch nicht vollends von Leforts Begeisterung anstecken lassen, er wollte sicher gehen.

„Alles kein Problem, ich wurde von Docteur Meier bestens mit Tabletten versorgt, die ich immer bei mir habe. Sie wirken auch sehr rasch; eine davon ist ein Beruhigungsmittel, die andere bringt die Herzschläge wieder in einen normalen Rhythmus."

Zum Beweis zog Lefort sein Mobiltelefon aus dem Hosensack, in dessen lederner Hülle neben einigen Geldscheinen auch zwei Tablettenstreifen steckten.

„Ich bin also gut gerüstet und voller Tatendrang und morgen früh schaue ich auf einen Sprung bei Sauvre vorbei und frage ihn um seinen Rat", bekräftigte er aufgekratzt und schenkte für beide großzügig Wein nach.

„Nun denn, lasset die Spiele beginnen", prostete Lunel ihm gut gelaunt zu und kam auch unverzüglich zur Sache.

„Suzette, du hast sicher von ihrem Todessturz gehört, wurde unsererseits nicht besonders eingehend untersucht. Der Fall ist klar, sie ist gestürzt, Punktum. Nichts deutet darauf hin, dass es sich um etwas anderes als einen Unfall handeln könnte. Keine Spuren, keine Kratzer, keine sonstigen Verletzungen, keine Vergewaltigung. Allerdings macht uns ihre Freundin Chloé das Leben schwer, denn sie faselt irgendetwas wegen eines Mörders, der Suzette ihre Halskette gestohlen hat. Man sollte sie zum Schweigen bringen, ich möchte ihr das Gefühl geben, dass wir der Sache ernsthaft nachgehen, um alle Zweifel zu beseitigen. Könntest du dich umhören? Und mach es bitte auffällig, damit wir in dem Viertel alle in dem Glauben wiegen, Suzette hätte für die Polizei absoluten Vorrang."

„Irgendwelche Zeugen? Fremde DNA an ihrem Körper oder der Kleidung? Anzeichen von Abwehrhaltung?" hakte Lefort knapp nach.

„Nein, nichts Augenfälliges. Allerdings haben wir sie nicht gerichtsmedizinisch untersuchen lassen, daher liegen uns auch keine Laborberichte vor. Wir haben weder Zeit noch Geld für Untersuchungen zu verschwenden, die so offensichtlich unnötig sind", tat Lunel die Sache mit einer wegwerfenden Handbewegung ab.

„Hier geht es mir in erster Linie um Öffentlichkeitsarbeit, gerade rund um den Montmartre müssen wir das Vertrauen in der Bevölkerung stärken. In Wahrheit kümmern wir uns den lieben langen Tag fast ausschließlich um Touristenangelegenheiten: verlaufene Kinder, gestohlene Kreditkarten, verstauchte Knöchel … du kennst das ja."

Lefort stimmte ihm zu. Ja, er kannte das. Er konnte sich aber auch noch sehr genau an die Verzweiflung und Hilflosigkeit erinnern, die er stets empfunden hatte, wenn er über zu wenig Personal verfügte, um ein Kapitalverbrechen mit allen Mitteln schnellstmöglich aufzuklären und stattdessen sein Bereitschaftsteam zu einer vermeintlichen Entführung in die Basilika Sacré-Cœur schicken musste. Nebenbei sei erwähnt, dass es sich keineswegs um eine Entführung handelte; vielmehr hatte eine ältere Dame aus Dänemark beschlossen, sich von ihrer Reisegruppe zu entfernen, um der einschläfernden Führung durch die heiligen Hallen der Wallfahrtskirche zu entgehen. In einem Künstlercafé in der Rue Lamarck hatte sie dann wohl zu tief ins Glas geschaut und war eingeschlafen, sodass sie nicht pünktlich zum vereinbarten Treffpunkt der Gruppe erscheinen konnte. Glücklicherweise ein gutes Ende der Geschichte, aber alles in allem dauerte ein solcher Einsatz mehrere Stunden und band unzählige Ressourcen wie Dienstwägen, Hundeführer und ganz zu schweigen von einer Heerschar an Polizisten.

„Alles klar, ich mische mich gleich morgen früh nach

meinem Besuch bei Sauvre unters Volk. Nun hätte ich aber ebenso ein Anliegen an dich: Im Moncœur arbeitet seit Montag eine neue Serveuse, Elaine Sabatier. Sie bat mich heute, nochmals mit dir wegen ihrer Mutter zu sprechen. Anscheinend ist sie davon überzeugt, dass mein persönliches Interesse für den Fall eurer Arbeit mehr Nachdruck verleihen würde."

Lunel brach ein knuspriges Stück von der Baguettestange, tunkte es kurz in den Wein – Lefort ekelte es immer wieder aufs Neue vor dieser widerlichen Angewohnheit – und wiegte nachdenklich den Kopf.

„Das ist durchaus ein äußerst eigenartiger Fall", erklärte er Lefort, „die alte Dame wurde erstickt, soviel ist sicher. Aber niemand kann sich erklären, warum. Auch hier haben wir keinerlei Spuren oder ein erkennbares Motiv. Vielleicht hatte sie etwas gesehen oder gehört, was sie nichts anging, und der Mörder tötete sie nur aus Sicherheitsgründen?"

„Möglich", räumte Lefort ein, „Madame Sabatier sagte, es wurde nichts gestohlen und es gab auch keine Zeugen?"

„So ist es. Der diensthabende Pathologe hat sie noch in der Nacht obduziert und auch die Laborergebnisse sind fertig. Nichts, niente, nada. Möchtest du dich auch dieser Angelegenheit ein wenig annehmen? Elaine Sabatier scheint mir eine intelligente, feinfühlige Frau zu sein, die sich nicht so einfach abspeisen lassen wird. Was hat sie eigentlich im Moncœur zu suchen? Eher würde sie wohl in ein Restaurant der gehobenen Klasse passen?"

„Keine Ahnung, mir ist sie nicht sonderlich sympathisch, zu arrogant, obwohl sie sehr aufmerksam ist und einen diskreten Eindruck macht. Egal, ich kümmere mich darum, geht ja gemeinsam mit Suzette in einem Abwasch."

„Ich freue mich, alter Knabe, dass du wieder mit von der Partie bist, wenn auch nur top secret undercover sozusagen. Wann wollen wir uns das nächste Mal besprechen?" Lunel griff erneut zu Wein und Brot.

„Passt es dir in zwei Tagen? Bis dahin rechne ich schon mit ersten Ergebnissen." Lefort war energiegeladen, wollte am liebsten sofort zu neuen Taten schreiten.

„Ach ja, noch etwas … unbedeutend, aber man weiß ja nie: Die alte Madame Sabatier hatte angeblich einen roten Anhänger bei sich. Dabei handelt es sich um einen Notrufsender des Hilfswerkes „Pour Malades et Vieux", da sie krank war und damit zu jeder Zeit geortet werden konnte, wenn sie Hilfe brauchte. Du solltest auch danach Ausschau halten, obwohl ich persönlich meine, dass die betagte Dame ihn irgendwo verloren hat, denn wer stiehlt schon einen Notrufsender?" Lunel schüttelte verständnislos den Kopf, Lefort tat es ihm gleich.

„Ihr konntet den Sender noch nicht anpeilen?"

„Nein, das funktioniert nur, wenn er durch Knopfdruck aktiviert wird."

Herr im Himmel, was hatte er nur für grandioses Glück gehabt! Ein unachtsamer Druck an der falschen Stelle, ein aufgeregtes Zusammenpressen aus schierer

Freude an dem Ding und ein stiller Alarm wäre ausgelöst worden!

„An welcher Krankheit litt sie denn?", fragte er en passant.

Lunel zuckte gleichgültig die Schultern.

„Irgendwas mit dem Herzen."

* * * * *

Über etlichen Gläsern Wein, zwei dicken Havanna Zigarren und mehreren petit eau-de-vies wurde es gegen zwei Uhr am Morgen, als Lunel und Lefort sich ein Taxi teilten, das den pensionierten Commandant vor seiner Wohnung in der Rue Puget absetzte und mit Lunel im Fond weiterfuhr. Lefort betrat das Stiegenhaus, lauschte konzentriert auf die Abfahrt des Taxis, drehte sich um und trat erneut auf den Bürgersteig. Es würde ihn gute dreiviertel Stunden kosten, um zu Fuß zur Ponts des Arts zu gelangen, gerade richtig, um den Kopf frei zu bekommen und den Rotweinteufel mit Bewegung und frischer Luft auszutreiben. Er nahm die vertraute Abzweigung über die Rue Blanche, die anschließend in die Avenue de l'Opèra mündete und wunderte sich, dass die Straßen völlig ruhig bar jedes geschäftigen Treibens vor ihm lagen. Die Hitze des Tages dürfte die Menschen in ihre klimatisierten Nachtlager getrieben haben und obwohl es eine verführerisch warme Nacht war, trafen sich nur wenige zu einem allerletzten Umtrunk. Vielleicht lag es aber auch an der späten, besser gesagt, frühen Stunde, dass die breiten Gehwege beinahe menschenleer waren.

Seit die Pont des Arts unter mehr als fünfzig Tonnen Belastung an Liebesschlössern nachgegeben hatte und über eine Länge von zwanzig Metern dem Gewicht von Liebesschwüren aus der ganzen Welt nicht mehr Stand halten konnte, wurden nach und nach einzelne Teile des Geländers durch Plexiglas-Segmente ersetzt. Niemanden hinderte diese bauliche Maßnahme allerdings daran, weiterhin sein ganz persönliches Schloss mit Inbrunst und im festen Glauben an die ewige Liebe an die Brüstungsstreben zu hängen.

Als Lefort das Ostende der vielgerühmten Brücke erreichte, machte er lediglich zwei engumschlungene Männer aus, die rechtsseitig vor einem der sechs Laternenpfähle hockten und nur Augen füreinander hatten. Lefort stellte sich in Hörweite zu dem ganz augenscheinlich homosexuellen Paar an das Brückengeländer und starrte wie in Gedanken versunken auf die trüben Schaumkronen der Seine, die träge und zäh sich unter den Betonpfeilern dahinschlängelte.

„Hier ist es", hörte er den einen aufgeregt ausrufen.

„Ja, das ist es! Wie gut, dass wir es gefunden haben!", antwortete der andere euphorisch.

Lefort wagte einen kurzen Seitenblick zu den jungen Männern, die beide in hautenge Jeans und ebensolche Shirts gekleidet waren. Er beobachtete gespannt, wie der größere und auch offensichtlich ältere von ihnen mit einem winzigen Schlüssel eines der übereinander eng gedrängten Schlösser entsperrte und aus dem Drahtnetz des Brückengitters löste.

„Nun können wir unseren Bund unbesorgt lösen und uns frei machen von jeglichen negativen Energien", zog der Kleinere seinen ganz persönlichen Schluss aus dieser merkwürdigen Aktion.

„Ja, endlich", gab der andere einsilbig zurück.

„Lass es uns gemeinsam in die Seine werfen, auf dass wir einen neuen Anfang wagen", forderte der Kleine.

Der ältere, um etliches Gewichtigere nickte nur stumm.

„Arrêtez!" unterbrach Lefort ungestüm den Dialog. „Was haben Sie vor, Messieurs? Versenken Sie nicht Ihre Liebe im Nirgendwo, ich bitte Sie! Auch wenn sie nicht mehr gültig ist, so war sie doch etwas Besonderes, etwas Einzigartiges, n'est-ce pas? Vertrauen Sie mir Ihren Liebesbeweis an und ich werde ihn horten wie meinen Augapfel. In ein paar Jahren werden Sie gerne und unbefangen daran zurückdenken! Ich bewahre dieses Schloss für Sie auf, im Sinne Ihrer unvergesslichen Liebe!"

Verwundert wandten sich die beiden Lefort zu, der auffordernd seine Handfläche in ihre Richtung streckte. Einem Reflex gleich ließ der Ältere das filigrane Messingschloss, auf dem in geschwungenen Buchstaben „éternellement" mit zwei darunterliegenden Herzen in Miniaturform eingraviert war, samt Schlüssel in Leforts Handkuhle gleiten.

In einer fließenden, ja grazilen Bewegung, glitt die Hand, die eben noch Lefort den letzten Liebesbeweis überantwortet hatte, zum Laternenpfahl, umklammerte diesen fest, zog den beleibten Körper nach, löste sich und ließ ihn senkrecht in die Tiefe stürzen. Er schlug auf dem Betonpfeiler darunter auf, ein verhaltenes Krachen verriet Lefort, dass Knochen zersplitterten und er mit Gottes Hilfe unwiderruflich zerstört und nicht als Krüppel der Seine entkommen möge.

Fassungsloses Entsetzen, ein Ausdruck absoluten Unverständnisses deformierte die markanten Gesichtszüge des jüngeren Mannes.

„Claude! Was ... wie ... bitte, helfen Sie ...", stammelte er zusammenhanglos und beugte sich dabei entgeistert über das brusthohe Geländer.

Gemessenen Schrittes trat Lefort hinter ihn, fasste ihn beherrscht an der schmächtigen Schulter, hauchte milde „Er wollte ohne Sie nicht leben" in dessen Ohr und driftete in graurosa Dämpfe ab, aus denen er sich erst emporhob, als von dem jüngeren Partner des männlichen Paares ein abruptes Klatschen auf der Wasseroberfläche zu vernehmen war.

Unauffällig schweifte Leforts Blick über die Brücke, und als er keine Gefahr in Gestalt von unliebsamen Zeugen entdecken konnte, legte er die Hände hinter dem Rücken übereinander und schlurfte gebeugt zurück zum östlichen Brückenaufgang, mimte dabei den verlorenen Greisen, der seiner Schlaflosigkeit mit ziellosen Spaziergängen die Stirn bot.

Das zierliche Vorhängeschloss, vor wenigen Minuten noch Pfand unsterblicher Liebe, ruhte nach wie vor geborgen in seiner rechten Handfläche, vor Blicken und Unbill der Welt geschützt und abgedeckt durch seinen linken Handrücken.

Als er trotz des langen Fußweges nach Zigarettenrauch und Alkohol riechend zu seiner leise schnarchenden Frau unter die Decke schlüpfte, war er zwar hundemüde, aber unsäglich entspannt und glücklich.

* * * * *

Schein und Sein

Josephine stand eingehüllt in ein flauschiges Badetuch dicht vor dem Spiegel des engen Badzimmers und tuschte mit akribischer Sorgfalt ihre hellen Wimpern.

„Ich mache mir Sorgen um ihn", stellte sie fest und richtete ihren Blick im Spiegel auf die geöffnete Tür hinter sich und das angrenzende Schlafzimmer.

„Weshalb?"

„Er ist in den letzten Tagen so eigentümlich geworden. Verwirrt erscheint er mir, zerstreut, manchmal geistesabwesend, dann wieder übertrieben gesprächig und liebevoll. Ich weiß nicht, was ich davon halten soll, er ist unberechenbar geworden und es fällt mir schwer, angemessen auf ihn zu reagieren. Wie hat er gestern Abend auf dich gewirkt?"

Lunel warf sich nachlässig seinen Morgenmantel über und machte sich an der Kaffeemaschine in der Kochnische zu schaffen.

„Im Grunde war er wie immer, außer dass er mir ein bisschen blass um die Lippen vorkam. Das Herzrasen macht ihm zu schaffen, das gibt er ja auch zu. Die Laufjobs, die ich ihm aufgetragen habe, werden ihn eine Weile ablenken und beschäftigen. Eventuell stabilisiert sich sein Zustand dadurch etwas."

Josephine knöpfte ihre weiße Bluse zu, schlüpfte in einen engen, hellen Rock und band sich ein golddurchwirktes Tuch um die schmalen Hüften. Sie setzte sich zu Lunel an die platzsparende Bartheke, die er selbst gezimmert hatte und die auch gleichzeitig als Esstisch diente, und dankte ihm mit einem zärtlichen Streicheln über seine Wange für die Tasse Kaffee, die er exakt nach ihren Wünschen zubereitet hatte.

„Könnten Nebenwirkungen des Wirkstoffs verantwortlich sein für diesen Wandel in seinem Benehmen?", versuchte sie eine Erklärung zu finden.

Nachdenklich rührte Lunel in seiner Tasse.

„Das kann ich mir nicht vorstellen, zumindest habe ich bei meinen Recherchen davon nichts gelesen oder gehört. Außerdem hat er doch genau den Effekt, den wir beabsichtigten. Jerome reagiert darauf mit Herzrasen und schluckt dagegen Pillen, von denen er eines Tages zu viele erwischen wird, bien?"

Josephine zerkrümelte mit gesenktem Kopf ein Croissant auf ihrem Teller.

„Ja, ja, so weit ist alles gut. Ich halte mich auch genauestens an die Dosierung, achte höllisch darauf, stets nur eine halbe Kapsel zu verwenden, aber trotzdem habe ich ..."

Lunel legte fürsorglich einen Arm um sie und zog sie sanft an sich.

„Wie sind seine Blutbefunde ausgefallen? Gab es Auffälligkeiten?", erkundigte er sich interessiert.

„Nein, Docteur Meier hat wenigstens nichts davon erwähnt. Mit Sicherheit hätte er uns informiert, wäre ihm ein Wert außer der Norm aufgefallen. Es darf aber zu keiner weiteren Blutuntersuchung kommen, denn bestimmt ließen sich in der Zwischenzeit Rückstände des Mittels nachweisen."

„Wo ist er jetzt?"

„Er muss noch bei Sauvre in der Pathologie Medicale St Lazare sein. Wir sind gemeinsam mit dem Auto gekommen, oben an der Saint Georges habe ich ihn aussteigen lassen und bin hierher gefahren, wie immer zum Morgensport", fügte sie sarkastisch hinzu.

Nach Lunels Scheidung vor vier Jahren hatten sie entschieden, eines der Appartements Caumartin für Mathis zu mieten. Die Lage war perfekt: Direkt angeschlossen an die Passage du Havre und nur drei Métrostationen entfernt vom Commissariat de Police des neunten Arrondissement bot es die wie für sie zugeschnittene Infrastruktur. Josephine hatte in der Passage einen Fitnesstempel gefunden, in dem sie tatsächlich fleißig trainierte; entweder vor oder nach den Besuchen bei Lunel. Wenn sie keine Freude am Training hatte, parkte sie in der Tiefgarage und erledigte ihre ausgiebigen Einkäufe. Somit hatte sie immer einen guten Grund, sich hier aufzuhalten und außerdem war die Métrostation Saint Lazare nur einen Steinwurf weit entfernt, sodass sie auch ohne Auto problemlos ihr Ziel erreichen konnte. Der größte Vorteil aber für sie war, dass es von der Einkaufspassage aus einen Lieferantenzugang gab, von dem aus sie über eine Treppe direkt in das Appartementhaus gelangen konnte. So musste sie nicht auf die Straße ausweichen und lief auch nicht Gefahr, dabei ertappt zu werden, wie sie mit ihrem eigenen Schlüssel das riesige Tor zur Wohnungsanlage öffnete.

Lunel hingegen konnte sich im Rahmen seiner Ermittlertätigkeit ohne großen Aufwand zwischendurch ein, zwei Stündchen frei machen. Je nach Lust und Laune nahm er entweder die Métro, fuhr mit dem Rad oder ließ sich ein Stück in einem Streifenwagen chauffieren. Im Dienst gab er sich privat zugeknöpft und verschlossen, lud niemanden zu sich nach Hause ein, war aber jederzeit gerne auf ein Bier in Gesellschaft zu überreden. Dass er geschieden war, hatte er niemandem erzählt, schon gar nicht Jerome, und auch dass er in ein Appartement umgezogen war, blieb von Kollegen und Freunden unbemerkt. Er erzählte nichts von sich und man hatte aus rüden Antworten gelernt, ihn nicht nach seinem Privatleben zu befragen.

Vier Jahre lang war nun bis jetzt alles gut gegangen, eine unglaublich lange Zeit für eine anfangs flüchtige Affäre. Es hatte sie beide überrascht, dass sich daraus eine ernstzunehmende Liebesbeziehung entwickelte, mit allen Höhen und Tiefen, die auch eine Ehe mit sich brachte. Josephines Befürchtungen, dass sie einen um zehn Jahre jüngeren Mann nicht halten würde können, hatten sich bis dato nicht bewahrheitet und sie hatte endlich aufgehört, darüber zu grübeln.

„Du bist verunsichert, n'est-ce pas?", fragte Lunel und griff nach ihrer Hand.

„Um ehrlich zu sein, ja. Jetzt, wo es tatsächlich so weit ist, habe ich Angst und mir kommen Zweifel", gestand sie und umklammerte seine Finger.

„Wir können unser Vorhaben jederzeit abbrechen, Josephine. Ohne Thyroxat gibt es kein Herzrasen mehr und er wird sich wieder beruhigen."

Josephine seufzte schwer.

„Das weiß ich doch, Mathis. Aber was sind die Alternativen? Bei ihm zu bleiben, wird von Tag zu Tag mehr zur Qual, ja sogar abstoßend! Er ist ein alter Mann, wird mit jedem Tag tatteriger und umständlicher. Eine Scheidung macht nicht nur mich arm, sondern auch ihn. Ich habe keinen Beruf, er müsste für mich sorgen, wir müssten sein Rentengeld teilen. Unsere Dachwohnung in der Rue Puget müsste aufgegeben werden, meinen Standard könnte ich nicht mehr halten. Ich bin zu alt für eine „Platz ist in der kleinsten Hütte"–Liebe und zu ungeeignet, um zu arbeiten. Völlig abhängig von dir zu sein, ist ein unerträglicher Gedanke. Was würde also vom Tage übrig bleiben?"

Die Frage war rhetorisch, das wussten sie wohl.

Zu oft hatte sie mit Mathis darüber gesprochen, zu oft alle Eventualitäten berücksichtigt, zu oft Pläne verworfen und neu erfunden. Es gab für sie keine Zukunft mit Mathis, solange Jerome am Leben war. Nur als seine Witwe hatte sie Anspruch auf den Löwenanteil seines Ruheeinkommens und könnte auch im Falle einer Trennung von Mathis auf zwar wackeligen, so doch eigenen Füßen stehen. Wollten sie aber miteinander leben, würden sie zusammen mit Mathis' Lohn ein angenehmes Auskommen haben. Lunel wusste darauf längst keine Antworten mehr, außer die eine, für die sie sich nach langem Ringen und diffiziler Planung entschieden hatten.

Josephine stöhnte erneut.

„Ich werde langsam damit beginnen, mir nun auch

in der Öffentlichkeit Sorgen um ihn zu machen. Zu Mittag werde ich mich bei Sauvre nach Jeromes Befinden erkundigen, morgen besuche ich Albert im Moncœur", entschied sie kurzerhand, griff nach ihrer Sporttasche und verließ Lunel mit einem für ihn unbefriedigenden „Ich melde mich."

* * * * *

Lefort hätte seine Visitation bei Paul Sauvre noch gerne ein Weilchen hinausgezögert, aber unglücklicherweise lag die Pathologie Medicale Le Havre, in der der Gerichtsmediziner seit nahezu vierzig Jahren Leichen sezierte, genau auf derselben Strecke, die zu Josephines Fitnessstudio führte. Es war naheliegend, dass sie ihn im Wagen mitnehmen konnte, ein Einspruch seinerseits dagegen wäre unpassend gewesen und hätte nur neuen Zündstoff für eine sinnlose Diskussion geliefert.

Das Gebäude, in dem Sauvres Sektionssaal lag, wurde gerade saniert, war deshalb eingerüstet und Presslufthämmer verbreiteten ohrenbetäubenden Lärm und staubverseuchte Luft. Lefort war schon zu aktiven Dienstzeiten kein großer Freund von Leichenschauhäusern gewesen und auch nun fand er die kalte Atmosphäre beklemmend. Er schritt deshalb forsch aus, um die grüngefliesten, neonbeleuchteten Gänge schnell hinter sich zu bringen.

Sauvre hatte als Dienstältester des Institutes das Privileg inne, ein fensterloses Kabuff von der Größe eines Wandschranks sein eigenes Büro nennen zu dürfen. Auf den wenigen Quadratmetern hatte er es zuwege gebracht, Klappliege, Kühlschrank, Kaffeemaschine, zwei windschiefe Holzsessel sowie einen Kasten Bier, der gleichzeitig als Tisch verwendet wurde, unterzubringen. Zwei weitere leere Bierkästen lehnten übereinander gestapelt an der Wand und dienten als Ablagen für Gläser, Wasserflaschen, Socken, Rasierzeug, frische Hemden und sonstigen Kleinkram. Für einen Computer war kein Platz mehr übrig geblieben. Außen an der zersplitterten Bürotür hing ein überdimensionaler Cartoon eines gesichtslosen Sensenmannes, der seine todbringende Waffe bedrohlich schwenkte. Darunter stand in von Sauvres Hand gemalten bluttriefenden Buchstaben: „Wer stört?"

Lefort hatte entweder den Witz dahinter bis heute nicht verstanden oder er besaß eine völlig andere Auffassung von Humor. Zumindest fürchtete er sich nicht, seinen Lieblingspathologen nun zu stören, er hatte sich wohlweislich telefonisch angekündigt. Die offensichtliche Warnung in der Zeichnung hatte also doch ihre subtile Wirkung gezeigt.

Sauvre war ein nicht ganz zwei Meter großer, spindeldürrer Schwarzafrikaner, der nach seinen eigenen Angaben „lebend, samt Haut, Knochen und Zungenpiercing" nie mehr als siebzig Kilogramm auf die Waage brachte. Er war leidenschaftlicher Marathonläufer und wenn er mit euphorisch in die Luft gerissenen Armen, so lange wie die eines Orang-Utan, lachend durch die Ziellinie rannte, war dies ein ziemlich beeindruckendes Bild, wie Lefort aus eigener Erfahrung wusste. In Shorts, mit schweißglänzender Glatze und tellergroßen Augen war er sogar beim letzten Pariser Langstreckenlauf eine Interview-Attraktion für einen überregionalen Fernsehsender gewesen.

Jetzt lag er hingeflätzt auf seinem Notbett, und, einen gläsernen Aschenbecher auf dem Bauch balancierend, drehte sich aus krümeligem Tabak eine Zigarette.

„Entrez, entrez, Monsieur Jeronimo!", rief er erfreut. „Nimm Platz, labe dich an Kaffee und Schokolade, aber lass mich um Himmels willen hier auf meinem Bette ruhen!" Er deutete auf einen der morschen Holzstühle, aber Jerome zog einen Platz am Boden auf dem farbenprächtigen Flickenteppich neben Sauvres Liege vor. Eine voluminöse Schachtel mit Schokoladenkonfekt schob er näher zu seinem Freund hin, lehnte sich an die Wand und zog die Beine an. Sauvre entzündete die Zigarette und reichte sie Lefort, der wusste, dass er keinesfalls rauchen sollte und schon gar nicht mit feinstem Gras gestopfte Selbstgedrehte. Genüsslich nahm er einen tiefen Zug, ließ gleich darauf eine Praline auf der Zunge zergehen und spülte mit dick eingekochter, schwarzer Kaffeebrühe nach. Sauvre tat es ihm gleich und in wortlosem Einverständnis kosteten sie diese behagliche Prozedur aus, bis viele Süßigkeiten verspeist, die Zigaretten verglommen und die Kaffeebecher leer waren.

„Wo drückt welcher Schuh?"

Sauvre war ein Meister in übergangsloser Gesprächsführung.

Lefort schilderte ihm seine Beschwerden, versuchte, die ganze Sache ein wenig herunterzuspielen, schließlich war er nur da, um Josephine einen Gefallen zu tun.

Sauvre hörte aufmerksam zu und unterbrach ihn nicht, bis Lefort mit seiner Berichterstattung am Ende war.

„Meier ist sicher eine Koryphäe, wenn es ums Herz geht. Ich mag diesen eingebildeten Fatzken zwar nicht, aber fachlich ist er hier in Paris nicht zu übertreffen. Wenn er sagt, du hast nichts, dann hast du auch nichts, so ist das", kommentierte er und bastelte wieder an einer neuen Zigarette. „Ich neige dazu, deine Ansicht zu teilen. Dir ist zum Sterben langweilig." Er kicherte vergnügt; Lefort lachte lauthals auf, allerdings aus ziemlich sicher anderen Gründen.

„Nimm deine Tabletten, wenn dir danach ist, sie geben dir ein besseres Gefühl. Aber nimm nicht so viele, dass du dich daran gewöhnen könntest", riet er, „diese sogenannten Körpersensationen kommen viel häufiger vor, als du dir denken kannst. Nichts Gefährliches, glaub mir. Besser, dein Herz schlägt zu schnell als gar nicht. Mach kein großes Drama draus, dann bist du diese lästigen Erscheinungen in Nullkommanichts wieder los. Leider kann ich dein sensibles Hasenherzchen nicht mit einem Stethoskop abhören. Ich besitze nämlich keines, wird hier eigentlich nie gebraucht."

Für den feixenden Sauvre war der Fall damit erledigt, ebenso für Lefort.

Es wurde die zweite Runde Zigarette-Konfekt-Kaffee eröffnet.

„Kann man von einem Tag auf den anderen verrückt werden und zu morden beginnen?", fragte Lefort in die geruhsame Stille.

„Die meisten Mörder waren vor dem Tag ihres ersten Mordes keine Mörder, das solltest du doch am besten wissen", machte sich Sauvre über seine Frage lustig.

Lefort blieb ernst.

„Ich denke an Morde ohne Motiv", erklärte er.

„Die gibt es nicht", lehnte Sauvre kategorisch ab, „hinter jeder Tötung steckt Motivation, auch wenn wir sie oftmals nicht erkennen oder verstehen können. Der Täter aber braucht sie als Triebfeder, egal wie verrückt sie auch sein möge, sonst würde er seine Hemmschwellen niemals überschreiten können."

„Zähl mir alle Motive auf, die dir bis jetzt untergekommen sind", verlangte Lefort aufgeregt.

„Eifersucht, Habgier, Neid, sexuelle Gewaltbereitschaft, Rache, religiöser Wahn, Enttäuschung, Machtgier, Angst, schwere psychische Krankheiten ... was weiß ich ... reicht das nicht für alle Kategorien von Mördern?"

„Nicht ganz; in der Rue Houdon wurde eine alte Frau erstickt. In einem Treppenhaus, in dem sie nichts zu suchen hatte. Keine sexuelle oder sonstige körperliche Gewalt, nichts gestohlen. Nur erstickt und liegengelassen, sie wurde nicht angerührt. Keine Spuren, keine Zeugen."

„Vielleicht wurde der Mörder gestört, bevor er sie berauben oder vergewaltigen konnte? Das Geräusch einer Tür?", mutmaßte Sauvre.

„Er hätte ihr einfach die Handtasche entreißen können, ohne sie umzubringen. Sie war gehbehindert, herzkrank, alt und schwach. Ihre Kleider waren unberührt, alles war am rechten Fleck", hielt Lefort entgegen.

„Ungewöhnlich", sinnierte Sauvre, „hattest du einen ähnlichen Fall in deiner Karriere?"

„Nie. Auch die Abfragen in den Polizeinetzwerken, die Lunel getätigt hat, ergaben keine vergleichbaren Parameter."

„Nun, ich kann mich auch nicht daran erinnern, dass ich jemals eine derartige Leiche zu untersuchen gehabt hätte."

„Also, in welche Richtung würdest du ermitteln? Was würdest du vermuten?" Lefort ließ nicht locker.

Sauvre steckte sich die nächste Zigarette in den Mund, schob eine Praline hinterher und schloss genießerisch die Augen.

„Ihr sucht einen Verrückten", beendete er das Gespräch.

* * * * *

Generalprobe

Es war spät geworden im Moncœur und nach dem weinseligen Gespräch mit Chloé war ich wie gerädert.

Obwohl ich meine detektivischen Ambitionen zum Leben erweckt geglaubt hatte, stellte sich schnell jede einzelne Frage, die ich an Chloé hatte, als Niete heraus. Mehr, als sie bereits öffentlich verkündet hatte, konnte sie nicht erzählen. Ich muss ein Brett vor dem Kopf gehabt haben, dass ich zu diesem Zeitpunkt keinen noch so entfernten Bezug zu der silbernen Uhrenkette aus Leforts Hosentasche hergestellt habe. Glauben Sie, dass ich die Katastrophen verhindern hätte können?

Das Herzkettchen von Suzette war nirgends aufzufinden gewesen und daher ging Chloé davon aus, dass es jemand gestohlen haben musste.

Dagegen hätte sich Suzette mit Händen und Füßen gewehrt, also hatte sie der Dieb die Treppe hinuntergestoßen. Beweise hatte Chloé dafür natürlich keine, es sei ein unglaublich intensives Bauchgefühl, das sie von diesem Sachverhalt überzeuge. Gehört oder gesehen habe sie nichts, sie habe sich selbst vor dem Zu-Bett-Gehen eine klitzekleine Dröhnung gegönnt, was sie nun in Anbetracht des tragischen Ereignisses zutiefst bedauere.

Wie ich es befürchtet hatte, musste ich im Moncœur übernachten, da sich Chloé erst gegen drei Uhr morgens aus dem Lokal schieben ließ. Natürlich tat ich kein Auge zu und gab es ziemlich bald auf, mir eine halbwegs erträgliche Schlafposition auf der hintersten Sitzbank zu suchen. Stattdessen begann ich, Gläser zu polieren, Regale und Schränke zu wischen und allgemein ein wenig Ordnung zu schaffen – in diesem Café war dringender Handlungsbedarf in Sachen Sauberkeit angesagt. Im Morgengrauen kamen die ersten Lieferanten und freuten sich, erstmals zu so früher Stunde frisch gebrühten Kaffee serviert zu bekommen.

Als ich dann gemäß den Öffnungszeiten die Türen sperrangelweit aufriss, war ich am Ende meiner Kräfte und konnte mich kaum noch auf den Beinen halten.

Albert hatte Erbarmen mit mir und bot von sich aus an, dass ich diesen Tag frei nehmen und mich zu Hause erholen sollte. Ich aber wollte Lefort keinesfalls versäumen und so lehnte ich dankend ab, bis ich es gegen Mittag aufgab, auf ihn zu warten. Er erschien an diesem Tag nicht, was wiederum Albert zu wildesten Spekulationen verleitete. Unruhig lief er zwischen Ausschank und Straßentischen umher und hielt unausgesetzt Ausschau nach seinem Commandant.

Irgendwann ließ er mich resigniert wissen: „Er kommt heute nicht mehr. Die letzten Tage war er ja schon nicht ganz auf der Höhe, er muss krank sein."

Ich nickte nur matt, verspürte auch nicht die geringste Lust, mit Albert sämtliche möglichen oder wahrscheinlichen Erklärungen für Leforts Abwesenheit zu diskutieren.

„Albert, ich nehme Ihr Angebot jetzt gerne an und fahre nach Hause. Ich bin tatsächlich todmüde und erschöpft."

Albert nahm mich kaum wahr, so sehr war er in Gedanken damit beschäftigt, wo wohl sein Gott Lefort so völlig unentschuldigt abgeblieben sein könnte. Mit einer ungeduldigen Handbewegung scheuchte er mich davon und murmelte geistesabwesend „À bientôt!"

Ich packte all meine Wäschegarnituren zusammen und nahm die Métro nach La Défense. Vom Place de Clichy bis zu meiner Endstation Grande Arche würde es samt Umsteigen eine gute halbe Stunde dauern und ich wollte die Zeit nutzen, um erforderliche Telefonate zu erledigen, damit ich die nächsten Stunden zu Hause ungestört schlafen konnte.

Das Gespräch mit Andra verlief äußerst angenehm, sie hatte jede einzelne Minute seit der Ermordung meiner Mutter damit verbracht, sich um Ämterwege und Vorbereitungen zur Einäscherung zu kümmern. Wir hatten vereinbart, keine Feierlichkeiten direkt am Friedhof zu begehen, vielmehr würde sich die gesamte Familie mit den wenigen Freunden und Bekannten meiner Mutter bei Hugo`s zu einem gemütlichen Abendessen zusammensetzen. Andra hatte einen schlichten Sarg ausgesucht, veranlasst, dass keinerlei Blumenschmuck oder sonstiger Firlefanz beigegeben wurden, und nachdem sämtliche Formalitäten erledigt waren und die Leiche direkt von der Bestattung zum Krematorium gebracht worden war, würde sie für Sonntagabend das Extrazimmer bei Hugo`s reservieren. Aller Wahrscheinlichkeit würden wir mit meiner Tochter, Schwieger- und Enkelsohn, Jean, Andra und mich selbst eingerechnet nicht mehr als zehn Plätze benötigen. Es war kaum damit zu rechnen, dass sich mehr als zwei, drei alte Leutchen von meiner Mutter verabschieden wollten; so beliebt war sie fürwahr nicht gewesen. Die Urne solle ich dann im Bestattungsinstitut abholen, wenn ich nicht bereit wäre, für ein Urnengrab zu bezahlen.

Die Telefonate mit Jean und meiner Tochter verliefen ebenso entspannt; sie hatten damit gerechnet, das Wochenende in Paris zu verbringen. Jean wollte am Samstag am frühen Abend kommen, ebenso meine Tochter mit ihrer Familie. Beider Hilfsangebote konnte ich guten Gewissens ablehnen, ich hatte dank Andras Unterstützung wahrhaftig nichts zu tun mit der irdischen Auflösung der Existenz meiner Mutter.

Um die Mittagszeit waren die breiten Treppen des Grande Arche an einem sommerlichen Tag wie diesem hoffnungslos von Menschen überfüllt, die ihre Arbeitspausen im Freien verbringen wollten und es sich mit Snacks, Getränken und manchmal sogar Sitzkissen auf den Stufen bequem machten. Auch die Straßencafés waren besetzt, keine Chance auf ein schattiges Plätzchen unter einem ausladenden Sonnenschirm um diese Zeit. Plötzlich fiel mir ein, dass ich die ganze Woche nicht dazugekommen war, einzukaufen und mir graute bei dem Gedanken, mich nun in den Auchan-Supermarkt in das Menschengewühl stürzen zu müssen. Seufzend betrat ich diesen Riesenmarkt, war aber sogleich mit meinem Schicksal versöhnt, als die klimatisierte Kühle im Inneren ein Prickeln in meinem ausgelaugten Körper auslöste.

Mit einem Mal verspürte ich selbst große Sehnsucht danach, mich unter Büroangestellte und Touristen zu mischen, mit angezogenen Beinen auf der Steintreppe einen Fast-Food-Salat mit einer Plastikgabel zu verspeisen, einen Pappbecher mit eisgekühlter Cola in der Hand die vorbeipromenierenden Menschen zu beobachten. Kurzerhand verschob ich den Einkauf auf irgendwann und reihte mich vor einem asiatischen Imbiss in die Schlange. Bepackt mit Esskartons und einem überdimensionalen Eimer Cola samt zwei Strohhalmen stieg ich die ersten fünf Reihen auf, bis ich einen Platz fand, der nicht mit Mülltüten und Zigarettenstummeln zugeschüttet war. Zufrieden öffnete ich meine Pappschachteln mit Sojabohnensprossen, Curryhuhn und gebratenem Reis und hielt mir zwischendurch meinen Getränkebecher, in dem die Eiswürfel fröhlich klimperten, an die glühenden Wangen.

Zu Fuß würde ich nun nicht mehr länger als zehn Minuten nach Hause brauchen, mein Appartement liegt direkt hinter dem Grande Arche in der Rue de Vimy. Aber das wissen Sie ja schon.

Als mir die gleißende Hitze zu viel wurde, drängelte ich mich durch die Reihen nach unten, streifte hier und dort ausgestreckte Beine und musste meine Kartons und Tüten bei der Enge fest an mich raffen, um nichts zu verlieren oder Passanten damit zu schubsen.

Ein älterer Monsieur lehnte mit auf die Brust gesunkenem Kopf allerdings so quer ausgestreckt über dem Treppenvorsprung, dass er den Laufweg versperrte und mit einem vorsichtigen „Excusez-moi?" wollte ich ihn dazu bringen, kurz aufzuwachen und seine Beine soweit einzuziehen, dass man passieren konnte. Instinktiv tat er das auch, hob dabei seinen Kopf und völlig überrascht starrte ich in Monsieur Leforts von der Sonne aufgebranntes Gesicht. Seine Kleidung war diesmal zwar sauber, aber zerknittert und seinem dichten Haar hätte meiner Meinung nach ein Besuch beim Coiffeur gut getan. Schweißtropfen rannen über seine Wangen und dünne Rinnsale verschwanden unter dem Hemdkragen.

„Madame." Er versuchte sich aufzurichten, was bei der Höhe der Treppen auch für junge Menschen bisweilen ein schwieriges Unterfangen ist.

„Bleiben Sie sitzen, Monsieur, ich wollte nur vorbei gehen, entschuldigen Sie."

„Ah non, non, Madame, wenn Sie erlauben, begleite ich Sie ein Stück", beeilte er sich und rappelte sich hastig in den aufrechten Stand.

Am Fuße der Stufen angekommen, bemerkte ich, dass er wie unter größter Anstrengung keuchte und beim Sprechen sogar schnaufte, als wäre er gerannt und nicht bloß zwei Stufen nach unten gestiegen.

„Monsieur, wir haben Sie vermisst heute im Moncœur. Ich bin überrascht, Sie hier zu treffen. Welch ein Zufall, bei einer solchen Menschenmenge!"

Sie wundern sich über meine befremdliche Gesprächigkeit? Das zusammenhanglose Geschwätz? Nun, ich auch. Ich weiß noch immer nicht, was mich dazu bewogen hat, ihn, der nicht mehr als ein blasiertes Nicken für seine Umwelt übrig hat, auf diese dümmliche

Art und Weise in eine belanglose Plauderei zu verwickeln. Geschafft, überhitzt und abgekämpft, wie ich in diesem Augenblick war, muss ich nicht mehr ganz bei Sinnen gewesen sein. Eigentlich wollte ich nur noch in meine kühle Wohnung, doch zu meiner Überraschung nahm Lefort den Faden auf.

„Madame Sabatier, das triff sich gut. Ich möchte mich mit Ihnen unterhalten. Wollen wir nach drinnen gehen? Da ist es angenehm kühl und wir könnten uns ein erfrischendes Getränk genehmigen?" Dabei deutete er auf die gläsernen Fronten des CNIT und ich folgte ihm wie ein hypnotisiertes Schaf bis zu Lavinie, einer ultramodernen Champagnerbar.

Er ging nach vorne gebeugt, den Kopf gesenkt, seine Hände waren zu Fäusten geballt und die Finger bewegten sich unablässig, als würde er Teig kneten. Ein eigenartiges Bild für einen gestandenen Commandant, das kann ich Ihnen sagen, sehr eigenartig sah diese Haltung für mich aus.

Ich konnte es nicht fassen, wie freundlich, ja geradezu zuvorkommend er sich mir gegenüber gab. Seine Einladung tat ihm wahrscheinlich in der Sekunde leid, in der ihm wieder einfiel, dass ich nur eine schlichte Serveuse war. Aber bis dahin wollte ich auch die Gunst der Stunde nutzen, verstehen Sie? Es war doch eine einmalige Gelegenheit, seine redselige Laune auszunutzen! Vielleicht war er ja auch über Nacht verrückt geworden, wer weiß? Aber was machte das schon? Nach einem Gläschen Wein würde ich mich höflich verabschieden und nach Hause gehen.

Wir setzten uns in schalenförmige Hocker an die Bar, ich bestellte eiskalten Chardonnay, er nahm den teuersten Cognac, den sie hatten und ließ ihn kräftig mit drei Eiswürfeln verwässern. Ein Snob wie aus dem Lehrbuch.

„Ich hatte gestern Gelegenheit, mit Monsieur l'Inspecteur Lunel in Ihrer Angelegenheit zu sprechen. Leider habe ich keine Neuigkeiten für Sie, aber ich habe mich mit allem Nachdruck dafür eingesetzt, dass intensiv nach dem Mörder gefahndet wird." Er sah mir nicht ins Gesicht, sondern richtete seine bedeutende Ansprache an jemanden, der zwischen meiner linken Schulter und dem Ohrläppchen sitzen musste. Das machte mich sogleich nervös und ich stützte mich auf beide Ellenbogen und legte meine Hände links und rechts in den Nacken.

Irritiert zuckte sein Blick zurück und er wandte sich ab, um einen Schluck seines Cognacs zu nehmen.

„Vielen Dank, Monsieur, für Ihre Bemühungen", antwortete ich höflich. Ich fühlte mich unwohl neben ihm und Suzettes Kettchen erschien mir plötzlich unbedeutend. Dennoch wollte ich die Gelegenheit nicht verstreichen lassen, ihn auf den eigenartigen Zufall der Herzformen aufmerksam zu machen.

„Meine Mutter hatte immer einen Notrufsender bei sich. Er war kirschrot und hatte die Form eines Herzens. Man konnte ihn nicht finden. Auch Suzettes Herzkettchen konnte man nicht bei ihr finden." Ich ließ diese Mutmaßungen bewusst gleichgültig und beherrscht fallen.

Lefort drehte sein Glas in den Händen, schaute mich kurz von der Seite an und tat meine Bemerkung mit einem nun schon weniger freundlichen „Humbug, reiner Zufall" ab.

„Nun, wenn Sie das sagen." Ich konnte mir einen zynischen Unterton nicht verkneifen, sein nun wieder herablassendes Gehabe empfand ich als persönliche Beleidigung, der ich mich nicht um jeden Preis aussetzen musste, und ich glitt von meinem wackeligen Barhocker.

„Dennoch, haben Sie vielen Dank für Ihre Intervention, Monsieur."

„Elaine, Madame, bitte warten Sie noch einen Augenblick", bat er mich unvermittelt und fasste mich sanft an der Schulter.

Ich war im Begriff, meine Tasche und den Sack mit meiner Kleidung aufzusammeln und sah ihn fragend an.

„Haben Sie schon einmal daran gedacht, Ihr Haar hochzustecken?" erkundigte er sich vertraulich und strich dabei geziert meine Haare hinter mein linkes Ohr zurück.

Ob Sie es nun glauben oder nicht – das hat er tatsächlich gesagt und getan. Ich schwöre es beim Leben meiner Mu ... tja, also, nein, ... das wäre jetzt wirklich zu makaber ...

* * * * *

Nach der ungenierten Sitzung bei Sauvre war Lefort etwas unsicher auf den Beinen und traute es sich daher nicht zu, im Moncœur seine obligaten Au laits zu trinken, ohne erneut Alberts Misstrauen zu erwecken.

Er telefonierte pflichtschuldigst mit Josephine und gab Sauvres Informationen an sie weiter. Zum Mittagessen meldete er sich bei ihr kurz und bündig ab, er wäre im Auftrag Lunels unterwegs. Was habe sie an diesem Tag vor?

Josephine ließ ihn wissen, dass sie zu Hause sei, allerdings am frühen Abend einen Termin bei ihrer Kosmetikerin habe, nach der sie sich schon wie verrückt sehne, um sich von ihr die Gattensorgenfalten ausbügeln zu lassen. Sie lachten beide, der eine verlegen, die andere gekünstelt heiter. Ein unbedeutender ehelicher Konflikt, der erfolgreich umschifft worden war.

Lefort stand an der Ampel zur Rue Saint Georges und kaute an seinem Daumennagel, eine brandneue Angewohnheit, die er verabscheute.

Das Problem war, dass er seit gestern Nacht keine einzige Sekunde mit seinen Schätzen alleine im Arbeitszimmer verbringen hatte können. Dabei war dieses zierliche Herzschloss so bezaubernd, dass er es am liebsten Tag und Nacht in seiner Hand gehalten hätte. Das Mooskissen duftete so wunderbar, dass er seine Nase darin vergraben wollte, um nie wieder daraus aufzutauchen. Der Herzanhänger … nun, der war ein anderes Thema, dieser war mit Vorsicht zu genießen. Allerdings kein Grund, ihn loszuwerden.

Suzettes Herzkettchen hingegen war aber doch, wie

man munkelte, ein ganz spezielles Andenken, n'est-ce pas? Nicht nur an sie, sondern auch an ihren Mann, Gott hab sie beide selig, endlich vereint ohne Herzschmerz.

Ablenkung, Beschäftigung, Bewegung – das war die Lösung.

Er nahm die Métro von Saint Lazare nach Pigalle und begann seinen Ermittlungsstreifzug direkt an der Métrostation im Galactica, einer Dessous-Boutique, in der seines Wissens nach auch Suzette hin und wieder eine aufreizende Pikanterie erstanden hatte. Natürlich fiel den in Lack und Leder gekleideten Verkäuferinnen kein einziger hilfreicher Gedanke zu Suzettes Ableben ein, schon gar nicht hatten sie etwas mit der alten Frau zu tun.

Nicht weiter überraschend für Lefort, doch es beruhigte ihn, Nachforschungen über sich selbst anzustellen; so saß er direkt an der Quelle, erhielt Informationen aus erster Hand und war frühzeitig mit etwaigen unliebsamen Überraschungen befasst.

Allerdings gab es solche glücklicherweise nicht.

Nach eineinhalb Stunden lästiger und nach allen Regeln der Kunst aufsehenerregend durchgeführter Befragungen in seinem vertrauten Viertel ließ er es gut sein. Er befand, er hatte Lunels Auftrag bravurös entsprochen, es würde sich wie ein Lauffeuer herumsprechen, dass die Polizei nicht tatenlos zusah, wie allseits beliebte Bordsteinschwalben und alte Damen in diesem Stadtteil unbeachtet aus dem Leben schieden.

Bis zum Musée du Louvre fuhr er mit der Métro und

setzte sich aus Nostalgiegründen anschließend in die RER nach La Défense.

Vielleicht kam er endlich zur Ruhe, wenn er genau wusste, wo und wie diese Serveuse mit dem einmaligen Muttermal über ihrer pulsierenden Halsschlagader lebte.

Er konnte die verspiegelten Klötze von Hochhäusern nicht ausstehen, die kühle Atmosphäre entlang der Avenue zum Grande Arche war futuristisch, künstlich und deswegen so beängstigend. Die Menschen hasteten wie ferngesteuerte Roboter von einer hydraulisch zischenden Glastür zur nächsten, sahen aus wie Klone in ihren schwarzen Hosen, weißen Hemden und dunkeln Sakkos. Ausnahmslos sprachen sie beim Gehen mit Mobiltelefonen oder in aus Ohren hängende Kabel und widmeten ihren Mitmenschen keinen noch so flüchtigen Wimpernschlag.

Elaine Sabatiers Wohnblock war leicht zu finden, wenige Minuten hinter dem Grande Arche, und Lefort stand bedrückt vor dem schmutzig braunen Klinkerbau, den man im Zuge der umfangreichen Restaurierungsarbeiten wohl übersehen haben musste. Das Haus wies lediglich vier Stockwerke auf, was an und für sich in diesem Teil von Paris eine Sensation war. Lefort vermutete, dass die Miete sich wegen des erbarmungswürdigen Zustandes der Bausubstanz in Grenzen halten und für eine alleinstehende Kellnerin erschwinglich sein würde. Die Namensschilder an den Türklingeln waren größtenteils nicht lesbar und Gegensprechanlage sowie Eingangstüre waren ein schlechter Witz. Es sollte ein Leichtes sein, hier einzudringen, falls man nicht freiwillig eingelassen wurde. Das erste Klingelschild von unten gelesen wies auf E. Sabatier als Mieterin hin und Lefort schloss daraus, dass die Wohnung im Erdgeschoß liegen dürfte; zumindest war es seiner Erfahrung nach bis dato immer so gewesen, dass die obersten Namensschilder auch Mieter kennzeichneten, die hoch hinaus wollten.

Leicht strich er über das zerschrammte Plastik, das den handbeschrifteten Namenszettel vor Beschädigungen und Nässe schützen sollte, und ließ seinen Zeigefinger über dem Klingelknopf schweben.

Was konnte schon passieren? Sie wartete auf ihn im Moncœur und eine Generalprobe konnte nicht schaden! War sie zu Hause, würde er ihr die frohe Kunde von „keinen Neuigkeiten" eben persönlich überbringen wollen. Dass ein Mann hinter diesen trostlosen Gemäuern mit ihr lebte, schloss er wie selbstverständlich aus. Sie war eindeutig nicht der Typ Frau, die sich hingebungsvoll um eine bessere Hälfte kümmerte. Sie trug keinen auf eine partnerschaftliche Verbindung hinweisenden Ring und hatte auch keinen Mann erwähnt.

Die Spitze seines Zeigefingers legte sich wie von selbst auf den abgegriffenen, schwarzen Knopf. Nichts tat sich, also klingelte er ein zweites Mal und wartete, ob sich über die Gegensprechanlage nicht doch jemand melden würde. Als das nicht der Fall war, bückte er sich zu dem Schloss der schief in den Angeln hängenden Eingangstür, um es näher zu inspizieren.

Ein brennender Stich unter dem linken Schlüsselbein ließ ihn erschrocken zurückzucken. Er stützte sich mit einer Hand an der Tür ab und erwartete den scharfen Todesstoß, durch den sein Herz unwiderruflich zum Stillstand kommen musste. Keine Schmerzen, nichts passierte, auch als er Zentimeter für Zentimeter die Schulter kreisen und den Arm vor und zurück schwenken ließ, sackte er immer noch nicht zusammen. Langsam sog er Luft durch die fest zusammengebissenen Zähne ein und atmete verwundert eine warme Sommerbrise ein. Er richtete sich kerzengerade auf und schalt sich einen alten feigen Narren, als das Hämmern mit jäher Wucht einsetzte.

Doch diesmal ließ sich Lefort nicht so schnell in Panik versetzen.

„Besser zu schnell, als gar nicht", wiederholte er Sauvres Worte und zupfte sein Mobiltelefon aus der Hosentasche. Mit bebenden Fingern zog er den Blister aus der Handyhülle und drückte eine weiße Tablette direkt in seine Mundhöhle, wo er sie trocken zerkaute, angeekelt ob des bitteren Geschmacks den Mund verzog und nach kurzem Überlegen noch eine zweite hinterherschob. Sofort fühlte er sich ruhiger, furchtloser und zuversichtlicher; er würde sich nicht verrückt machen lassen, lieber nahm er zusätzlich noch eine halbe Tablette von den rosafarbenen, nur zur Sicherheit.

Sein Mund war ausgetrocknet von Hitze, Aufregung und den bröckeligen Resten der Tabletten, aber auch das war kein Problem. Er würde Wasser besorgen und sich unter dem Grande Arche ausruhen. Da wäre er unter Menschen, die ihn im Notfall retten könnten. Soviel er wusste, gab es im CNIT sogar eine Ärztegemeinschaft und seit geraumer Zeit war die Stadt verpflichtet, an neuralgischen Stellen der Öffentlichkeit zugängliche Defibrillatoren zu postieren. Alles bestens also.

Er schaffte es gerade noch, sich mit einer am Kiosk erstandenen Wasserflasche auf einer Treppenplattform niederzulassen, als ihn eine unsägliche Müdigkeit überfiel. Sein Kreislaufsystem war durch die Medikamente über Gebühr gedämpft worden, Sauvres Kräuterzigaretten vom Morgen taten ihr Übriges und Lefort nickte in der prallen Sonne quer über die Stufe gelehnt ein.

Als eine weibliche Stimme mit einem höflichen „Excusez-moi?" zu ihm durchdrang, fühlte er sich ertappt, im Schlaftaumel verwirrt und ziemlich verlegen. Nur so konnte er seine spontane Reaktion auf Elaine Sabatier vor sich selbst rechtfertigen. Nicht genug, dass er ihr Gelaber zugelassen hatte, nein, er hatte sie auch noch zu einem Glas Wein eingeladen! Wie tief war er bloß gesunken durch seine neue, herzerfrischende Passion!

Das hinreißende Muttermal aber war der Mühe wert gewesen. So zart, so geschmeidig, wie es sich im Takt des ganz und gar gelassenen Pulsschlags der Serveuse hob und senkte. Es konnte doch wahrlich nicht sein, dass ein solch reizvolles Wunderherz der Natur von deplatzierten, unansehnlichen Haarspitzen verdeckt wurde!

Dieser seltene Schatz sah doch tausendmal betörender aus, wenn er frei lag!

Lefort war schon gespannt darauf, wie verführerisch es sich auf der Hinterseite seiner linken Ohrmuschel ausmachen würde.

Ein Blick auf die Uhr löste kribbelige Vorfreude in ihm aus. Wenn er die nächste Métro erwischte, würde er am frühen Nachmittag zu Hause sein, ein wohltuendes Schläfchen halten und, sobald er Josephine sicher in den fachkundigen Händen ihrer Kosmetikerin wusste, sich hingebungsvoll seinen Herzschätzen widmen.

* * * * *

Haben Sie zufällig jemanden in Ihrem Bekanntenkreis, der Klassische Philologie studiert und dieses Studium tatsächlich mit einem Doktoratstitel abgeschlossen hat? – Nun, ich auch nicht.

Aber Tatsache ist, dass ich Jahre meines jüngeren Lebens eingehend der Wissenschaft der antiken lateinischen Sprache sowie der aus dieser Epoche entsprungenen Literatur gewidmet habe und auch mit einem dementsprechend akademischen Abschluss aufwarten kann. Ein Studium, das ausschließlich der Befriedigung eines exotischen Image dient, aber keinesfalls geeignet dazu ist, ein kleines Kind in der realen Welt des Hier und Jetzt satt zu füttern, da schlichtweg kaum Stellenangebote auf dem hochgeistigen Arbeitssektor der Latinistik vorhanden sind.

Ebenso wenig kam mir nun mein nutzloses Wissen über Ovids Metamorphosen zugute; „aurea prima sata est aetas, quae vindice nullo" – was übersetzt ungefähr „erst nun sprosste von Gold das Geschlecht, das ohne Bewachung" bedeutet – hatte mitnichten etwas mit Leforts sonderbarem Gehabe zu tun und schon gar nicht damit, dass ich in den letzten zwanzig Stunden ununterbrochen Alkohol konsumiert und unzählige Zigaretten geraucht hatte. Und dies, obwohl ich unter normalen Umständen Alkohol nur sporadisch und Zigaretten seit zwanzig Jahren gar nicht mehr genieße.

Was ich damit sagen will, ist, dass die Ereignisse der letzten zwei Tage mich mehr aus der Bahn geworfen hatten, als ich mir anfangs selbst eingestehen wollte.

Vom Lavinie aus schleppte ich mich mehr schlecht als recht in der gleißenden Mittagssonne geradewegs zu meinem Appartement, das zwar jeglichen Tageslichts entbehrt und sogar an hellen Sommertagen künstliche Beleuchtung erfordert, jedoch an heißen Tagen wohltuende Kühle spendet. Ich stopfte meine verschmutzten Blusen in die Waschmaschine und setzte mich mit einem neuerlichen Glas Wein und einer Zigarette an den Küchentisch, um mir das eigenartige Treffen mit Lefort zu vergegenwärtigen.

Eigenartig war es doch in mehrfacher Hinsicht: Was hatte er in La Défense zu suchen? Wieso hing er schlafend und verknittert auf den Stufen des Grande Arche herum? Welch beherzter Zufall wollte es, dass ich quasi über ihn stolperte? Welchen Nutzen hatte ich schlussendlich von diesem absonderlichen Gespräch mit ihm? Und last but not least der absolute Heuler des Tages: Warum sollte ich mir meine Haare hochstecken?

Kommen Sie mir jetzt ja nicht mit Ihrem besserwisserischen „Ja aber, Madame, hätten Sie nicht zu diesem Zeitpunkt schon Verdacht schöpfen können?" oder einem skeptischen „Fanden Sie denn sein Verhalten angemessen?".

Meine Antwort lautet nämlich auf beide Fragen: „Nein."

Warum auch hätte ich denn argwöhnisch werden sollen? Für mich war er ein schräger, unsympathischer Vogel, der nicht damit zurechtkam, dass er nicht länger die Wichtigkeit und Macht besaß, die er in seiner aktiven Dienstzeit innehatte. Dessen dünkelhaftes Benehmen darauf abzielte, seinem Gegenüber ein Gefühl der Unterlegenheit zu vermitteln und dadurch seinen eigenen Selbstwert zu steigern. Wenn dem so war, sollte es mir recht sein; Hauptsache, er zog seine immer poröser werdenden Fäden, um Lunel bei der Stange zu halten.

An mein so verzweifelt herbeigesehntes Schläfchen war nicht mehr zu denken.

Zwar unternahm ich nach einer ausgiebigen Dusche einen erfolglosen Versuch, zur Ruhe zu kommen, gab aber bald auf, da ich zu aufgekratzt und unruhig war. Obwohl meine Gedanken auf der rastlosen Suche nach Erklärungen durch meinen erschöpften Kopf jagten, kam ich zu keinem zufrieden stellenden Ergebnis. Ich entschied mich für ein Ablenkungsmanöver der etwas schlichteren Art, indem ich meine Tochter und Jean telefonisch auf den neuesten Stand zu „es gibt nichts Neues" brachte, mit Andra ihre Organisationsliste durchging und zu guter Letzt Lunels Sekretärin damit nervte, dass ich mich an die Presse wenden würde, sollte das zuständige Arrondissement meine Mutter ad acta legen.

Lunel selbst ließ sich vermutlich bereits verleugnen, sobald meine Nummer auf seinem Display erschien. Vielleicht war er aber auch wirklich im Dauereinsatz bei Besprechungen, Tatortbegehungen, Zahnarztterminen oder Toilettenbesuchen.

Ich hasse eine solche Gemütslage, in der man sich wie gelähmt fühlt, nicht zu konkreten Handlungen fähig ist, keine Lust auf Aktivitäten verspürt und dennoch nicht untätig und sinnbefreit auf dem Sofa hocken möchte.

Abhilfe verschaffe ich mir in dieser quälenden Stimmung normalerweise durch ein warmes Wannenbad, welches allerdings an diesem sommerlichen Tag als Lösungsansatz wegen möglicher Überhitzung ausfiel. Stattdessen beschloss ich, mir eine erfrischende Gesichtsmaske zu gönnen.

In meinem beengten Badezimmer schlüpfte ich in einen seidenen Morgenmantel und fasste im Nacken nach meinen Haaren, um sie mit einer Klammer aus dem Gesicht zu halten. Prüfend und selbstkritisch musste ich Lefort widerwillig zustimmen: Eine flotte

Hochsteckfrisur machte doch einige Jährchen an Alter wett, wirkte jugendlicher, stand mir passend zu Gesicht und war außerdem äußerst praktisch.

Zu blöde aber auch, dass dieses hässliche Muttermal direkt an der Oberfläche der Herzschlagader liegt. Sehen Sie nur, mit jedem Pulsschlag hebt und senkt es sich. Das sieht doch ekelig aus, finden Sie nicht? Wie eine aufgedunsene Zecke, die sich jeden Moment von ihrem ausgesaugten Wirt fallen lässt. Tatsächlich wollte ich es bereits entfernen lassen, aber sowohl ein Chirurg als auch ein Dermatologe befanden unabhängig voneinander, dass eine Abtragung unverhältnismäßig riskant sei, solange kein eindeutiger Verdacht auf eine maligne Veränderung bestehe. Die Lage des Muttermals sei nämlich denkbar ungünstig direkt über der Hauptader, eine Verletzung dieser während der Entfernung könne nicht ausgeschlossen werden und sich durchaus gefährlich, wenn nicht sogar lebensbedrohend entwickeln.

Naja, mit solchen furchterregenden Prognosen verzichtete ich natürlich gerne auf eine Operation im Namen der Schönheit.

Just in diesem Moment schoss mir der peinliche Gedanke durch den Kopf, Lefort könnte dieses abstoßende Mal entdeckt und möglicherweise aus Abscheu derartig beharrlich darauf gestiert haben.

* * * * *

Auf dem Weg zur Métro verflog mit einem Mal alle Müdigkeit und an ihre Stelle trat analytisches Denken gepaart mit wohligen Schauern.

Endlich wusste Lefort minutiös genau, was zu tun war.

Er bestieg einen nahezu leeren Waggon, suchte sich einen Sitzplatz in der hintersten Ecke und hoffte, dass ihn von den wenigen Fahrgästen niemand während seines Telefonats belauschen konnte, obwohl sich sein einseitiger Monolog nur auf zwei karge Sätze belief: „Bin in einer halben Stunde bei dir. Schick alle weg und keine weiteren Termine bis Samstag."

An der Station Champs-Élysées Clemenceau kaufte er an einem Touristenstand eine dunkelblaue Baseball-kappe mit der Aufschrift NYPD sowie ein graues T-Shirt in Übergröße, das er vor dem Verkäufer unter dem Vorwand, es probieren zu wollen, über sein Hemd streifte. Er sprach in Wortfetzen mit einem harten Akzent, mimte einen tollpatschigen Touristen und weil das Shirt gut passte, behielt er es an und drückte sich die Kappe fest auf den Kopf. Dann fuhr er weiter mit der Linie 13 bis zur Endstation Saint Denis Université, wo er sich am Ausgang an einem Kiosk mit einer großen Flasche Wasser sowie einer Packung Biskuits versorgte.

Ab jetzt galt es, sein Vorhaben nicht durch einen unnötigen Hitzekollaps oder andere Unpässlichkeiten zu gefährden. Obwohl er unter seinem nach Chemikalien stinkenden Shirt schwitzte und durch den Laufschritt, mit dem er seinem Ziel entgegentrabte, gehörig ins

Keuchen kam, dachte er nicht eine Sekunde an sein womöglich geschwächtes Herz oder die zu schnell pulsierenden Schläge in seinem Brustkorb.

Hinter dem Gelände der Université 8 bog er von der Rue de la Liberté in eine schmale Seitenstraße ein, die gesäumt war von schattenspendenden Linden und hüfthohen, mit Hecken verwachsenen Zäunen. Hinter einer dieser gepflegten Grundstücksbegrenzungen befand sich das bescheidene, etwas heruntergekommene Haus von Alexeij Komarow, seines Zeichens russischer Einwanderer, einst wohlhabender Arzt der Reichen und Schönen, heute begehrter Operateur im Untergrund. Alexandre Homarly, wie er sich seit den unseligen Zeiten seines tiefen Falls nannte, schuldete Lefort auf Lebenszeit Dankbarkeit, die dieser in den nächsten Tagen einzulösen gedachte.

Komarow war vor zwanzig Jahren millionenschwer vor Oppositionellen aus Moskau geflüchtet, hatte sich in Windeseile mit einer Privatklinik in Paris etabliert und war so lange erfolgreich, bis eine Verwandte des russischen Präsidenten während einer Nasenkorrektur unter seinen Händen starb. In kürzester Zeit verlor er aufgrund von Regresszahlungen nicht nur sein Geld, sondern vor allem auch seinen hervorragenden Ruf und mit dem, was ihm noch blieb, kaufte er sich in Saint Denis ein schäbiges Häuschen, in dessen Keller er peu à peu einen Operationsaal sowie zwei Krankenzimmer installierte. Dort behandelte er ausschließlich Mitglieder und Freunde der kriminellen Unterwelt, was bedeutete, dass er meist vorwiegend Schuss- oder

Stichwunden zu versorgen hatte. Zwischendurch allerdings ließ er sich mitunter gerne dazu überreden, Gesichtsveränderungen vorzunehmen; nach wie vor waren diese kunstvollen Operationen seine größte Leidenschaft, die ihm schließlich in Gestalt von Lefort zum Verhängnis werden sollte. Im Rahmen einer Mordermittlung fiel Komarows Name und bei einer überraschenden Hausdurchsuchung störte ihn Lefort mitten während einer nicht nur diffizilen, sondern auch höchst illegalen Hauttransplantation.

Zu diesem Zeitpunkt hatte Lefort bereits zwanzig Jahre an Diensterfahrung auf dem Buckel und den Glauben an die zivilisierte Menschheit längst verloren. Mit moralischen Grundsätzen nahm er es nicht mehr ganz so genau, sofern ihm Vorteile erwachsen konnten, wenn er hin und wieder vorübergehend auf einem Auge erblindete.

Von Komarow war er nicht nur beeindruckt, vielmehr kam er blitzschnell zu der Erkenntnis, dass ihm dieser skrupellose Arzt mit Sicherheit in Zukunft noch dienlich sein konnte. Er tat also sein Möglichstes, um den Ball in der Beweismittelführung gegen Komarow flach zu halten, verhandelte geschickt mit Staatsanwälten und Richtern und sicherte sich nach einem vergleichsweise milden Urteil Komarows ewige Leibeigenschaft.

Der zwischen ihnen geschlossene Pakt entwickelte sich im Laufe der Zeit immer mehr zu einer für beide Seiten zufriedenstellenden und gedeihlichen Zusammenarbeit: Komarow wurde im Großen und Ganzen kaum von Polizei und Justiz belästigt; stand eine Untersuchung drohend im Raum oder war sie unumgänglich, wurde er zeitnah informiert, sodass er sich gewissenhaft darauf vorbereiten konnte. Alibis mussten beschafft, Beweismaterial vernichtet, Zeugen eingeschüchtert und Unschuld vorgetäuscht werden – dies alles erforderte einen nicht unerheblichen zeitlichen Aufwand, wollte man vor bösen Überraschungen gefeit sein. Im Gegenzug dazu erhielt Lefort wertvolle Hinweise auf Täter, die sich freiwillig unter Komarows Messer legten, und konnte dadurch seine Karriere ab und an mit einem kleinen Stupser nach oben vorantreiben und sich die Reputation eines außergewöhnlich klugen und erfolgreichen Ermittlers sichern.

Das hinter Sträuchern verborgene Gartentor schwang in dem Augenblick lautlos nach innen, als Lefort nach der Klinke greifen wollte und zügig ging er auf die einen Spalt breit geöffnete Haustüre zu.

Beim Anblick Komarows erschrak er. Abgemagert und bleich saß der einstige Hüne in einem elektrischen Rollstuhl, statt wie siebzig sah er aus wie scheintot.

„Alexeij, was ist mit dir?", erkundigte sich Lefort fassungslos. Panik kroch in ihm empor, er registrierte ein sattes Rauschen in seinen Ohren.

Hoffentlich ist der noch in der Lage zu operieren, dachte er. Nun ja, die nächsten zwei Tage wird er wohl noch durchhalten.

„Parkinson", antwortete Komarow knapp.

„Nein!", stöhnte Lefort entsetzt. War seine Erlösung damit schon zum Scheitern verurteilt, noch bevor sie richtig in Gang gekommen war? Das konnte, das durfte nicht sein!

„Was willst du, Lefort? Ich bin dir nichts mehr schuldig. Du kannst mir nichts mehr anhaben, ich arbeite schon seit zwei Jahren nicht mehr."

„Ich auch nicht", gab Lefort lakonisch zurück, „trotzdem musst du mir helfen, mein Leben hängt davon ab."

Komarow schmunzelte ironisch.

„Kleine Krise auf den letzten Metern, Commandant?", fragte er zynisch. „Du machst mich neugierig, es ist nicht mehr viel los in meinem Leben. Lass hören!"

„Du musst mir ein Muttermal transplantieren. Auf die Hinterseite meines linken Ohrs."

Es gab nichts, was den abgebrühten Arzt noch überraschen konnte und Fragen zu stellen kam ihm erst gar nicht in den Sinn. Wissensdurst und Neugier wären bei der heiklen Art seiner ärztlichen Tätigkeiten vermutlich mehr als einmal für ihn tödlich ausgegangen.

„Mit diesen Händen?" Zur Veranschaulichung hob er seine zu Klauen verkrümmten Finger und hielt sie zitternd vor Leforts Gesicht.

„Reiß dich ein letztes Mal zusammen", blaffte Lefort ihn an, „du wirst doch wohl genügend Tabletten haben, die dich wenigstens für ein paar Stunden ruhig stellen?" Seine Nerven lagen beim Anblick dieses hilflosen Krüppels blank.

Komarow nickte bedächtig und wissend.

„Wie du befiehlst, Commandant. Aber ich weigere

mich, für ein erfolgreiches Gelingen die Verantwortung zu übernehmen, das muss dir klar sein. Außerdem habe ich eine Bedingung", sagte er mit einem listigen Grinsen.

„Und die wäre?" Lefort war zu allem bereit.

„Nach der Transplantation gibst du mir die Spritze."

„Eine Spritze? Wieso soll ich das machen? *Du* bist doch der Arzt? Das wirst du doch selbst am besten können!" Lefort schüttelte verständnislos den Kopf.

„Nicht irgendeine Spritze. Die letzte, verstehst du? Ich zittere manchmal zu sehr und wenn ich genau in diesem Moment die Vene durchsteche, krepiere ich elendig. Das Mittel muss direkt in die Blutbahn."

Lefort zögerte keinen Wimpernschlag.

„Ja, natürlich, mache ich, du kannst dich darauf verlassen", bestätigte er und reichte Komarow seine Hand, damit dieser einschlug und so den Handel besiegelte.

Auf einen mehr oder weniger kommt es nun jetzt wirklich nicht mehr an, beurteilte Lefort die Sachlage.

Komarow bemühte sich, die Geste zu erwidern und es gelang ihm auch tatsächlich.

„Na, geht doch", kommentierte Lefort launig.

„Bring mir den edlen Spender", verlangte der Arzt.

„Nein, das ist unmöglich. Ich muss das Mal selbst entfernen und du wirst mich exakt instruieren, wie ich vorzugehen habe."

Nun gelang es Komarow nicht mehr, sein Erstaunen zu verbergen und er runzelte die Augenbrauen, verkniff sich aber wiederum jeglichen Kommentar.

„Desinfizieren. Rund um das Mal mindestens einen Zentimeter Haut lassen. Ebenfalls zirka einen Zentimeter tief schneiden und abtragen. Ich brauche so viele Blutgefäße wie möglich an dem Teil, um es sauber einzupassen. Du solltest möglichst mit einem einzigen glatten Schnitt auskommen."

Lefort nickte verstehend. Das hörte sich doch nicht allzu kompliziert an.

„Der Spender ist doch nicht tot?", erkundigte sich Komarow sachlich.

„Nein", schüttelte Lefort beruhigend den Kopf.

„Das ist gut, denn das Muttermal muss gut durchblutet sein, damit ich die einzelnen Gefäße mit deinen verbinden kann. Du gibst den abgetrennten Hautlappen in ein Reagenzglas mit einer antibiotischen Lösung und hältst es kühl, alles klar? Ein wenig Chloroform zur Betäubung vielleicht? Ich kenne nämlich niemanden, der sich freiwillig ohne Gegenwehr die Haut abziehen lässt."

Wieder nickte Lefort wie ein gehorsamer Schuljunge.

„Von dem Zeitpunkt der Abnahme bis zur Transplantation darf nicht mehr als eine Stunde vergehen. Ansonsten sterben zu viele Zellen in der Zwischenzeit ab."

„Das klappt gut, ich müsste es in einer halben Stunde bis hierher schaffen. Ich brauche Desinfektionsmittel, Skalpell, Pinzette und das Glas. Dann komme ich morgen, spätestens am Samstag wieder. Wann genau, kann ich dir jetzt noch nicht sagen."

Komarow verzog den Mund zu einem faltigen Lächeln, wodurch er einem grinsenden Reptil ähnelte.

„Kein Problem. Bring mich nach unten in mein Labor, ich gebe dir alles mit, was du brauchst. Du kannst mir auch gleich helfen, den Operationssaal vorzubereiten, damit ich nicht auf fremde Hilfe angewiesen bin."

Die nächste Stunde verbrachte Lefort damit, seine Utensilien zu sterilisieren und zu verpacken, und anschließend wurde er von Komarow akkurat darin unterwiesen, wie Operationsstuhl, Instrumentenwagen, Verbandmaterial und sonstige Hilfsmittel anzuordnen und zu säubern waren. Am Ende war alles exakt nach Komarows Wünschen griffbereit und gesäubert und zum Abschied musste sich Lefort noch eine wohlgemeinte Empfehlung gefallen lassen:

„Hör auf dich zu verkleiden, alter Narr. Du siehst einfach nur lächerlich aus."

* * * * *

Josephine lag einer griechischen Göttin gleich wie hingegossen auf dem komfortablen Canapé im Wintergarten, ein eisgekühlter Krug Wasser mit Zitronenscheiben und Minzeblättern stand auf einem umgekippten Blumentopf in ihrer Reichweite und sie erhob sich träge aus ihrer bequemen Lage, als er zu ihr trat und sie sanft auf die Stirn küsste.

„Schön, dass wir uns noch sehen, bevor ich zur Kosmetik gehe", freute sie sich und schmiegte sich in seine enge Umarmung. „Wie geht es dir, mein Lieber?"

„Alles bestens. Sauvre meint, ich soll mich nicht so wehleidig anstellen und stattdessen mehr beschäftigen. Da ich ein braver Patient bin, habe ich seinen Rat sofort in die Tat umgesetzt und war am Montmartre unterwegs, um Nachforschungen für Lunel zu betreiben."

„Bei dieser Hitze?" Josephine hatte Mühe, ihren Ärger zu verbergen. „Hast du wenigstens ausreichend getrunken? Ich denke dabei an Wasser?"

Lefort lächelte heiter.

„Ja, Madame", bestätigte er und verheimlichte ihr, dass er eine Wasserflasche samt T-Shirt, Kappe und Biskuits bei Komarow in dessen Müllschacht entsorgt hatte.

Zweifelnd begab sich Josephine in die Küche zum Kühlschrank, dem sie eine kleine PET-Flasche Perrier entnahm.

„Ab jetzt immer mit dabei, sobald du das Haus verlässt. Ebenso portable und Tabletten, d'accord?", verlangte sie gespielt streng und musste kichern, als er demütig sein Haupt senkte und einen Kniefall andeutete.

„Ihr Wunsch ist mir nicht nur Befehl, sondern ein tiefes Bedürfnis, Madame Lefort", proklamierte er pathetisch.

„Nun denn, edler Herr, was ist Ihr Begehr?", ging sie auf sein Spielchen ein.

„Eine eiskalte Dusche und ein kühles Bierchen, hold

Mägdelein", verkündete Lefort, plötzlich ermattet und ausgelaugt.

Er war überglücklich, dass er Josephine noch zu Hause angetroffen hatte. So konnte sie ihn ein wenig aufpäppeln, bevor sie das Haus verließ, und er würde sich erholt und sicher fühlen, solange sie sich ihrer Kosmetikbehandlung hingab.

Außerdem wollte er später taufrisch und ausgeruht sein geheimes Schatzkästchen öffnen und sich an seinen exquisiten Herzlichkeiten ergötzen.

* * * * *

Am frühen Nachmittag übergab Lunel die Amtsgeschäfte an seinen stellvertretenden Sergeanten, als Begründung für seinen Abgang noch vor Dienstschluss gab er einen dringenden Besuch beim Zahnarzt an. Aus dem mitleidigen Blick seines Untergebenen schloss er, dass die Ausrede glaubhaft angekommen war.

Es war ein verhältnismäßig ruhiger Tag gewesen im Polizeipräsidium; einige Taschendiebstähle von Touristen, eine unliebsame Messerstecherei unter Rivalen des Milieus, ein Fehlalarm in einem privaten Bankinstitut und ein teilweise erfolgreicher Doppelselbstmordversuch eines homosexuellen Paares auf der Pont des Arts, der ihn nur insofern betraf, dass die Kollegen des ersten und sechsten Arrondissement um

Mithilfe bei der Suche nach Zeugen zu diesem nächtlichen Ereignis ersuchten. Einem der beiden Männer war das Vorhaben gelungen, man hatte ihn tot auf der Höhe des Port de la Concorde aus dem Wasser gezogen. Der andere aber hatte weniger Glück gehabt und war mit schwersten Verletzungen auf die Intensivstation des Centre Médical Louvre gebracht worden. Es war ungewiss, ob er jemals aus seinem Koma erwachen würde und die massiven Schädelverletzungen deuteten darauf hin, dass er in einem solchen Fall mit Sicherheit nicht mehr derselbe sein würde.

Josephine hatte ihn um die Mittagszeit angerufen und kam am frühen Abend mit einem Taxi, das sie von dem Studio ihrer Kosmetikerin in der Rue Lafayette sicher in Lunels Schoß brachte. Es war ihm allerdings klar, dass es in dieser knappen Stunde, die sie abzwacken konnte, bedauerlicherweise nicht zu einem ausgiebigen Liebesspiel kommen würde. Die Vorkommnisse des Tages mussten besprochen, der weitere Verlauf ihres Komplotts gegen Jerome bis ins letzte Detail geplant werden.

Josephine erschien, ganz entgegen ihres unverwechselbar extravaganten Stils, in nachlässiger Freizeitkleidung, aber das verwunderte Lunel nicht besonders. Je nach Anlass, den sie als Vorwand für Jerome benötigte, war er über die Jahre mit sämtlichen ihrer Modetrends bestens bekannt geworden.

Sie sah etwas mitgenommen aus, erstmals bemerkte er dunkle Ringe unter ihren Augen und eine zwar hauchdünne, doch sichtbare Querfalte auf ihrer Stirn.

Er stellte die Klimaanlage auf angenehme Zimmertemperatur ein und sie kuschelten sich trotz des verlockend warmen Abends auf der Couch zusammen und nicht im Freien auf der einladenden Terrasse. Niemals hielten sie sich gemeinsam im Freien auf, wo sie ungeschützt waren vor Augen und Ohren aller möglichen Neugierigen.

„Sauvre sagt, Jeromes Herzklopfen sei ein verzweifelter Hilfeschrei nach häufigerem Sex, bei Bedarf auch jederzeit gerne mit jüngeren Frauen." Sie lächelten, beide kannten Sauvres Hang zu maßlosem Zynismus; eine Eigenschaft, die ihn im Großen und Ganzen gesund Jahrzehnte in der schauerlichen Gerichtsmedizin überleben hat lassen.

„Gesundheitlich sähe er kein Problem, Meier sei die beste Wahl, weitere Untersuchungen halte er für absolut sinnlos", führte sie weiter aus.

Lunel nickte zustimmend.

„Sonst nichts?", hakte er nach.

„Naja", antwortete sie stirnrunzelnd, „originell fand er, dass Jerome von ihm Rat zu Mordmotiven und Ermittlungshinweisen wegen des Mordes an einer alten Frau gesucht hatte. Sauvre meint, eigentlich sei Jerome derjenige, an den man sich wandte, wenn man nicht mehr weiter wusste. Er vermutet dahinter einen Hormonstau im Gehirn, der dem alten Commandant das selbständige Denken erschwere."

Wieder lächelten sie, belustigt über Sauvres Scherze, nicht über Jeromes Probleme. Darüber gab es nun wirklich nichts zu lachen.

„Hast du ihm heute seine Dosis Thyroxat gegeben?", erkundigte sich Lunel.

Josephine schüttelte den Kopf.

„Das war mir zu gefährlich, das Risiko, dass Sauvre ihn womöglich doch untersucht, war einfach zu groß. Aber ich habe ein wenig auf die Wasserflaschen im Kühlschrank verteilt, das sollte reichen. Jedenfalls denkt Sauvre jetzt, ich sei überbesorgt, an der Grenze zur Hysterie."

Sie räkelte sich, drückte den Kopf an seine Schulter und legte ihre bloßen Füße mit den blutrot lackierten Nägeln auf den Beistelltisch.

„Die Hysterie würde aber eher auf Albert zutreffen", setzte sie die Beschreibung ihrer Aktivitäten fort.

„Er ist höchst alarmiert und besorgt wegen Jeromes ungewöhnlichem Verhalten. Schroff sei er plötzlich, unfreundlich. Ich habe alles, was Albert geschwafelt hat, bestätigt und ihm das heilige Versprechen abgenommen, Jerome in Gottes Namen meinen Besuch zu verschweigen und mich umgehend zu informieren, sollte etwas Unvorhergesehenes passieren. Ich würde dieselben Beobachtungen machen und könne mir Jeromes besorgniserregende Wandlung nicht erklären. Albert mutmaßte, sein Commandant müsse erkrankt sein, worauf ich ihm natürlich unter dem Siegel höchster Verschwiegenheit ausführlich den Ausflug zu Professeur Meier anvertraut habe."

„Eine solch mysteriöse Entwicklung haben wir wohl nicht erwartet." Lunel starrte nachdenklich auf die kleinen, appetitlichen Zehen Josephines. „Ich kann mir einfach nicht vorstellen, dass sein eigentümlicher Verfall mit dem Thyroxat zusammenhängen soll. Der Stoff löst Herzrhythmusstörungen aus, sonst nichts. Ich konnte nichts darüber in Erfahrung bringen, dass er auch für Wesensveränderungen verantwortlich sei."

„Egal, Mathis, es kommt uns zugute. Je mehr er nach außen hin zum schrulligen Alten mutiert, desto überzeugender wirken meine Auftritte als verzweifelte Ehefrau auf der Suche nach Ursachen. Wenn er an einer Tablettenvergiftung gestorben ist, wird sich niemand groß darüber wundern oder gar Verdacht schöpfen. Man wird entweder Selbstmord vermuten, aber viel wahrscheinlicher ist, dass man denken wird, er wäre nicht mehr Herr seiner Sinne gewesen und hätte sich selbst überdosiert."

Dieser weiblichen Logik war nichts entgegenzusetzen, obschon Lunel ein unangenehmes Gefühl dabei beschlich, wie distanziert und sachlich Josephine den aktuellen Verlauf kommentierte. Am Morgen hatte sie noch sanftere Töne angeschlagen. Aber sie hatte eindeutig Recht, das musste sogar sein nüchterner Polizistenverstand zugeben.

Sie blickte zu ihm auf und biss ihn kurz in sein Ohrläppchen.

„Albert meinte, ich solle doch auch mit der neuen Angestellten sprechen, dieser Elaine. Diese unverschämte Person habe die Frechheit besessen, sich ungebeten zum Commandant an den Tisch zu setzen und ihn zu einem Gespräch zu zwingen. Er habe genau gesehen, wie belästigt sich Jerome gefühlt habe.

Leider hatte diese Elaine heute ihren freien Tag, aber ich werde morgen noch einmal im Moncœur vorbeischauen. Ein Gespräch unter Frauen also."

„Elaine Sabatier?", fragte Lunel nach und nach Josephines zustimmendem „Mhm" klärte er sie auf:

„Ihre Mutter wurde vor ein paar Tagen umgebracht und ich konnte sie wohl nicht von unserem Engagement überzeugen, den Mörder Tag und Nacht mit allen verfügbaren Einsatzkräften zu suchen. Womit sie ja auch tatsächlich den Nagel auf den Kopf trifft. Daher bat sie Jerome, bei mir ein gutes Wort einzulegen, um den Fall nicht eher ruhen zu lassen, bis der Täter gefunden ist. Was vermutlich nie der Fall sein wird."

„Wie traurig." Josephine hatte Tränen in den Augen.

Es war seit Beginn ihrer Affäre ein ungeschriebenes Gesetzt zwischen ihnen, nicht über Lunels Arbeit zu sprechen. Josephine hätte es durchaus spannend gefunden, seine und Jeromes unterschiedlichen Ansichten über Fälle zu vergleichen, aber Lunel wollte mit den Scheußlichkeiten seiner Arbeit nicht ihr Zusammensein vergällen. Doch in Anbetracht der aktuellen Ereignisse waren nun halbdienstliche Gespräche unabdingbar.

„Ja, das ist es, aber wir haben unser Möglichstes getan. Es muss ein Irrer gewesen sein, der diese alte Dame erstickt hat. Aller Wahrscheinlichkeit ein Junkie auf der Suche nach dem schnellen Geld. Gibt es sonst noch Neuigkeiten?"

Josephine musste bei der Erinnerung an das Gespräch mit Albert schmunzeln.

„Am meisten war Albert über Jeromes ungepflegtes Aussehen entrüstet. Das muss am Dienstag gewesen sein, in der Nacht davor ist er ja nicht nach Hause gekommen, weil er in deinem Auftrag Recherchen angestellt hatte. Er dürfte ungewaschen in den alten Klamotten direkt ins Moncœur gegangen sein. Das ist während seines aktiven Polizeidienstes niemals vorgekommen. Immer fand er ein Zeitfenster von wenigen Minuten, um nach Hause zu kommen und sich zu erfrischen oder die Kleider zu wechseln. Er hat stets größten Wert auf ein korrektes Äußeres gelegt. Aber auch gestern Nacht stank er wie ein Bierkutscher, als er sich zu mir ins Bett legte."

Lunel stutzte, schob Josephine ein Stück von sich weg und griff zu seiner Bierflasche.

„Moment, da stimmt etwas ganz und gar nicht! Am Dienstag? Das hieße ja, er müsste in der Nacht von Montag auf Dienstag für mich unterwegs gewesen sein. Das kann aber nicht sein, denn ich habe ihn ja erst gestern Abend getroffen und mit den Befragungen beauftragt. Gestern war doch Mittwoch?", vergewisserte er sich.

Josephine bestätigte den Wochentag mit einem kurzen Nicken und richtete sich auf.

„Wie? Er ist erst seit heute für dich unterwegs? Wo hat er sich denn dann bis gestern herumgetrieben?"

Sie sahen einander ratlos an.

Da feilten sie seit über einem Jahr an einer todsicheren Methode, um Jerome ungestraft ins Jenseits zu befördern und was tat der? Er entzog sich ihnen, machte sich selbständig auf zu prickelnden Abenteuern und ließ sie verdutzt zurück.

* * * * *

Lefort hörte die Tür ins Schloss fallen und sprang behände vom Sofa im Wohnzimmer auf, wo er fest an Josephine gedrückt ein gepflegtes Nickerchen abgehalten, sich die letzte halbe Stunde, seit sie aufgestanden war, aber schlafend gestellt hatte, um einer eventuellen Unterhaltung mit seiner gesprächigen und überbesorgten Gemahlin zu entgehen.

Mit vor Aufregung fahrigen Händen versuchte er, sein höchstpersönlich montiertes Schloss zu öffnen und als das Türchen endlich nach außen schwang, entfuhr ihm ein entzückter Seufzer. Er strich über die welken Rosenblüten des Moosherzens, mied den kirschförmigen Anhänger mit integriertem Notrufsender, öffnete und verriegelte einige Male hintereinander das Herzschloss des homosexuellen Paares und hielt unvermutet erschrocken inne.

Mon Dieu, wie hatte er bloß übersehen können, dass er ja noch üben musste! Ein Stück Haut schnitt sich nicht von alleine aus einem lebenden Hals! Wollte er mit einem ästhetisch einwandfreien Herzen an der Rückseite seiner Ohrmuschel die nächsten zwanzig Jahre verbringen, sollte er sich doch wohl um perfektes Rohmaterial kümmern! Wie gedankenlos war er doch in seiner Euphorie gewesen und welch ein Glück, dass ihn der rettende Einfall noch zur rechten Zeit ereilte!

Es half alles nichts, er musste sich auf die Pirsch begeben und in Gedanken mögliche Jagdgebiete sondieren. Als er in den Tiefen seiner Gehirnzellen fündig geworden war, entschied er sich für Turnschuhe, Cargohosen mit geräumigen, aufgesetzten Taschen sowie ein zerschlissenes Shirt, das er nur dann trug, wenn es galt, im Frühjahr Fahrradketten zu schmieren oder Terrassenfliesen neu zu verfugen.

Luis war ein drogensüchtiger und dealender Obdachloser, der unter dem westlichen Halbbogen der Pont Marie seinen ordentlichen Wohnsitz in einem löchrigen Ein-Mann-Zelt hatte. Auch er war einer von Leforts sporadischen Informanten, auch er war einer der erpressbaren Zuträger, die von Leforts Gutdünken abhängig waren. Luis war ein Nachtmensch, verschlief den Tag im Schatten des Brückenbogens, sein Zelt geschützt mit Kartonagen und Decken aus der Sperrmüllsammlung. Der frühe Abend war eine ziemlich sichere Zeit ihn anzutreffen und Leforts Mutmaßungen bewahrheiteten sich, als er am Hosenboden die Böschung entlangrutschte, die ihn auf direktem Weg zu einem Betonvorsprung und weiter unter den Bogen zu Luis' Unterkunft führte. Der Gestank, ein Gemisch aus Fäkalien, verschimmelten Äpfeln und schweißigen Socken, ließ ihn die Luft anhalten.

„Luis?", stieß er mühsam hervor und ruckelte an dem wackeligen Zelt. Durch einen ausgefransten Riss erschien ein ausgemergelter Arm, dessen natürliche Hautfarbe nicht mehr erkennbar war. Tattoo für Tattoo ging eines ins andere über, Farben und Figuren verschwammen zu einem Konglomerat aus Kunstwerken, die wohl nur für den Träger von besonderer Bedeutung und Herrlichkeit waren.

Ein Stinkefinger zeigte Lefort wortlos und unmissverständlich, was Luis von der Störung hielt.

„Komm heraus aus deinem miefenden Loch, du Witzbold. Ich brauche deine Hilfe. Nicht umsonst natürlich", versicherte Lefort und schob einen Geldschein in die aus dem Zeltdach lugende Hand.

Die knochigen Finger schnappten danach und Luis zerrte am Reißverschluss der Innenwand, bis die Öffnung groß genug war, sodass er mit dem nackten Oberkörper hervorkriechen konnte. Verdreckte Rastazöpfe hingen ihm wirr ins Gesicht.

„Wasn?", lallte er verschwommen.

„Hast du irgendwo auf deinem Luxuskörper ein Herz tätowiert?", kam Lefort ohne Umwege zum Grund seines Besuches. Keine Sekunde wollte er sich hier länger aufhalten als unbedingt erforderlich.

Luis grinste dümmlich.

„Willste sehn?"

„Sicher, Luis, sicher. Aber warte, ich schlüpfe zu dir hinein, musst nicht in aller Öffentlichkeit deine intimen Zonen zur Schau stellen."

Luis kicherte irre.

Er machte Lefort Platz, der seinen Brechreiz mit aller Macht unterdrückte und auf allen Vieren in das stinkende Zelt kroch. Im Inneren war es eng, heiß, stickig und mit Sicherheit verlaust.

Vage deutete Luis auf eine Stelle unterhalb seiner von Piercings zerstochenen, mit Eiter verkrusteten rechten Brustwarze. Lefort konnte vorerst nur einen khakigrünen, dilettantisch gezeichneten Adlerkopf erkennen, um den sich schwarze Schlangen wanden. Erst bei näherer Betrachtung entdeckte er inmitten dieses abstrakten Wahnsinns ein blassrosa Herz, durch das der unvermeidliche Pfeil geritzt war.

„Hier, mein Guter, eine Kleinigkeit zum Schnüffeln für dich", sagte Lefort und zog aus einer Seitentasche seiner Hose eine kleine Plastiktüte, in der sich ein feuchter Wattebausch befand.

Gierig riss Luis ihm die Tüte aus der Hand, stülpte sie sich über Mund und Nase und atmete tief ein. Beinahe zeitgleich verdrehte er die Augen und sank mit dem Rücken auf eine fleckige Decke.

Lefort machte sich zügig mit dem Skalpell an die Arbeit, wobei die Schwierigkeit darin bestand, dass Luis keinen Zentimeter Gewebe in der Tiefe übrig zu haben schien.

Aus diesem Grund dürfte auch Leforts Schnipselei so schmerzhaft gewesen sein, dass Luis aus seinem Chloroformschlaf erwachte und wie verrückt zu kreischen begann.

Lefort hatte keine andere Wahl, außer dass er sein Skalpell zweckentfremden musste und es Luis tief in die Rippen stieß, dort, wo er das Herz vermutete. Zur absoluten Sicherheit schraubte er es noch mit einigen

Drehungen tiefer in den Brustkorb. Dann war endlich Ruhe im Karton.

Er packte sein Rüstzeug gewissenhaft zusammen und mit weniger Blut besudelt als erwartet zwängte er sich aus der Zeltöffnung, ließ den abgetrennten Hautfetzen zurück, rief über sein portable ein Taxi und machte sich an den Aufstieg über die Böschung zum Westende der Pont Marie.

Oben angekommen, wartete er unter einer ausladenden Linde auf sein Taxi und nahm einen tiefen Schluck aus der von Josephine eindringlich verordneten Perrierflasche.

Im angenehm klimatisierten Inneren des Fahrgastraumes lehnte sich Lefort entspannt zurück und war höchst zufrieden über sein Geschick, mit dem er mit ruhiger Hand die Haut extrahiert hatte.

Allerdings könnten eine höhere Dosis an Chloroform sowie ein ausgiebigeres Fettgewebe unter dem Muttermal bei der eigentlichen Herzentnahme durchaus von Vorteil sein.

Im Geiste stellte er sich vor, wie er eigenhändig seine verschmutze Kleidung in die Waschmaschine bugsieren würde, während er die dritte erquickende Dusche dieses Tages nahm.

Vordringlicher war jedoch, dass er schnellstens Josephine erreichte und sie von ihrem Kosmetiktermin nach Hause beorderte. Denn plötzlich bekam er kaum noch Luft, tausende Nadelstiche malträtierten Lippen und Augenlider, pumpendes Dröhnen rauschte in seinem Innenohr und brutale Stöße katapultierten seine

Herzfrequenz in unerträgliche Höhen. Es machte den Anschein, als hätte sein wichtigstes Überlebensorgan auf Autopilot umgestellt und befand sich im Endspurt auf der Zielgeraden ins Nirwana.

* * * * *

Völliger Unfug, zu weit hergeholt, bloße Einbildung, …

Meine Strategien zur Selbstberuhigung versagten kläglich, obwohl ich mir vor Augen hielt, dass es keinen einzigen vernünftigen Grund gab, warum sich Lefort für mein hässliches Muttermal interessieren sollte. Es fand sich einfach kein Motiv, kein wirklicher Sinn hinter dieser abwegigen Vorstellung und dennoch war ich angespannt und aufgewühlt, seit sich dieser Gedanke einmal eingenistet hatte.

Ich war nicht mehr in der Stimmung dazu, den Abend alleine in meinem düsteren Appartement zu verbringen, meinen immer wirrer werdenden Gedanken ausgeliefert zu sein und so zog ich die Kontaktnummern meines Mobiltelefons zu Rate. Mit wem ich mich spontan zu einem gemütlichen Tratsch treffen könnte, war kein leichtes Unterfangen.

Die Wahrheit ist nämlich, dass ich über keinen allzu großen Freundeskreis verfüge. Ich scrollte mich also von A bis Z durch und die Ausbeute war ernüchternd: Unzählige Bekannte ja, vertraute Freunde nein. Es fiel mir erst jetzt zum ersten Mal auf, dass ich wohl ein nicht besonders geselliger Mensch sein dürfte, wenn ich nicht aus dem Stegreif mindestens zehn Menschen aufzählen konnte, mit denen ich mich zu einem abendlichen Umtrunk treffen wollte. Das lag wahrscheinlich daran, dass mein Bedarf an Kommunikation alleine durch den ständigen Umgang mit Gästen gedeckt war und ich in meiner dienstfreien Zeit vor allem das Bedürfnis nach Ruhe und Abgeschiedenheit verspürte. So war es mir augenscheinlich all die Jahre in Paris nicht gelungen, stabile Freundschaften zu pflegen. Ich hatte solche allerdings bis heute auch nicht großartig vermisst.

Nun aber tat mir dieses Versäumnis leid und ich nahm mir vor, sorgsamer mit Menschen umzugehen, die ich sympathisch fand oder die vielleicht sogar meine Nähe suchten. Für den Moment blieb aber nur Andra aus meinem Namensverzeichnis übrig, die über meinen Anruf äußerst erfreut war und als Treffpunkt sofort die kleine Brasserie Chez Mimí vorschlug. Diese lag am Südrand des wundervollen Parc Monceau und bestach durch einen idyllischen, von exotischen Pflanzen eingerahmten Sitzgarten mit einigen wenigen Tischen. Es war eine äußerst beliebte Bar und daher war es kaum möglich, an regenfreien Tagen ohne Reservierung einen Platz zu ergattern. Ich nutzte nun erstmals meine spärlichen Kontakte zu Kollegen des gastronomischen Gewerbes und tatsächlich versprach man mir einen Tisch mitten im Grünen.

Ich fühlte mich beinahe verwegen und keck, als ich

mein Haar zu einem duftigen Knoten steckte, sorgfältig mehr Makeup als gewöhnlich auftrug, in einen für meine Verhältnisse einen Hauch zu kurzen Rock schlüpfte und dazu eine halbtransparente Bluse sowie hochhackige Sandaletten wählte. Mit diesen Schuhen würde ich es ohne brennende Fußsohlen keinen Schritt weiter als bis zur Métro schaffen, aber das musste ich ja auch nicht. Andra und ich hatten schließlich keine Stadtbesichtigung geplant, sondern wollten eine Kleinigkeit essen, erlesenen Wein trinken, die Menschen um uns beobachten und vor allem uns im Sitzen unterhalten.

Als ich einen letzten, prüfenden Blick in den Spiegel warf, fand ich mich trotz der feinen Krähenfüße um die Augen und des einen oder anderen überflüssigen Speckröllchens um den Hüften durchaus très chic. Die Mühen hatten sich gelohnt und Sie werden es ebenfalls schon noch feststellen, dass mit dem Lebensalter auch die Verweildauer vor dem Spiegel drastisch zunimmt.

Andra erwartete mich bereits am Eingang des Gastgartens, sie ist eine Frau, die nicht besonders viel Wert auf ihr Äußeres legt und deshalb für ein abendliches Rendezvous eine bei weitem kürzere Vorlaufzeit benötigt als andere Frauen.

Sie hatte sich eine lederne Mappe unter den Arm geklemmt und kaum dass wir an unserem Tisch Platz genommen und Wein, mit Garnelen gefüllte Crêpes und zwei Baguettestangen geordert hatten, hielt sie mir einige Blätter Papier unter die Nase, die ich dringend unterschreiben musste. Am wichtigsten davon war eine Generalvollmacht, mit der ich sie befugte, den Hausstand meiner Mutter aufzulösen, Einrichtungsgegenstände sowie Hausrat zu verkaufen und Kleidungsstücke zu spenden.

Ich versicherte ihr mein vollstes Vertrauen und bat sie nachdrücklich, sich alles zu nehmen, was sie gerne hätte. Ich würde nicht ein Stück aus dem Nachlass meiner Mutter haben wollen, außer vielleicht eine Kette aus Weißgold, die aus fein ziselierten Gliedern geschmiedet war. Nachdem wir die Formalitäten rasch erledigt hatten, erzählte Andra, dass sie am Vormittag erneut bei der Bestattung am Cimetière de Montmartre gewesen sei.

Der Geschäftsinhaber persönlich habe sie um ein Gespräch gebeten, da es ihn ziemlich irritierte, dass keinerlei Blumenschmuck bestellt worden war. Zwar sei er mit jeglicher Art von Bestattung in seiner langjährigen Laufbahn schon konfrontiert worden, aber dass weder Aufbahrung vor der Einäscherung noch eine einzelne, winzige Blume erwünscht war, fand er doch sehr befremdend. Ob sich vielleicht ein Missverständnis aufgrund Andras mangelnder Sprachkenntnisse eingeschlichen haben mochte?

Andra beschrieb auf amüsante Art und Weise in grammatikalisch völlig verdrehten Wortbrocken den schockierten Gesichtsausdruck des Ordonnateurs, als sie ihm mit Händen und Füßen eindeutig klar gemacht hatte, dass sie nur eine fertig eingepackte Urne abholen kommen würde und der Rest Angelegenheit der Familie sei.

Dafür verlangte er empört meine schriftliche Bestätigung, was ich ihm natürlich nicht verdenken kann. Heutzutage kann man definitiv niemandem mehr trauen, auch nicht im Angesicht des Todes. Doch das wissen Sie wohl besser als ich, n'est-ce pas?

Jedenfalls holte der Inhaber seine Frau Claire zu Hilfe, er war wohl der Meinung, dass sich Artgenossinnen untereinander besser verständigen konnten. Claire versuchte mit allen Mitteln, Andra wenigstens das billigste Bukett aufzuschwatzen, das sie anzubieten hatten und als meine verlässliche Altenpflegerin standhaft blieb, zog Claire einen letzten Trumpf aus dem Ärmel:

Eine rührselige Geschichte über ein uraltes Ehepaar, die Frau war in diesem Jahr verstorben und der greise Witwer ließ immer noch jeden Montag frischen Blumenschmuck aufs Grab legen. Unglücklicherweise war er gestern in der Hitze zusammengebrochen, auf den Grabstein gestürzt und verstorben.

Aber das Entsetzlichste an der ganzen Sache ist: Das Grab war geschändet worden! Was sagt man dazu? Das Lehrmädchen aus dem Blumenladen sei sich nämlich ganz sicher, dass ein aus Rosen gebundenes Moosherz fehle, das sie selbst am Montag niedergelegt hatte! Der alte Monsieur habe ja sogar mittlerweile Rabatt erhalten für seine wöchentliche Bestellung! Ist das nicht niederträchtig und grausam? Welcher Unmensch ist nur in der Lage, eine solch schändliche Tat zu begehen und ein Herz aus Rosen von einem Grab zu stehlen?

Und anderen wiederum ist der liebe Verstorbene nicht einmal eine einzelne Nelke wert! Eine Schande ist das!

Obwohl ich über Andras komödiantisches Talent grinsen musste und mir bildhaft vorstellen konnte, dass die unkonventionelle Verabschiedung von meiner Mutter herzlos erscheinen mochte, fand ich die Geschichte traurig und den Raub des Blumenschmucks nicht nur grässlich, sondern auch schauerlich und Furcht erregend.

Mich gruselte, wenn ich in meiner Phantasie das Bild eines verrohten Menschen vor mir hatte, der von einem liebevoll gepflegten Grab die letzte Herzensgabe eines anderen entwendete.

Was trieb diesen Menschen zu seiner Tat? Armut? Neid? Gier? Krankheit? Nervenkitzel?

Die Geschichte war ein Stimmungstöter gewesen und meine gemütliche Laune war verflogen. Ich verabschiedete mich etwas überstürzt von Andra und auf dem Heimweg döste ich im Takt des gleichmäßigen Schnarrens der Untergrundbahn ein.

Erst als ich bei der automatischen Ansage „La Défense Grande Arche, le terminus!" aus dem Halbschlaf hochfuhr und auf meinen hohen Schuhen nach Hause stöckelte, stellte ich wie aus dem Nichts eine Verbindung zwischen all den Herzen her, die in den letzten beiden Tagen meinen Weg gekreuzt hatten.

Es gab zwei eindeutige Gemeinsamkeiten zwischen Suzettes Herzkette, dem Notrufsender meiner Mutter und dem Rosenherz des alten Mannes.

Die Herzen waren allesamt verschwunden und ihre Besitzer allesamt tot.

* * * * *

Josephine meldete sich nicht, was Lefort nicht besonders beunruhigte. Sie wollte während ihrer entspannenden Schönheitsbehandlung nicht gestört werden und hatte aller Wahrscheinlichkeit nach ihr portable abgestellt.

Der Taxifahrer musterte ihn durch den Rückspiegel unauffällig, was Lefort aber trotz seiner aufkeimenden Verzweiflung nicht entging. Ungeschickt nestelte er an seiner Handytasche herum, bis er endlich mit spitzen Fingern den Blister zu fassen kriegte und stöhnend eine Tablette durch die Schutzhülle drückte. Unzerkaut schluckte er sie mühsam und griff erneut nach dem portable, um Lunel anzurufen. Auch dieser ließ sein Telefon klingeln, ohne zu antworten, auch dies überraschte Lefort nicht besonders. In einer Metropole wie Paris machten Verbrecher niemals Feierabend und hielten alle verfügbaren Einsatzkräfte ständig auf Dauertrab.

Fieberhaft ging Lefort seine Möglichkeiten durch und überlegte kurz, sich zu Sauvre chauffieren zu lassen. Ein kurzer Blick auf sein blutbespritztes Shirt und die verdreckte Hose, in deren Seitentaschen Skalpell und Wattebausch verborgen waren, hielt ihn allerdings davon ab. Sauvre würde Fragen stellen, auf die Lefort keine Antworten hatte.

Er zog den zweiten Blister hervor und genehmigte sich noch eine von den rosafarbenen Pillen.

„Alles in Ordnung mit Ihnen, Monsieur?", fragte der Taxifahrer im Spiegel besorgt.

„Ja, natürlich, alles in Ordnung, schauen Sie lieber auf die Straße", gab Lefort barsch zurück und blickte demonstrativ gelassen aus dem Fenster, von dem aus er die Seine lediglich als braunen Schleier an ihm vorbeihuschen sah.

Er würde hier und jetzt nicht sterben, so viel war nach einigen Minuten klar, als seine Medikamente erste Wirkung zeigten. Dennoch hielt ihn die Angst fest im Griff und in der Rue Puget angekommen, war er eine Sekunde lang versucht, den Fahrer zu bitten, ihn über die schier endlose Treppe hinauf zu seiner Wohnung zu begleiten.

Der bewusste Anblick seiner Hände, mit getrocknetem Blut beschmiert und eingerissenen Fingernägeln, bewahrte ihn zum Glück vor dieser fatalen Dummheit und er warf dem stutzenden Taxifahrer vom Fond aus einen Geldschein in den Schoß, bevor er aus dem Wagen hetzte und die Autotür mit einem Knall hinter sich zuwarf.

Zwar kam er beim Aufstieg ordentlich ins Schwitzen und keuchte angestrengt, ergab sich aber Stufe für Stufe in sein Schicksal, sollte er so kurz vor dem Ziel nun doch einem tödlichen Zusammenbruch erliegen. War er tot, konnte es ihm genau genommen herzlich egal sein, was seine Witwe, Lunel und die restliche Welt über ihn herausfinden mochten.

Erschöpft, aber immer noch aufrecht gehend, erreichte er den kühlen Flur, stellte erleichtert fest, dass Josephine noch nicht zu Hause war und eilte ins Badezimmer, wo er sich Kleider und Turnschuhe hektisch vom Leibe riss und alles zusammen in die Waschmaschine warf. Zusätzlich zu einem pulverisierten Waschmittel füllte er eine halbe Flasche Essig sowie ein bleichendes Putzmittel in die Wäschetrommel und startete den längsten Waschvorgang, den die Maschine seiner Meinung nach zu bieten hatte. Unwahrscheinlich, dass sich nach dieser Prozedur noch Blutflecke nachweisen lassen würden. Außerdem – wer bitteschön sollte warum seine Arbeitskluft unter die Lupe nehmen? Josephine würde toben, wenn sie die Turnschuhe in der Wäsche fand, aber das war das augenblicklich geringste Übel.

Kopflos rannte er zu seinem Schreibtisch, um Skalpell und Wattebausch darin zu verstauen und hastete zurück ins Bad, um sich mit äußerster Sorgfalt seiner Körperpflege zu widmen. Insgesamt duschte er dreimal, schnitt die Fingernägel, rasierte sich, bürstete Hände und Füße und rieb den ganzen Körper mit einem Schwamm, bis seine Haut gerötet war und brannte.

Josephine blieb diesmal ein Stündchen länger als üblich aus und Lefort hörte weder ihre Sandalen klappern noch erwachte er, als sie ihm sanft die Fernbedienung des Fernsehers aus der Hand löste.

Mit zusammengezogenen Augenbrauen strich sie über seine verschwitzte Stirn, bedeckte ihn mit einem leichten Plaid und barfuß schlich sie aus dem Wohnzimmer, um sich selbst im ehelichen Schlafzimmer zur Ruhe zu begeben.

* * * * *

Dass sie den Anruf ihres Mannes verpasst hatte, war für Josephine keine nennenswerte Tragödie. Schließlich hatte sie ihn ja schlafend wie ein Baby zu Hause vorgefunden und alles deutete darauf hin, dass es ihm einigermaßen gutging. Außerdem war sie es gewesen, die ihm aufgetragen hatte, sich regelmäßig zu melden, ausreichend Wasser zu trinken sowie portable und Tabletten stets mit sich zu führen.

Sie kontrollierte die Streifen aus seiner Handyhülle sowie im Medizinschränkchen im Badezimmer und stellte befriedigt fest, dass Jerome sich ausgiebig bedient hatte. Das Prinzip Dosierung von Herzrasmedikamenten sowie die darauf folgende Überdosierung von Antiherzrasmedikamenten ging offensichtlich auf.

Bevor sie ihr Nachtlicht löschte, warf sie noch einen prüfenden Blick auf ihr zweites Handy, das optisch völlig identisch war mit ihrem offiziellen und lächelte, als sie eine schriftliche Kurznachricht von ihrem Kosmetikstudio Guinot vorfand.

„Wir haben einen Anruf versäumt. Ist alles zu Ihrer Zufriedenheit?"

Im Gegensatz zu Lunel musste sie in der Kontaktpflege mit ihm äußerste Vorsicht walten lassen, seine Nummer unter falschem Namen speichern, Botschaften verklausulieren und nach Erhalt stets umgehend löschen. Niemals schickte ihr Lunel brisante „In Liebe dein" oder „Vermisse dich" – sie waren sich von Anfang an darin einig gewesen, alle Eventualitäten, die ihr Verhältnis verraten und auf ihrer beider Schliche führen könnten, im Keim zu ersticken. Das Prepaid-Telefon diente einzig und allein dem Zweck, Termine zu vereinbaren, abzusagen oder Warnungen auszutauschen. Auch Lunel besaß ein solches, obwohl er niemandes unvorhergesehene Kontrolle oder einen erklärungsbedürftigen Fauxpas zu befürchten hatte.

Doch momentan herrschte Ausnahmezustand und Jerome schlief tief und fest.

Sie drückte die Taste „Absender anrufen" und machte es sich mit dicken Kissen hinter den Rücken gestopft in ihrem Bett bequem.

„Er hat mich angerufen, als wir gerade…", begann Lunel ohne Umschweife.

„Ja, mich auch, aber es ist alles in Ordnung mit ihm, Mathis", unterbrach ihn Josephine flüsternd, „er ist im Wohnzimmer auf dem Sofa vor dem Fernseher eingeschlafen. Er schwitzt ziemlich stark, sieht aber ruhig und entspannt aus."

„Hast du eine Idee, was er von uns wollte?" Lunels Ermittlerinstinkt schlug warnend an.

„Nein, aber ich frage ihn morgen früh, jetzt möchte ich ihn nicht wecken."

„Nein, nein, lass ihn nur in Ruhe den Schlaf der Gerechten schlafen", bekräftigte Lunel.

„Vielleicht wollte er bloß wissen, wie die Waschmaschine zu programmieren ist. Er hat nämlich seine Arbeitshose und die Turnschuhe darin ausgekocht. Die haben sich natürlich aufgelöst, ich musste die Fetzen und Rückstände entsorgen und die Waschtrommel gründlich putzen."

„Seit wann zeigt Jerome hausfrauliche Ambitionen?", fragte Lunel mit einem Grinsen in der Stimme.

„Das war das erste Mal, darum ist es wohl so gründlich danebengegangen", erklärte Josephine kichernd.

„Und warum hat er es dann ausgerechnet heute versucht?"

Lunel war plötzlich ernst, sein Tonfall misstrauisch geworden.

Josephine überlegte angestrengt, bevor sie den Kopf schüttelte und mehr zu sich selbst sagte: „Keine Ahnung, kann sein, dass ihm langweilig war."

Es klang nicht besonders überzeugend.

„Außerdem hat er von dem Perrier-Wasser getrunken, das ich für ihn im Kühlschrank vorbereitet habe" fuhr sie fort, „und Tabletten hat er mehr als die übliche Tagesdosis geschluckt. Ich habe nachgezählt."

Lunel schwieg nachdenklich, bevor er Vermutungen anstellte.

„Zu viel Perrier, darauffolgendes Herzrasen, als Gegenmittel die Beruhigungstabletten?", mutmaßte er.

„Ja, möglich", stimmte Josephine ihm zögernd zu, „aber ich habe das Thyroxat nur minimalst dosiert. Irgendwie scheint das Medikament eine dramatische Eigendynamik zu entwickeln. Mathis, mir ist nicht mehr wohl bei der ganzen Sache. Sollten wir es nicht lieber absetzen? Zur Sicherheit, falls ihm etwas passiert und er nochmals untersucht werden muss?"

„Aber das würde unseren Plan zunichtemachen", wandte Lunel ein.

„Nicht unbedingt, wenn er sich weiterhin so hemmungslos an seinen Tabletten vergreift", versuchte Josephine seine Bedenken zu zerstreuen, „und dabei kann ich ihn natürlich tatkräftig unterstützen."

„Wahrscheinlich hast du Recht", antwortete Lunel zögerlich, „im Notfall wäre es sicher besser für uns, wenn das Thyroxat in seinem Körper nicht nachgewiesen werden kann."

„Ja, das denke ich auch. Warten wir einfach noch ein paar Tage ab, wie er sich entwickelt, d'accord?"

„Wie du meinst, mein Herz", stimmte Lunel zu, „Vorsicht ist die Mutter der Porzellankiste."

„Was mir allerdings überhaupt nicht in den Kopf will, ist: Warum darf ich mich plötzlich nicht mehr um seine Wäsche kümmern?"

* * * * *

Selbst auf die Gefahr hin, mich restlos lächerlich zu machen, rief ich erneut Lunels Polizeidienststelle an, natürlich war er für mich nicht zu sprechen. Ich muss aber dem diensthabenden Beamten – ein Jüngling wie mir schien – zugutehalten, dass er äußerst professionell auf meine Schilderung reagiert und mir zugesichert hat, dass er Lunel verlässlich ein entsprechendes Memo in dessen Postfach hinterlegen würde. Allerdings machte er aber auch nicht einen besonders interessierten Eindruck, sodass ich mich dazu entschloss, zusätzlich eine E-Mail an das Kommissariat mit meinen Mutmaßungen über einen möglichen Zusammenhang zwischen den Herzsymbolen mitsamt ihren verstorbenen Besitzern zu senden.

Und nun seien Sie bitte ganz ehrlich: Hätten bei der Polizei nicht eigentlich alle Alarmglocken schrillen müssen, auch wenn es bereits später Abend war? Würden Sie nicht auch sagen, dass es seitens der zuständigen Beamten verabsäumt wurde, rasch und umsichtig den Sachverhalt zumindest zu überprüfen?

Wir wissen doch alle, dass es mehr als genügend Wichtigmacher, Trittbrettfahrer oder psychisch gestörte Menschen gibt, die die Polizei mit absurden Anschuldigungen oder Geständnissen belästigen, aber mein Verständnis für die vornehme Zurückhaltung in diesem Fall hält sich bei mir ziemlich in Grenzen.

Niemand kann mit Sicherheit ausschließen, dass die weiteren tragischen Ereignisse zu verhindern gewesen wären – ich nicht und Sie auch nicht. Aber man hätte mir zumindest Gehör schenken müssen und mich nicht als lästige Plage abkanzeln dürfen, finden Sie nicht auch?

* * * * *

Lefort erwachte kurz vor Mitternacht schweißgebadet und vor Kälte zitternd aus einem von seinen Pillen verursachten komaähnlichen Schlaf und hatte beträchtliche Schwierigkeiten damit, sich zu orientieren. Kehle und Mund waren ausgetrocknet und seine Blase musste dringend entleert werden.

Er rappelte sich schwer atmend vom Sofa hoch, warf ungeduldig das zerknüllte Plaid zur Seite, taumelte zur Toilette und von dort in die Küche, um in gierigen Schlucken aus einer angebrochenen Wasserflasche zu trinken. An einem halbleeren Glas Rotwein in der Spüle erkannte er, dass Josephine sich vor ihrer Nachtruhe noch einen Gute-Nacht-Schluck genehmigt haben musste.

Jetzt war er putzmunter, aber anstatt sich zu seiner Frau ins Bett zu legen, wankte er auf unsicheren Beinen in sein Büro und verschloss die Tür.

Es war nicht anzunehmen, dass Josephine erwachen und ihn in seinem Allerheiligsten stören würde, aber Vorsicht ist die Mutter der Porzellankiste, wie Lunel sagen würde, und darin gab ihm Lefort uneingeschränkt recht. Er betätigte den Schalter für die Schreibtischlampe und in dem gedämpften Licht wirkten die Herzblüten seiner lamprocapnos spectabilis samtig und prall. Sacht strich er mit dem Zeigefinger über eine Blüte, die durch die Berührung sanft zu schaukeln begann.

Lefort strahlte.

Leise öffnete er das Seitenfach und hielt die Luft an. Das Chloroform stank bestialisch, in seiner Hektik beim Nachhause-Kommen hatte er die Tüte mit dem Wattebausch nicht sorgsam genug verschlossen. Ebenso war das Skalpell noch blutverschmiert. Er leerte den Inhalt des Galeries Lafayette Sacks auf den Boden und wickelte beides fest in die Tüte ein.

Morgen musste er unbedingt eine Möglichkeit finden, sein OP-Instrument sorgfältig zu reinigen und den unglaublichen Krimskrams, den er in seinem manischen Kaufrausch erstanden hatte und der nun zu seinen Füßen lag, zu entsorgen.

Besorgt musterte er die Rosenköpfe des Moosherzens, deren Blütenblätter welk und an den Rändern braun wurden. Das auf dem herzförmigen Untergrund aufgebrachte Moos schrumpelte. Er durfte nicht darauf vergessen, es bei nächster Gelegenheit mit Wasser zu besprühen.

Stirnrunzelnd wog er den blutroten Notrufsender in der Hand und überlegte, ob er ihn mit dem ganzen anderen Plunder morgen ebenfalls entsorgen sollte. Wie groß war die Gefahr, dass er ihn irrtümlich zusammenquetschte und damit einen Alarm bei „Pour Malades et Vieux" auslöste? Nun, nach seiner Einschätzung ging die Wahrscheinlichkeit eher gegen Null und daher würde er ihn behalten. Somit war die alte Sabatier nicht umsonst gestorben und sorgte noch aus dem Grab heraus für ein wenig Nervenkitzel.

Ein wohliges Kribbeln breitete sich in seiner Magengrube aus, kroch empor in den Brustkorb und erreichte schließlich sein malträtiertes Herz.

Die schwüle, übelriechende Luft in seinem Arbeitszimmer machte ihm zu schaffen und kurzatmig öffnete er so lautlos wie möglich Rollos und Fenster. Er schlüpfte aus Shirt und Boxershorts und lehnte sich nackt mit verschränkten Armen auf das Fenstersims, um den nächtlichen Geräuschen seines geliebten Paris zu lauschen und das spärliche Treiben unten in der Rue Puget zu verfolgen.

Am oberen Straßenende machte er ein vertrautes Paar aus, Pascal und Marie Verdin. Pascal war wieder einmal schwer betrunken und wurde von Marie mehr geschliffen als gestützt, wobei sie nach ein paar Schritten immer wieder stehenblieb und lauthals lachte, rülpste oder Pascal beschimpfte. Also hatte auch sie ein wenig zu tief ins Glas geschaut.

Das Ehepaar war vor drei Jahren in das Appartement unter Jeromes eingezogen und zwischen den Leforts und Verdins hatte sich eine lose, nachbarschaftliche Freundschaft entwickelt. Nicht zu eng, um verpflichtend zu werden, nicht zu locker, um sich zu ignorieren.

Lefort lächelte über den unbeholfenen Versuch der beiden, schwankend und lallend die Straße zu überqueren. Rund um den Fuße des Montmartre fanden bereits erste Vorbereitungen für das traditionelle Weinfest statt, die frühen Reben des Hügels wurden schon verkostet und Pascal hatte sich scheinbar nicht lange bitten lassen, ohnehin war er kein Kostverächter, was exklusiven Wein anging. Auch Marie konnte einiges vertragen und an diesem Abend hatten sich die beiden offensichtlich gemeinsam auf einem der jahrmarktähnlichen Feste grandios amüsiert. Marie trug einige Tüten, hatte Konfetti im zerrauften Haar und stolperte unsicher über den Bürgersteig, wobei sie gleichzeitig ihre freie Hand hinter Pascals Rücken und unter seine Achsel geschoben hatte und verkrampft versuchte, ihn aufrecht zu halten. Irgendein unförmiges Ding baumelte an einem Band um ihren Hals und schlug ihr bei jeder Bewegung an die Brust. Letztendlich waren all ihre Mühen vergebens und Pascal sank in die Knie. Er erbrach sich mitten auf dem asphaltierten Trottoir.

Lefort schlüpfte eilig in Shirt, Boxershorts und Hausschlappen, verschloss hastig das Fenster, warf die Tüte mit Skalpell und Wattebausch in das Seitenfach, verriegelte sorgsam den Schreibtisch, ließ alles andere stehen und liegen und spurtete durch Wohnung und Stiegenhaus hinunter auf die Straße.

Pascal war einer Ohnmacht nahe und Marie war doch schwerer angeschlagen, als Lefort vom Fenster aus erkennen hatte können. Sie stand neben ihrem am Boden kauernden, beschmutzten Mann und griente dümmlich.

„Jerry, wo komtnduher?", nuschelte sie und machte

Anstalten, Lefort zu umarmen.

„Sei leise, Marie, und hilf mir", fuhr Lefort sie an, „wir müssen ihn in die Wohnung schaffen, noch bevor die ganze Straße von eurem Gegröle erwacht. Komm schon, du packst ihn unter der linken Schulter, ich stütze ihn rechts."

Widerspruchslos fügte sich Marie, Leforts scharfer Tonfall war einschüchternd genug gewesen, dass sie zumindest für einen flüchtigen Moment den Ernst der Lage erkannte. Gemeinsam schleppten sie Pascal, der mucksmäuschenstill und außerstande war, seine Beine zur Fortbewegung zu nutzen, in die Wohnung der Verdins und ließen ihn vollständig bekleidet im Schlafzimmer aufs Bett fallen. Lefort drehte ihn in eine Seitenlage, stopfte ein Kissen in seinen Rücken und breitete ein Handtuch unter sein Kinn.

Marie stand daneben und weinte lautlos. Wimperntusche rann in schwarzen Schlieren in ihre zuckenden Mundwinkel, sie stank säuerlich und Lefort wandte sich angeekelt von ihr ab, als sie auf einen ausladenden Fauteuil sank, die Augen halb schloss und ihre Beine weit auseinandergespreizt von sich streckte.

„Gib ihm möglichst viel Salzwasser zu trinken und pass auf ihn auf", wies er sie schroff an und wandte sich zum Gehen, als sein Blick auf Maries Brust fiel.

Ein Lebkuchenherz, mit Zuckerguss beschriftet, „Mon Amour".

Dunstiges Grau mit rosa Schattierungen zog an Lefort vorbei und in Zeitlupentempo kramte er unter der Spüle nach Putzhandschuhen, wurde nicht fündig, auch nicht im Badezimmer, erst in einem kleinen Schränkchen in der Toilette lagen pinkfarbene Handschuhe aus geriffeltem Gummi. Lefort umwickelte jeden Finger einzeln mit Toilettenpapier, bevor er die Handschuhe überstülpte.

„Vorsicht ist die Mutter der Porzellankiste, Mathis, n'est-ce pas?", murmelte er vor sich hin.

Er wusste von Fällen, in denen sich durch poröses Material Fingerabdrücke trotz aller Vorsichtsmaßnahmen mithilfe neuester Technologien zweifelsfrei nachweisen ließen.

Die rosa Dampfwolken wurden erst trübe, dann üppiger, zuletzt undurchsichtig.

Befreit ächzte Lefort, als er seine Hände von Maries Hals löste und sacht ihren Kopf anhob, um das Band mit dem Lebkuchenherz abzustreifen.

Er warf einen letzten Blick auf Pascal, der in der Zwischenzeit holpernd schnarchte und verließ still das Appartement der Verdins.

Zurück in seinem trauten Heim musste er vom Flur aus bestürzt feststellen, dass er die Tür zu seinem Büro nur angelehnt und nicht ordentlich verschlossen hatte.

Josephine wird wohl nicht wach geworden und in mein Zimmer gekommen sein, versicherte er sich selbst, während er die engen Handschuhe von seinen Fingern schälte. Der Gummi hatte sich regelrecht angesaugt, seine Haut war aufgedunsen, feucht und schrumpelig.

Widerlich, fand er und warf die Teile zu dem anderen Zeug auf den Boden, das er, sobald Josephine am

Morgen das Haus verlassen würde, gründlich entsorgen musste.

Das jüngst erworbene Lebkuchenherz legte er betulich neben das Rosenherz am Boden des Fachs, beides schmückte er dekorativ mit Herzkettchen, -anhänger und -schloss.

Hingerissen und beseelt von seinem formidablen Kunstwerk versperrte er das Seitenbord und zuckte zusammen, als er die Toilettenspülung rauschen hörte.

* * * * *

Josephine war erwacht, weil sie die Eingangstüre zufallen gehört hatte und wartete noch einige Zeit im Bett ab, ob noch weitere Geräusche folgen würden.

Als dies nicht geschah, stand sie auf und bemerkte auf dem Weg zur Toilette die nur angelehnte Tür von Jeromes Arbeitszimmer, durch deren Spalt ein gedämpfter Lichtschein fiel. Auf ihr Klopfen meldete sich niemand und sie öffnete die Tür gerade so weit, dass sie erkennen konnte, dass Jerome sich nicht im Zimmer befand. Ein süßlicher, widerwärtiger Gestank hing in der Luft und als sie die Tür wieder zuzog, fiel ihr Blick auf den am Boden liegenden Krimskrams. Es war zu dunkel, um die Gegenstände genau zu erkennen und Josephine schüttelte irritiert den Kopf. Unordnung und Gestank, zwei Dinge die ihrem Mann bisher unerträglich gewesen waren.

Zwei Dinge, die seit soeben in sein alleiniges Refugium Einzug gehalten hatten.

Sie hörte Jerome die Wohnung betreten, bereitete sich geistig auf ein nervenzermürbendes Gespräch mit ihm vor, atmete einige Male tief aus und ein, betätigte die Spülung der Toilette, trat auf den Flur und rief leise: „Jerome? Alles in Ordnung mit dir?"

„Meine Liebe, mein Glück, mein Herz", stammelte Jerome, während er aus seinem Büro kam und mit ausgestreckten Armen Halt suchend auf sie zuging.

„Jerome, was ist mit dir!", rief Josephine und führte ihren zitternden Mann in die Küche zu einem Stuhl. Mit kühlen Fingern griff sie nach seinem Handgelenk, zählte stumm die Pulsschläge und holte wortlos Tabletten und Wasserglas.

Dankbar griff Lefort danach und verlangte nach einem zweiten Glas Wasser.

„Ich habe mich wohl überanstrengt", fing er unaufgefordert an zu erzählen, „Pascal hat einen über den Durst getrunken und ich habe Marie geholfen, ihn zu Bett zu bringen. Er hat sich mitten auf die Straße erbrochen und war beinahe bewusstlos. Auch Marie ist ziemlich außer Fasson."

Josephine grinste, sie kannte Pascal und Marie gut genug, um ein mehr als eindeutiges Bild vor Augen zu haben.

„Und was hast du damit zu schaffen?", hakte sie nach.

„Ich habe an meiner Biographie gearbeitet, sie unten johlen gehört und meine Hilfe angeboten."

„Du schreibst an einer Biographie?" fragte Josephine überrascht.

„Nun ja, ich versuche es", schwächte er betont bescheiden ab.

Josephine griff erneut nach seinem Handgelenk und nickte beruhigend.

„Wird langsamer", kommentierte sie und Lefort streichelte liebevoll ihre Wange.

„Was hast du eigentlich mit deiner Wäsche und den Turnschuhen angestellt? Es ist alles ruiniert", warf sie ihm gespielt streng vor.

„Ich bin dem alten François beim Entrümpeln seines Lagers zur Hand gegangen. Dabei habe ich eine Dose Schmieröl verschüttet. Du kennst ja mein sprichwörtliches Geschick in diesen Dingen", gab er sich ebenso gespielt beschämt.

„Dein Versuch, diese linkische Aktion zu vertuschen, ist kläglich gescheitert, mein Lieber. Also überlass die Wäsche bitte weiterhin mir, das hat ja auch die letzten vierunddreißig Jahre ganz gut geklappt, meinst du nicht?"

Lefort nickte übertrieben eifrig.

„Popcorn?", wechselte Josephine unvermittelt das Thema und erhob sich, um in einem riesigen Topf Butter zu schmelzen.

Das Ehepaar Lefort genoss leidenschaftlich selbstgemachtes Popcorn zu mitternächtlicher Stunde, eine liebgewonnene Gewohnheit aus den Zeiten übler Gespräche über elende Fälle von Jeromes Berufsalltag. Der buttrige Geschmack der warmen, aufgeplusterten

Maiskörner, der anheimelnde Duft von heißem Fett und dazu ein gut gelüftetes Gläschen Pinot Noir waren zum Symbol dafür geworden, wie glücklich sie waren, welch sorgloses Leben sie führen durften, wie demütig sie doch sein mussten.

Josephine beschlich ein leises Bedauern darüber, dass dies aller Voraussicht nach die letzte Popcorn-Nacht mit ihrem Ehegatten sein würde.

Mit Lunel würde sie sich in ihrem Zusammenleben ein gänzlich anderes Ritual einfallen lassen müssen, aber was dies anbelangte, war sie sehr zuversichtlich. Ihrer Phantasie würden genügend erfrischende Entspannungstechniken für Mathis entspringen.

* * * * *

„Jerome, wach doch endlich auf!"

Josephine rüttelte ihn heftig an der Schulter und sprach laut und aufgeregt.

Lefort kämpfte sich aus einer düsteren Traumlandschaft, in der er hüfthoch in schwarzen Herzen watete, die mit zähem Schleim an ihm klebten, sobald er sie berührte. In der Ferne hörte er undefinierbares Geschrei und hartes Poltern. Seine Glieder schmerzten und er kauerte sich unter der Decke zusammen in der Hoffnung, Josephines energisches Gezeter würde zu seiner Anderswelt gehören.

„Jerome, ich bitte dich, steh auf! Pascal hämmert wie

ein Verrückter an unsere Tür und schreit wirres Zeug!" Josephine riss ihn nun an seinem Shirt hoch.

„Wie spät ist es?", murmelte er, während er sich aus dem Bett quälte.

„Halb fünf, aber das ist doch jetzt völlig egal. Mach endlich die Tür auf und hol ihn herein. Ich setze Kaffee auf."

Lefort schlurfte zur Tür, auf die Pascal eindrosch, als wäre er auf der Flucht und ginge es um sein Leben, und riss sie auf.

Pascal taumelte in den Flur, streckte Lefort seine erhobenen Handflächen entgegen und kreischte wie von Sinnen: „Ich habe Marie erwürgt! Ich habe meine Frau umgebracht und kann mich nicht daran erinnern!"

Schluchzend fiel er Lefort um den Hals. Josephine war kreidebleich geworden und gemeinsam zerrten sie Pascal in die Küche und hievten ihn auf einen Stuhl.

„Was ist passiert?", fragte Lefort ruhig und legte Pascal eine Hand auf die Schulter.

„Wir haben viel zu viel getrunken gestern. Ich war stockbesoffen und habe das Bett vollgekotzt. Davon bin ich munter geworden und als ich ins Bad wollte, lag sie da im Sessel." Pascal versagte die Stimme und er bedeckte seinen Mund mit beiden Händen, um einen entsetzten Schrei zu unterdrücken.

Josephine warf Lefort einen fassungslosen Blick zu und er gab seiner Besorgnis durch ein ernstes Stirnrunzeln Ausdruck.

„Pascal, versuche dich zu beruhigen! Bist du sicher, dass Marie tot ist? Du bist doch völlig außer dir, vielleicht hast du dich getäuscht? Außerdem warst du so betrunken, dass ich dich heute Nacht von der Straße in dein Bett tragen musste!" Lefort sprach besonnen und strahlte Ruhe und Bedachtsamkeit aus.

Pascal schüttelte nur den Kopf und weinte hemmungslos, unfähig, Leforts Worten zu folgen.

„Gibt mir deine Wohnungsschlüssel", forderte Lefort ihn geduldig auf.

Josephine schüttelte vehement den Kopf.

„Tu das nicht, Jerome, ich bitte dich! Ruf die Polizei!"

„Zuerst möchte ich nachsehen, was passiert ist. Vielleicht ist Marie nur bewusstlos. Wir rufen gemeinsam die Polizei, sobald ich wieder da bin. Gib ihm inzwischen eine von meinen Beruhigungstabletten, aber auf keinen Fall etwas zu trinken. Er muss zu sich kommen, damit wir ihm helfen können, aber wir brauchen einen hohen Alkoholgehalt im Blut."

Josephine nickte folgsam, was Lefort voraussagen hätte können. Sie kannte ihren Mann, wusste, dass er in den Ermittlermodus geschaltet hatte und Widerspruch zwecklos war. Sie vertraute ihm in dieser Hinsicht blind, er wusste, was er tat.

In der Wohnung der Verdins rümpfte Lefort geziert die Nase, es roch grauenhaft nach Erbrochenem, genau wie Pascal gesagt hatte.

Marie war natürlich immer noch tot. In der Zwischenzeit zeichneten sich rote Abdrücke seiner Finger um ihren Hals ab, aber darüber machte er sich keinen Kopf. Der kluge Mann baut vor, dachte er vergnügt und nutzte die günstige Gelegenheit, zur Sicherheit noch die Griffe der Schränke mit einem Geschirrtuch sauber zu wischen, in denen er vor ein paar Stunden nach den Putzhandschuhen gesucht hatte.

Er überprüfte ein letztes Mal, ob der Tatort keine Spuren von ihm gespeichert hatte und kehrte beglückt zu Josephine und Pascal zurück.

Beherrscht nickte er Josephine zu, die Pascals Arm streichelte und beruhigend auf ihn einredete.

„Ich rufe Lunel an, er soll sich um alles kümmern. Sauvre ebenso. Ich möchte Marie in guten Händen wissen", erklärte er ihr gemessen und schluckte schwer.

Josephine schossen Tränen aus den Augen, aber sie riss sich für Pascal zusammen, der mit leerem Blick auf den Kühlschrank und durch die darauf haftenden unzähligen Souvenir-Magnete aus aller Welt hindurch starrte.

Sie konzentrierte sich auf die Telefonate, die Lefort neben ihr führte und schob ihm eine Tasse Kaffee zu, wofür er sich mit einem angedeuteten Lächeln bedankte.

„Guten Morgen, Mathis, ich habe hier eine Beziehungstat. Unser Freund und Nachbar hat ganz offensichtlich seine Frau erwürgt. Ich bitte dich um Diskretion, mach keine große Sache daraus und halte die Medien fern. Es reicht das kleine Team der Spurensicherung, ich war in der Wohnung und habe nichts Auffälliges bemerkt. Seine Angaben stimmen, er ist geständig. Bring ihn so schnell wie möglich zu einem Arzt, er war schwer betrunken heute Nacht, es muss noch genügend Alkohol im Blut vorhanden sein, um mildernde Umstände herauszuschinden. Verdin, Pascal und Marie Verdin, Rue Puget. Ja, ich bleibe bei ihm. Ich danke dir, bis nachher."

Josephine hatte aufmerksam zugehört, Lefort ging ganz in seiner Rolle als großer Kapazunder auf, kein Zittern der Hände, kein Keuchen, kein Schweiß auf der Stirn, nur Souveränität und Weitblick. Er suchte die nächste Nummer in seinem portable und stellte die Verbindung her.

„Paul? Ich lasse eine Marie Verdin zu dir überstellen. Pascal, ihr Mann hat sie augenscheinlich erwürgt. Die Male am Hals sind eindeutig und er ist geständig. Die beiden sind Freunde von Josephine und mir und außerdem unsere Nachbarn. Was meinst du? Ach ja, im Alkoholrausch. Beide waren sturzbetrunken heute Nacht, auch sie muss Unmengen von Alkohol in sich haben. Ich bitte dich, mach kein großes Aufhebens um sie, eine oberflächliche Untersuchung reicht. Tu ihr nicht mehr an, als unbedingt für dein ärztliches Gewissen erforderlich ist. Konzentriere dich auf den Alkohol, wir wollen versuchen, eine verminderte Schuldfähigkeit für ihn zu erreichen. Keine Sorge, mir geht es blendend. Ja, mach ich, ich danke dir, mon ami! Ach ja ... noch etwas, sende deinen Bericht direkt an Lunel, er bearbeitet diesen Fall."

Erschöpft lehnte er sich zurück, griff nach Josephines Hand und blickte nachdenklich auf Pascal, der seine rotumränderten Augen unverwandt auf Lefort richtete und tonlos krächzte: „Ich kann mich überhaupt nicht erinnern, Jerome, Gott hilf mir, ich weiß nicht, was geschehen ist!"

„Ich helfe dir so gut ich kann, Pascal, ich und nicht Gott", versicherte Lefort und gratulierte sich selbst zu diesem genialen Verlauf einer von ihm verursachten Mordermittlung, der er zudem außer Amt und Würden in seiner knapp bemessenen Freizeit ein erfolgreiches Ende beschert hatte.

Er war felsenfest davon überzeugt, dass sich Lunel und Sauvre nach seinen Wünschen richten würden. Lunel würde den Fall als abgeschlossenen Akt spätestens noch heute Nachmittag ablegen, Sauvre würde auf eine sorgfältige Obduktion verzichten und sich nicht weiter um die Würgemale kümmern, und er selbst würde seine Zeugenaussage im Sinne von Pascal ein wenig schönen und damit untermauern, dass sein Nachbar aufgrund seines geistig umnachteten Zustandes keinesfalls bewusst seine Frau getötet haben konnte. Ein Commandant von seinem Rang und Namen war über jeden Zweifel erhaben und ein wenig Rückendeckung war er Pascal schließlich dafür schuldig, dass dieser die nächsten Jährchen an seiner statt hinter Gittern saß.

Genauso kam es beinahe auch.

* * * * *

Herzschmerz

Josephine verließ in aller Herrgottsfrühe fluchtartig die Wohnung, nachdem Pascal von Mathis abgeführt worden war und Jerome sich nach einem ausgiebigen Frühstück und einer Herztablette auf den Weg gemacht hatte, um seine Zeugenaussage in der Prefecture schriftlich festhalten zu lassen, Pascal den unumstritten siegreichsten Anwalt zu verschaffen, Sauvre einen formlosen Besuch abzustatten und überhaupt die gesamte Untersuchung ein wenig zu leiten, als graue Eminenz sozusagen.

Sie hingegen war zutiefst verstört über diese Gräueltat, die Pascal seiner Frau angetan hatte. Betrunken hin oder her, sie glaubte nicht, dass man nur von Alkohol berauscht so neben der Spur laufen konnte, dass man dem liebsten Menschen neben sich Gewalt antat. Es musste noch andere Gründe geben, Drogen vielleicht oder doch volle Absicht. Das wusste sie aus eigener Erfahrung.

Um sich abzulenken, versuchte sie sich im Fitnesstempel am Laufband, doch leider funktionierte diese Strategie ebenso wenig wie eine erzwungene Shoppingtour. Jerome würde den ganzen Tag sinnvoll beschäftigt sein, ebenso war Mathis nicht einmal auf einen Sprung verfügbar und so kam sie auf die Idee, Elaine Sabatier im Café Moncœur einen Besuch abzustatten.

Ihr erster Eindruck von der neuen Serveuse war ein durchaus sympathischer, obwohl die Situation an und für sich doch ein wenig pikant gewesen war. Wäre Josephine von der Sorte der eifersüchtigen Ehefrauen, hätte Elaines Hand auf dem Handrücken von Jerome womöglich eine unschöne eheliche Szene heraufbeschworen. Doch irgendwie hatte Elaines Ausstrahlung nicht vermittelt, an Jerome interessiert zu sein, eher konnte man meinen, sie hätte mit ihrer Geste unwirsch und nachdrücklich um seine geschätzte Aufmerksamkeit gebuhlt.

Wie auch immer, sie würde dieser Elaine heute die besorgte Ehefrau vorspielen, um neben Mathis, Sauvre und Albert eine weitere potentielle Zeugin für die dramatische Wesensänderung ihres Mannes auf ihre Seite zu ziehen.

* * * * *

Wir hatten das Café gerade geöffnet und ich bereitete hinter der Theke alle für den Tag benötigten Utensilien vor, heizte die Kaffeemaschinen auf und schnitt Zitronen in feine Scheiben.

Daher bemerkte ich Madame Lefort erst, als sie eindringlich auf Albert einredete und das Gespräch schien sich um ein sehr ernstes Thema zu drehen, denn Albert hatte die untertänigste seiner Haltungen angenommen – Hände hinter dem Rücken verschränkt, Oberkörper nach vorne geneigt, den Kopf leicht gesenkt, ständig nickend. Hin und wieder huschte sein Blick zu mir und schließlich kamen beide auf mich zu.

„Elaine, bitte führen Sie Madame Lefort in das Personalzimmer. Sie sind einstweilen vom Dienst freigestellt", verkündete er förmlich und ich glaubte zu ahnen, dass Madame mich wegen meiner unziemlichen Geste ihrem Gatten gegenüber zur Rede stellen wollte. Nun gut, das konnte sie meinetwegen, ich hatte ein reines Gewissen. Auf ihren blasierten Commandant war ich mitnichten neidisch.

Ich band meine Schürze ab, um kein Missverständnis über eventuelle hierarchische Allüren aufkommen zu lassen und bat sie nach hinten.

Mit der ihr angeborenen Eleganz machte sie es sich auf der schäbigen Eckbank gemütlich und entgeistert registrierte ich, dass Albert uns Espresso, eine eisgekühlte Flasche Prosecco samt unseren besten, hauchzarten Gläsern, einen Korb Baguette sowie einen Teller mit Croissants und Weintrauben kredenzte. Natürlich bemühte er sich, so umständlich und langwierig herumzutrödeln, dass es schon geradezu peinlich war, doch Madame Lefort tat ihm nicht den Gefallen, die Konversation mit mir in seinem Beisein zu eröffnen. Ein leichtes Schmunzeln um ihre zartrosa geschminkten Lippen verriet mir, dass sie ihn durchschaute und nicht gewillt war, seiner Sensationsgier nachzugeben.

Als es beim besten Willen nichts mehr zurechtzurücken, abzuwischen, zu polieren oder zu servieren gab, verabschiedete sie ihn mit einem höflich bestimmten „Merci beaucoup, Albert, wirklich sehr freundlich von

Ihnen" und endlich wuselte er wieder in den Schankraum zurück.

Sie nippte an ihrem Espresso, stellte ihn ab, griff zur Prosecco-Flasche und schenkte schweigend zwei Gläser bis zum Überschäumen voll.

„Egal, wie früh es ist, das muss jetzt sein", kommentierte sie ihren ersten Schluck, mit dem sie das Glas in einem Zug leerte.

Sie sah meine Verblüffung und lachte hell auf.

„Nun, Madame Sabatier", begann sie und ich rechne ihr heute noch hoch an, dass sie mich nicht einfach respektlos Elaine genannt hatte, „ich habe ein sehr brisantes Anliegen an Sie und selbstverständlich dürfen Sie es glattweg ablehnen. Aber ich bitte Sie, zumindest darüber nachzudenken, d'accord?"

Ich war noch immer perplex und sprachlos, daher stützte ich zum Zeichen meines Interesses nur die Ellenbogen auf der Tischplatte auf und faltete die Hände unter mein Kinn.

„Ich mache mir die größten Sorgen um meinen Mann, er beginnt sich beängstigend zu verändern und muss seit einigen Tagen regelmäßig Herzmedikamente zu sich nehmen. Er vergisst sein Telefon, lässt seine Tabletten liegen, macht einen zunehmend verwirrten Eindruck." Sie nippte wieder an ihrem Espresso und brach ein Stück Baguette ab.

„Ich kann ihn natürlich nicht rund um die Uhr bemuttern, andererseits ist die Furcht um ihn kaum zu ertragen. Daher möchte ich Sie bitten, in der Zeit, die er hier im Café verbringt, ein Auge auf ihn zu werfen."

„Was meinen Sie damit? Ich soll ihn beobachten, ihn bespitzeln, Madame?", fragte ich sie konsterniert. „Das werde ich nie und nimmer für Sie tun, Madame Lefort, bei allem Respekt."

Sie nickte verständnisvoll.

„Das dachte ich mir, Madame Sabatier, aber ...", ich befürchtete schon, sie würde mir nun Geld anbieten, „... es geht nicht darum, ihn zu bespitzeln, sondern ihm zur Seite zu stehen. Es kann sein, dass er in Panik gerät, weil er seine Tabletten nicht bei sich hat. Es kann sein, dass er mehrere Tabletten gleichzeitig einnimmt, was tödlich wäre. Es kann sein, dass er plötzlich verdreckt und stinkend hier hereinspaziert und so tut, als wäre alles normal. Verstehen Sie, was ich meine? Alles, worum ich Sie bitte, ist, dass Sie mich in einem dieser Notfälle anrufen, sonst nichts."

Sie war ganz ruhig, hatte sich bewundernswert unter Kontrolle und wartete stumm auf meine Antwort.

„Was denken Sie über die Ursachen seiner Veränderung?" Ich wollte über Hintergründe, Zusammenhänge und Auswirkungen Bescheid wissen, bevor ich mir den Kopf darüber zerbrach, ob Madame Lefort tatsächlich so verzweifelt oder vielleicht selbst ein wenig verrückt war.

„Er wurde körperlich ausführlich untersucht, angeblich ist er kerngesund. Dennoch überfällt ihn wie aus heiterem Himmel eine Art Panik mit schrecklichem Herzrasen. Außerdem benimmt er sich plötzlich eigenartig konfus, sodass ich befürchte, es könnte sich eine geistige Krise anbahnen", erklärte sie ernst. „Ich lebe mit diesem Mann seit vierunddreißig Jahren zusammen und kenne jede noch so unbedeutende Eigenheit von ihm, aber diese unberechenbare Metamorphose macht mir Angst", fügte sie beherrscht hinzu.

Ich musste daran denken, wie Lefort während unserer Gespräche links an mir vorbei gestarrt und die Welt um sich kaum mehr wahrgenommen hatte. Wie er zerzaust und verschmutzt ins Café gekommen war. Wie er auf den Stufen des Grande Arche geschlafen hatte. Und schließlich, wie er beinahe zärtlich meine Haare nach hinten gestrichen hatte.

Dennoch wurde mir mulmig bei dem Gedanken, ab nun täglich zwischen zehn und zwölf Uhr vormittags Leforts Schatten zu sein, mit einem heißen Draht zu seiner Frau, sollte er sich regelwidrig benehmen.

„Es ist Ihnen auch schon aufgefallen, n'est-ce pas? Sie kennen ihn zwar erst ein paar Tage, aber er erscheint Ihnen merkwürdig geworden zu sein?" Forschend sah sie mir direkt in die Augen.

Ich zog es vor, diese Fragen nicht konkret zu beantworten, noch klang für mich alles sehr vage und, um ehrlich zu sein, etwas phantastisch.

„Haben Sie noch andere Hilfssheriffs auf ihn angesetzt?", wollte ich sie ein wenig aus der Reserve locken.

Lächelnd schenkte sie sich ein frisches Glas Prosecco ein.

„Ja, natürlich", gab sie unumwunden zu.

„Wen?"

„Albert zum Beispiel."

Ich verdrehte unwillkürlich die Augen und sie lachte wieder.

„Einige wenige vertraute Freunde und ehemalige Arbeitskollegen", fuhr sie abschließend fort.

„Lunel?", rutschte es mir unwillkürlich heraus.

Sie zögerte merklich, deutete dann aber langsam eine Bejahung meiner Frage an und griff wieder nach dem Prosecco-Glas.

Jetzt tat ich es ihr gleich.

„Ich mache Ihnen einen Vorschlag, Madame Lefort", hörte ich mich zu meinem Erstaunen sagen und hob mein Glas, „ich kümmere mich um Ihren Mann und Sie kümmern sich um Monsieur l'Inspecteur Lunel."

Unsere besten, hauchzarten Gläser hatten ein wundervoll hell klingendes Timbre, wenn man sie gefühlvoll aneinander stieß.

* * * * *

Lefort fühlte sich fabelhaft, wenn auch ein klein wenig müde nach der ereignisreichen Nacht.

Er hatte in seiner Küche gemeinsam mit Josephine auf Lunel gewartet, ihm einen wie paralysiert wirkenden Pascal übergeben und danach zwei Beamte der Spurensicherung in die Wohnung der Verdins geführt. Dort hatte er unaufdringliche Hinweise gegeben, wo und wie er Pascal und Marie exakt zurückgelassen und welche Gegenstände er angefasst hatte wie zum Beispiel Handtuch, Kissen und Türklinken. Nebenbei hatte er erwähnt, dass ihm außer dem Erbrochenen und den Malen an Maries Hals keine Veränderungen in dem Appartement auffielen.

Als Polizei- und Rettungsmannschaften nach relativ kurzen Einsätzen das Haus der Rue Puget im Morgengrauen verlassen hatten, bereitete Josephine ein deftiges Frühstück zu, von dem sie selbst nur wie ein Spatz aß, er aber mit umso größerem Appetit zulangte.

Josephine war erschüttert, dass in ihrem unmittelbaren Freundeskreis ein Schwerverbrechen begangen worden war und noch viel mehr wühlte sie auf, dass sie den Mörder persönlich gut kannte. Lefort versuchte, sie von ihren düsteren Gedanken abzulenken, indem er ihr ausführlich beschrieb, was er an diesem Tag nun alles zu erledigen hätte und wobei sie ihm helfen könnte. Ein Bestattungsinstitut aufsuchen, zum Beispiel, oder sich um passende Kleidung für Marie kümmern. Die Wohnung der Verdins wäre mit Sicherheit bis zum Mittag freigegeben, schließlich waren keine großartigen Untersuchungen mehr vonnöten. Der Sachverhalt war so klar wie selten in einem Fall.

Josephine nahm seine Vorschläge gleichgültig zur Kenntnis, stimmte ihm hin und wieder zu und fürchtete mehr um seine körperliche Verfassung als um das Schicksal von Pascal. Hingebungsvoll versorgte sie ihn mit Herztablette, Telefon und Wasserflasche und stellte eine modische Kombination aus seinem Kleiderkasten zusammen.

Währenddessen schrubbte er im Badezimmer den Gestank der Nacht von sich.

Als er das Haus verließ, war er wieder ganz Commandant: Ein wie aus dem Ei gepellter, nach herbem Aftershave duftender, eleganter, in die Jahre gekommener Mann, der seine eisgraue Haarpracht exakt gescheitelt trug.

Die Tabletten hatten ihre volle Wirkung entfaltet und wann immer er an seinem Handgelenk die Schläge zählte, erreichte er stets einen Wert, der unter dem Normalbereich der üblichen Herzfrequenz lag.

Sorglos und optimistisch blickte er einem Tag entgegen, der ein abwechslungsreiches Programm versprach.

Er begann seine tour de force bei Lunel, um mit seiner Zeugenaussage den weiteren Ermittlungsverlauf in die von ihm bestimmten Bahnen zu lenken. Lunel bot ihm Kaffee und Wasser an und bevor er mit der offiziellen Befragung begann, fragte er augenzwinkernd: „Heute im Au Lapin Agile um acht? Lagebericht zu deinen Nachforschungen?"

„Naturellement, mon ami", antwortete Lefort feixend, „viel habe ich zwar nicht zu berichten, aber für die Dauer von zwei, drei Gläschen wird es schon reichen."

Lunel schaltete grinsend das Aufnahmegerät ein und Lefort gab zu Protokoll, wie und warum er die Verdins nach Hause begleitet und in welchem Zustand er das Ehepaar zurückgelassen hatte. Nein, ein Ehestreit sei in dieser Zeit nicht vorgekommen, dazu waren beide

Ehepartner zu sehr betrunken gewesen. Ja, auch Marie Verdin habe nicht mehr ohne Hilfe gehen können. Nein, er habe nichts von einem Kampf gehört, auch seine Gattin Josephine nicht. Sie seien erst wieder erwacht, als Pascal an ihre Tür gehämmert habe. Vielleicht einige Male in den letzten beiden Jahren, dass man einen lautstarken Ehekrach der Verdins mitbekommen hätte, aber nichts Gravierendes, sie waren eben temperamentvoll und lebenslustig.

Lefort deutete auf das Aufnahmegerät und formte tonlos mit den Lippen „Aus". Lunel sprach die formalen Angaben wie Ort, Zeit und Anwesende der Befragung auf Band und schaltete das Gerät ab.

„Pascal war nicht bei Sinnen, als er Marie erwürgte. Das werden die Laborwerte eindeutig ergeben. Sollte ich mich irren und es steckte Tötungsabsicht dahinter, muss er dafür büßen, so viel steht fest. Trotzdem bitte ich dich, sanft mit ihm zu verfahren. Er ist geständig und hatte womöglich einen Filmriss." Lefort wollte nicht zu sehr für Pascal in die Presche springen, aber dennoch wichtige Akzente für Lunels Wahrnehmung setzen.

„Selbstverständlich, Jerome, mach dir keine Sorgen. Er ist noch immer auf der Krankenstation im Untersuchungsgefängnis und erhält Infusionen. Es geht ihm wirklich schlecht, er hat eine saftige Alkoholvergiftung und ist dehydriert. Die zuständige Ärztin meint, eine Vernehmung mache frühestens morgen, eher übermorgen Sinn, erst dann wäre er einigermaßen entgiftet."

Lefort nickte zur Bekräftigung.

„Wir werden uns ein wenig umhören, in welchen Lokalen die beiden ihre Promille zusammengesammelt und ob sie sich auffällig benommen haben und damit wären dann unsere Recherchen schon am Ende. Die Wohnung wurde nicht aufgebrochen und es gibt keinerlei Hinweise auf einen Dritten, der seine Finger im Spiel gehabt haben könnte."

Wieder nickte Lefort beifällig.

„Außer du", zog ihn Lunel scherzhaft auf.

Lefort zwang sich zu einem heiteren Lachen, verschluckte sich am eigenen Speichel, erlitt einen Hustenanfall, rang keuchend nach Atem und riss ungelenk an dem Blister, der in der Handyhülle feststeckte.

Lunel sprang auf, klopfte Lefort einige Male kräftig auf den Rücken, drückte eine Tablette in seine hohle Hand und schob sie Lefort direkt in den Mund.

„Was ist los mit dir, Jerome?", fragte er beklommen.

* * * * *

Halbe Sachen kann ich nicht leiden, und auch wenn ich Madame Leforts Beweggründe, sich mir – einer ihr gänzlich Fremden – anzuvertrauen, anfangs nicht wirklich begreifen konnte, so entschied ich mich, es ihr gleich zu tun und begann meine Erzählung mit dem gewaltsamen Tod meiner Mutter. Ich legte die Karten auf den Tisch und tat auch mein Misstrauen gegenüber dem zurückhaltenden Engagement der Polizei kund. Es war mir gleichgültig, dass sie die Frau eines ranghohen Beamten dieses Berufsstandes war, was für mich zählte, war, dass ich ihr meine Sicht der Dinge glaubhaft vermitteln wollte.

Es ist denkbar, dass ich sie mit meiner unverblümten Kritik vor den Kopf stieß, aber ihre persönliche Befindlichkeit spielte für mich in dieser Angelegenheit keine Rolle. Wenn sie tatsächlich unangenehm berührt war, ließ sie es sich zumindest nicht anmerken, dazu war sie schlicht zu höflich.

Sie war sehr betroffen, als ich von den Todesumständen meiner Mutter sprach und flüsterte zwischendurch „Das muss ein Wahnsinniger sein!". Dabei hatte sie tatsächlich Tränen in den Augen und, wie wir heute wissen, Recht gehabt.

Ich gab ihr einen detaillierten Überblick, wie ich die Informationen über Suzette und den alten Mann am Friedhof erhalten hatte und dass ich nach langen Grübeleien zu der Überzeugung gelangt bin, dass auch der kirschrote Notrufsender meiner Mutter wunderbar in dieses Herz-Schema passte.

Die Episode in La Défense mit ihrem Ehegespons ließ ich vorsichtshalber unter den Tisch fallen, ebenso sein ominöses Gestarre – beides Dinge, die, wie ich damals glaubte, nicht weiter von Belang waren.

Madame Lefort nahm mich ernst, und sie erkannte ebenso den roten Faden, der sich durch diese suspekten Vorfälle zog. Ich hatte mich vor ihr nicht der Lächerlichkeit preisgegeben.

„Ich habe Lunel eine Nachricht deswegen hinterlassen", kam ich zum Schluss, „aber er wird sich nicht bei mir melden. Er wird davon ausgehen, dass es sich um Hirngespinste einer mittelalterlichen, einsamen Vettel handelt, die begierig auf ein wenig Aufregung in ihrem Leben ist."

Madame Lefort lächelte nicht, konzentriert füllte sie unsere Sektgläser auf und reichte mir den Teller mit Croissants.

„Essen Sie etwas", forderte sie mich auf, „sonst sind wir bald zu beduselt, um die Sache vernünftig in Angriff zu nehmen."

Artig brach ich ein Stück des Gebäcks ab.

„Lunel hatte wahrscheinlich noch keine Zeit, seine Nachrichten abzurufen", überlegte sie laut, „es gab heute Nacht einen Mord in unserem Haus."

„Nein! Das ist ja furchtbar!" Mir stellten sich die Haare auf bei der Vorstellung, dass ein Nachbar zu Tode kam, während ich gemütlich vor dem Fernseher saß und mir einen Krimi zu Gemüte führte.

„Ja, es ist unglaublich traurig, ein Freund von uns erwürgte im Suff seine Frau." Sie wischte sich mit den Fingern wenig damenhaft die Tränen aus den Augenwinkeln. „Jerome und Lunel sind also heute ziemlich beschäftigt, um alles vorschriftsmäßig zu einem Abschluss zu bringen. Hatten Sie geplant, auch mit meinem Mann darüber zu sprechen?"

„Ich hätte es gerne heute getan, ja. Aber ich bin nicht sicher, ob ich mich trauen soll. Ich möchte ihn nicht weiter belästigen, außerdem kämpft er ja mit eigenen

Problemen", ließ ich meinen Bedenken freien Lauf.

„Überlassen Sie das getrost mir, Madame Sabatier. Ich werde mit den beiden Schnüfflern sprechen. Mit Monsieur l'Inspecteur Lunel ganz offen, mit meinem Mann eher diplomatisch. Ob ich etwas bewirken kann, lässt sich schwer abschätzen, aber es ist jedenfalls mehrere Versuche wert."

„Dann hätten wir ja nun sozusagen ein Arrangement hinter dem Rücken der Männer getroffen?"

Ich wollte sichergehen, dass auch Madame Lefort die Kunst der weiblichen Verschwiegenheit beherrschte.

Ein schelmisches Funkeln glitzerte in ihren Augen.

„Ja, das haben wir. Wie Sie vorhin schon sagten: Ich übernehme Lunel, Sie meinen Mann."

Jetzt musste auch ich kichern und verschluckte mich, sodass mein Glucksen in einen krampfartigen Husten überging.

Madame Lefort hielt mir das Sektglas an den Mund, befahl „Trinken Sie rasch!" und die perlende, kalte Flüssigkeit setzte meinen geschockten Schluckreflex schlagartig wieder in Gange.

Josephine füllte unsere Gläser zum dritten Mal, prostete mir zu und fragte: „Sollten wir uns nicht duzen, Elaine?"

* * * * *

Sauvre rollte die Bahre mit Maries Leiche scheppernd in das Kühlfach.

„Sie ist ausgehfertig", verkündete er und zwinkerte Lefort zu, „jetzt habe ich mir aber eine ausgiebige Pause verdient!"

Er gab seinem Gehilfen knappe Anweisungen, die diesen für die nächste Stunde in Beschlag nehmen würden, streifte die OP-Kleidung ab und entsorgte sie in einem eigens dafür bereitgestellten Container. In seinem giftgrünen, hautengen Slip und mit nacktem Oberkörper sah er aus wie einem Werbeplakat für den world run entsprungen. Trotz der kühlen Temperatur im Sezierraum glänzte seine dunkle Haut vor Schweiß.

„Bist du absichtlich ein wenig zu spät gekommen?", neckte er Lefort, während er ihn zu seiner Kammer dirigierte, in der sie sich nun eine Weile der Zigarette-Konfekt-Kaffee-Zeremonie hingeben würden.

Lefort zuckte mit den Schultern.

„Was weißt du bis jetzt?"

„Zuerst die schlechte Nachricht: Deine Nachbarin ist tot, so viel steht fest."

„Paul, bitte", tat Lefort genervt, lächelte aber.

„Und hier kommt die gute: Über drei Promille im Blut, das heißt, sie dürfte wegen mangelnder Aufmerksamkeit nicht besonders viel mitbekommen haben. Was haben die beiden denn veranstaltet? Donnerstags-Paar-Koma-Saufen?"

„Pascal sagt, sie hätten nach Arbeitsschluss die Winzerverkostungen besucht, aus dem Ruder gelaufen sei das Ganze aber erst, nachdem sie am Fuße des Sacré-

Cœur die Rebensäfte des Jardins du Ruisseau versucht hatten. In Schnapsform."

Sauvre lachte.

„Nach Zustand der Leber von Madame Verdin nicht zum ersten Mal."

„Wann ist es passiert?", fragte Lefort gespannt.

„In meinem Bericht steht zirka eine halbe bis dreiviertel Stunde nach Mitternacht. Wenn das da so steht, stimmt es auch."

„Berufskomiker", schnaubte Lefort verächtlich.

„Galgenhumor", hielt Sauvre dagegen. „Wie dein messerscharfer Verstand bereits glasklar erkannt hat, wurde Marie Verdin erwürgt; Zungenbein und Kehlkopf sind fein säuberlich gebrochen, dazugehörige Würgemale vollzählig vorhanden. Kein Sexualdelikt, keine Fasern oder Flüssigkeiten in oder auf ihr. Obduktion in ihrer minimalsten Variante ausgeführt und abgeschlossen. Ich würde sagen: Tod durch beiderseitiges, einvernehmliches Zuvieltrinken."

„Gut", nuschelte Lefort und sog an Sauvres Kräuterzigarette, während er gleichzeitig eine Praline auf der Zunge zergehen ließ, „wir wollen uns irgendwo zwischen eingeschränkt schuldig und unzurechnungsfähig einpendeln."

„Dürfte kein Problem werden, Hauptsache Monsieur verfügt über noch viel mehr kleine Schnapsdrosseln in seinen Zellen als Madame Verdin."

Lefort gähnte ausgiebig.

„War eine lange Nacht, was?", fragte Sauvre mitfühlend.

„Ja, aber vor allem ermüden mich diese Herztabletten", erklärte Lefort.

Sauvre setzte sich interessiert auf.

„Wie viele nimmst du davon innerhalb von vierundzwanzig Stunden?"

„Das kann ich jetzt eigentlich gar nicht so genau sagen", meinte Lefort verunsichert, „vier, fünf vielleicht."

„Zwei reichen, du seniler Trottel! Willst du dich selbst zu Tode sedieren?", schimpfte er laut.

„Ist ja schon gut, Monsieur Docteur", gab Lefort zerknirscht klein bei, „ich werde besser darauf achten, versprochen."

Sauvre riss ihm die Zigarette aus der Hand.

„Du bist schon entspannt genug, auch ohne Gras! Hau jetzt ab, bevor ich es mir überlege und Josephine auf dich hetze."

„Das würdest du mir nie antun, mein Freund", konterte Lefort im Brustton der Überzeugung, „dafür liebst du mich zu sehr." Er rappelte sich hoch und klopfte Tabakkrümel und Schokospäne von seinen Hosen.

„Du eingebildeter Armleuchter!", grunzte Sauvre, nahm Lefort spielerisch in den Schwitzkasten und rieb ihm mit geballter Faust über die Stirn.

„Fast hätte ich's vergessen: Zur Unterstützung deiner These sollte nicht unerwähnt bleiben, dass der Ehemann Rechtshänder gewesen sein muss. Die Finger wurden auf der linken Halsseite etwas tiefer gedrückt. Das bedeutet, dass an diesen Stellen mit mehr

Kraft gepresst wurde. Steht natürlich auch alles haarklein in meinem Bericht."

Lefort glaubte, unter Sauvres lockerem Griff ersticken zu müssen.

* * * * *

Das Gespräch mit Elaine war zwar nicht ganz so gelaufen, wie sie es sich vorgestellt hatte, dennoch war Josephine zufrieden. Sie hatte erste Zweifel an Jeromes geistiger Gesundheit gesät und an Elaines Reaktionen erkannt, dass der Samen auf fruchtbaren Boden gefallen war.

Madame Sabatier war nicht zu unterschätzen, sie war eine gebildete, kluge Frau, die ihr Licht unter den Scheffel stellte. Auch sie hatte das merkwürdige Gebaren ihres Mannes bereits beobachtet, selbst wenn sie nicht offen darüber gesprochen hatte. Das sprach für Diskretion, Elaine war intelligent genug, keine kompromittierenden Fragen zu stellen, auch wenn ihr die übertriebene Besorgnis einer Ehefrau sonderbar erschienen sein musste.

Josephine war Elaine auf den ersten Blick mehr als sympathisch gewesen und am Ende ihres gemeinsamen Sekt-Frühstücks hegte sie für diese liebenswürdige Kellnerin sogar freundschaftliche Gefühle. Josephine verspürte selten das Bedürfnis, jemandem nach so kurzer Zeit das vertraute Du anzubieten, doch bei Elaine machte sie eine Ausnahme. Ihr gefiel ganz besonders die schlichte Zurückhaltung, ohne dass Elaine Unterwürfigkeit oder falsche Bescheidenheit erkennen ließ.

Dass sie selbst im Gegenzug Elaine ihre Hilfe angeboten hatte, war selbstverständlich. Es war für sie ein Leichtes, mit ihren beiden Männern zu sprechen und außerdem teilte sie Elaines Meinung. Drei verlorene Herzen und drei verstorbene Seelen konnten absolut kein Zufall sein. Was aber dahinterstecken mochte, darauf konnte sich Josephine keinerlei Reim machen. Ihr fehlte jegliche Gabe für phantasiereiche Kombinationen oder gefinkelte Ermittlungstechniken, auch wenn sie es äußerst spannend fand, wenn Jerome davon erzählte, wie er einem Verbrecher auf die Spur kam. Bei Jerome würde sie sich allerdings nur mit äußerster Vorsicht diesem Thema nähern können, schließlich durfte er nicht den geringsten Verdacht schöpfen, dass sie Kontakt zu Elaine pflegte.

Wütend machte sie vor allem der Umstand, dass es danach aussah, als ob der Mörder von Elaines Mutter ungestraft davonkommen würde. Ob Elaine richtig mit ihrer Vermutung lag, dass die Polizei sich zu wenig engagierte, würde sie mit Lunel klären.

Sie war länger bei Elaine geblieben, als sie vorgehabt hatte und stellte beim Abschied erschrocken fest, dass bereits die Zeit für Jeromes Café au lait gekommen war. Nicht auszudenken, wenn er sie beim Verlassen des Personalraums gemeinsam mit Elaine erwischte, noch dazu eine Nuance zu beschwingt.

Elaine war vorausgegangen, hatte draußen die Lage sondiert und Josephine ein Zeichen gegeben, dass die Luft rein war. Von Jerome war weit und breit nichts zu sehen, wieder einmal hatte er seine tägliche Routine unterbrochen, was wiederum Albert zu einem bekümmerten Nicken in Josephines Richtung veranlasste, als diese schnell das Café Moncœur durchquerte, um sich im dichten Menschengewühl der frühen Montmartre-Touristen entlang der Rue Norvins zu verlieren.

Josephine war absolut nicht in der Laune dazu, sich um die Beerdigung von Marie, Blumenschmuck oder Kleidung zu kümmern und daher schlenderte sie ziellos eine Weile umher, bevor sie Jerome anrief, um sich zu erkundigen, ob sie ihn zum Mittagessen erwarten solle. Er antwortete etwas atemlos, er sei gerade bei Sauvre gewesen, würde noch auf einen Sprung im Moncœur vorbeischauen und sich mittags zu Hause einfinden, bevor er Lunel bei den Befragungen ein wenig unterstützen würde. Abends wäre er dann im Au Lapin Agile, von dem sie als einzige Ehefrau wusste.

Die Anspannung der kurzen Nacht machte sich bemerkbar und so beschloss Josephine, dass ein Omelette, verfeinert mit Resten aus dem Kühlschrank, für den Mittagstisch reichen musste. Nach einer kühlen Dusche würde sie die Hitze aussperren, ihre Beine ein wenig hochlegen und sich liebend gerne vom Schlaf übermannen lassen.

Im Flur schlug ihr derselbe widerliche Geruch entgegen, der schon in der Nacht aus Jeromes Zimmer geströmt war.

Nach einem intensiven inneren Monolog über persönliche Grenzen, Privatsphäre, Misstrauen in der Ehe und dass sie ohne ihren Mann noch nie diesen Raum betreten hatte, warf sie ihre Prinzipien über Bord und öffnete die Tür zu Jeromes guter Stube.

Sie hielt die Luft an und riss beide Fensterflügel sperrangelweit auf. Ihr Blick fiel auf den Schreibtisch und wohlwollend registrierte sie, dass die hässliche Pflanze sich erholt hatte. Am Boden verstreut lag ein ungeordneter Haufen von Dingen, die sie noch nie in ihrem Haushalt gesehen hatte: ein Sammelsurium an Ramsch und Tand, wie er in Souvenirshops oder an Straßenständen zu unverschämt hohen Preisen freigiebigen Touristen feilgeboten wurde. Ein Kühlschrankmagnet, zwei Badeschwämme, bunt bedruckte Boxershorts, ein Fotorahmen, ein Set Haarspangen, …

Josephine stockte der Atem, als sie jäh die einzige, die herzige Gemeinsamkeit all dieser Gegenstände erkannte und langsam drehte sie ihren Kopf, um erneut die Pflanze in ihrem mondänen Keramiktopf zu taxieren. Leicht schwankten im Luftzug die Blüten an ihren hauchdünnen Stängeln hin und her, auch ihre Form war eindeutig demselben Genre zuzuordnen. Sie kniete sich auf den Boden und betrachtete nachdenklich alle Teile einzeln, ohne sie zu berühren. Allein ein Paar pinkfärbige Putzhandschuhe passte ganz eindeutig nicht zu dem Herz-Muster.

Jerome war also bei seinen Recherchearbeiten für Lunel wohl auch auf die Herzen gestoßen und das war gut, sogar hervorragend.

Vielleicht gelang es ihr, in einer zwanglosen Plauderei mit ihm herauszufinden, was er darüber alles wusste. Dann würde sie umgehend Elaine informieren.

Als sie sich erhob, bemerkte sie das runde Einbauschloss, das Jerome in die Seitentür des Schreibtisches eingebaut hatte. Sie hatte es bei ihren unregelmäßigen Hausarbeiten in diesem Zimmer – stets im Beisein von Jerome – noch nie gesehen und wunderte sich, dass ihr Mann augenscheinlich Geheimnisse vor ihr zu verbergen hatte.

Nun gut, die hatte sie ebenso. Da durfte sie ihm keinen Vorwurf machen.

Doch was immer es auch war, das Jerome hier fest hinter Schloss und Riegel verstaut hatte – es stank unerträglich.

* * * * *

Ungefähr fünfzehn Prozent der westlichen Bevölkerung sind Linkshänder, wusste Lefort. Wie hoch war die Wahrscheinlichkeit, dass Pascal einer von ihnen war?

Er versuchte ruhig und tief zu atmen, zählte konzentriert bei jedem Zyklus bis vier und verhalf so seinem unruhigen Herzen wieder zum richtigen Takt. Das Klingeln seines portable war eine willkommene Ablenkung.

Nachdem er ein paar Worte mit Josephine gewechselt hatte, fühlte er sich bedeutend gelöster und entspannter.

Während des Spaziergangs zu seinem Stammcafé Moncœur grübelte er angestrengt darüber nach, ob zu befürchten sei, dass sich jemand nach Pascals Rechts- oder Linkshändigkeit erkundigen würde.

Der Kriminalist in ihm schloss diese Möglichkeit kategorisch aus. Warum sollte Lunel oder ein anderer Beamter auf diese Idee kommen? War nicht sonnenklar, dass nur Pascal der Mörder von Marie sein konnte? Hatte er nicht alles getan, um sämtliche Spuren bei Pascal enden zu lassen? Und selbst wenn Pascal Linkshänder sein sollte, was machte das schon?

Sein Tisch im Café war besetzt, er war heute zu spät dran und das ärgerte ihn. Albert wuselte entschuldigend um ihn herum und diese kriecherische Speichelleckerei machte ihn aggressiv. Unwirsch riss er Albert die Le Monde aus der Hand und nahm an einem straßenseitigen Tisch am Rande des Sitzgartens Platz. Menschenmengen drängten sich dicht an ihm vorbei, gelegentlich streifte jemand seinen Tisch und ignorierte seine erbosten Blicke.

Er tunkte ein Brioche tief in seine Tasse, beim Abbeißen tropfte Kaffee auf seine Hose und hinterließ von ihm unbemerkt einen hellbraunen Fleck. Lefort tat nur so, als ob er in der Le Monde lesen würde, um sich Alberts Geschwafel zu entziehen, in Wahrheit aber hing er seinen Überlegungen und Gedanken nach.

Es war doch so, dass das Gehirn unter Alkoholeinfluss seinem Benutzer die absurdesten Streiche spielte, oder etwa nicht? Dann hatte Pascal im Suff eben dieses eine Mal irgendeiner seiner Hände den Vorzug gegeben! Einzig und allein die Tatsache zählte, dass sich Sauvre auf sein Betreiben hin nicht allzu mikroskopisch genau mit den Abdrücken auf Maries Hals beschäftigt und erkannt hatte, dass die Male nicht von ungeschützten, fettenden Fingern, sondern von gerippтem Gummimaterial stammten.

Lefort kam zu dem ermutigenden Schluss, dass nichts, aber auch rein gar nichts darauf hinwies, dass er etwas mit dem unglückseligen Ableben von Suzette, Elaine Sabatiers Mutter, dem greisen Witwer, dem schwulen Pärchen, dem obdachlosen Luis oder seiner Nachbarin Marie zu tun hatte. Er hatte nicht einfach nur unglaubliches Glück gehabt, es war auch seiner weisen Voraussicht zu verdanken, dass er bis jetzt ungeschoren davongekommen war.

Warum sollte es nicht auch ein allerletztes Mal funktionieren? Dass Elaine dieses allerletzte Mal sein würde, stand für ihn außer Zweifel. Unerschütterlich hielt er an dem Glauben fest, dass ihr phantastisches Muttermal ihn von seinen todbringenden Trieben erlösen würde, sobald es mit seinem Ohr und damit mit seinem Blutkreislauf, mit seinem Körper, mit seiner Seele zu einer harmonischen Einheit verschmolzen war. Die Transplantation musste jetzt so schnell wie möglich vonstatten gehen, das war ihm klar. Jede Minute in freier Wildbahn barg die Gefahr, dass er sich zu neuen, folgenschweren Taten aufschwang und sich im Unglücksfall auf der anderen Seite des Einwegspiegels der Prefecture wiederfand.

Punkt für Punkt hakte er auf seiner imaginären To-Do-Liste ab, nach dem abendlichen Umtrunk mit Lunel im Au Lapin Agile würde er dieselbe, schon einmal erfolgreich erprobte Strategie wählen, sich vordergründig nach Hause bringen lassen, dann aber nach La Défense weiterfahren und seine ihm (und Gott allein weiß wie vielen anderen) das Leben rettende Operation durchführen. Ein Kontrollanruf vorher bei Komarow konnte vielleicht nicht schaden, damit der alte Haudegen auch wirklich gut vorbereitet war und sich zeitgerecht seine Anti-Zitter-Pillen auf der Zunge zergehen ließ.

Hatte er etwas übersehen?

Hals über Kopf stieß er seinen Stuhl zurück, sprang panisch auf, warf dabei Kaffeetasse und Blumenvase um, die Le Monde rutschte über die Tischkante und entfaltete sich in ihrer gesamten beeindruckenden Größe am Boden, er vergaß auf die Geldmünzen und rannte so schnell es seine körperliche Verfassung erlaubte, nach Hause.

Zu seinem Schlupfwinkel, seinem Versteck, seinem sicheren Hafen, seinem Herzstück.

In dem die Herzen unter den Gummihandschuhen noch immer ungeschützt am Boden lagen.

* * * * *

Alberts Neugier und Eifersucht waren greifbar, aber er hütete sich davor, mir Fragen zu stellen, denn er wusste nur zu genau um die Abfuhr, die er sich einhandeln würde. Dass Madame Lefort sich mit mir für nahezu zwei Stunden zurückgezogen, großzügige Bewirtung und Ruhe angeordnet und ihn ohne vertrauliche Informationen außen vor gelassen hatte, kränkte ihn natürlich in seiner Ehre.

Doch Albert war flexibel und die Bevorzugung meiner Person durch seine hochverehrte Madame Lefort erhob mich in seiner kleinen Welt automatisch in den adeligen Stand der Privilegierten. Er scharwenzelte um mich herum, erkundigte sich besorgt nach meinem Befinden und dem Stand der Ermittlungen, bot mir seine Hilfe an und nötigte mich ständig zu Kaffeepausen, die ich wahrlich dringend nötig hatte. Unter uns gesagt, diese Wendung gefiel mir durchaus, das Arbeitsleben im Moncœur würde sich in Zukunft um einiges erleichtern, seine Ehrfurcht würde mich vor Drill und Willkür seinerseits beschützen.

Wahrscheinlich sind auch Ihnen schon Menschen begegnet, die derart anpassungsfähig sind, dass sie jede Situation im Leben für sich selbst linientreu zurechtbiegen? Ich denke, damit entgehen sie jeglichem Konflikt und sind ständig auf der Suche nach Vorteilen, die sie für sich eventuell heraushandeln können.

Egal, ich beneide sie zwar manchmal um ihre eigennützige Kompromissbereitschaft, könnte mich aber selbst niemals so verbiegen.

Das war wahrscheinlich auch der Grund dafür, warum ich mir den ganzen Vormittag darüber den Kopf zerbrach, ob diese übereilt geschlossene Freundschaft mit Josephine mich nicht etwa in eine Rolle drängte, die ich im Grunde meines Herzens nicht erfüllen mochte. Monsieur Lefort mit Argusaugen zu beobachten und Madame Lefort Report über sein Tun und Lassen zu erstatten – ich fand es verräterisch, fühlte mich als Denunziant und Zuträger.

War mein Unbehagen, mein Handeln entgegen meiner moralischen Grundsätze den Austausch von Informationen zur Ermordung meiner Mutter wert? Was gingen mich die Herzsymbole, Suzette und der alte Mann am Friedhof an? Musste ich mich deshalb als Spion betätigen und die Widerwärtigkeit dieser Tätigkeit unter dem Deckmantel der Handschlagqualität gegenüber Josephine beschönigen?

Ihr Einwand, dass ich mich an dieser Stelle in Widersprüche verwickle, ist durchaus berechtigt. Wie Sie richtig sagen, habe ich eingangs immer wieder betont, dass ich Monsieur Lefort nicht leiden konnte, dass er mir nicht nur unsympathisch, sondern sogar zutiefst zuwider war. Aber hatte er nicht dennoch ein Recht auf seine Privatsphäre? Durfte ich mich aufschwingen zu urteilen, was richtig, falsch, verdächtig oder unangemessen an seinem Verhalten war?

Ich muss eingestehen, dass ich mich geschmeichelt fühlte, als Josephine mich in ihre Sorgen eingeweiht hatte, aber bei genauerem Nachdenken empfand ich es als schäbig, wenn ich mich als Spitzel benutzen ließe.

Darum habe ich sie nicht von dem Vorfall in Kenntnis gesetzt, als Lefort seine Tasse umstieß und plötzlich ohne zu bezahlen fluchtartig aus dem Moncœur rannte.

In der Nacht aber wusste ich keinen anderen Ausweg; da rief ich sie an.

* * * * *

Josephine zog beide Fensterflügel wieder zu, es war sinnlos, die Hitze weiter in das muffige Zimmer strömen zu lassen, es wehte inzwischen kein noch so winziges Lüftchen mehr, das Erleichterung oder einen Hauch Frische bringen konnte.

„Verschwinde … sofort … aus … meinem … Büro!"

Sie zuckte erschrocken zusammen und fuhr herum. Jerome stand in der offenen Tür, die Hände in beide Hüften gestemmt, atemlos stieß er kreischend die Worte hervor, ein Bild ungezügelten Zorns und hilfloser Wut.

„Jerome, beruhige dich, ich habe doch nur …"

„Nichts … hast du! Überhaupt … nichts … hast du … hier zu … suchen!", brüllte er sie an. Schweiß tropfte von seiner Nasenspitze auf den Boden, er stand nun vornübergebeugt da, hielt die Hände fest auf die Knie gestützt und japste in kurzen, beängstigend gequälten Stößen.

Schnaubend rang er um Atem, ekelige Speichelfäden klebten an seinem Kinn.

„Darf ich dich daran erinnern, mein Lieber, dass es sich um unsere gemeinsame Wohnung handelt und ich sehr wohl dazu berechtigt bin, ohne deine ausdrückliche Erlaubnis hier sauber zu machen, die Vorhänge zu waschen, Staub zu saugen und den abscheulichen Gestank zu vertreiben, der sich bis in den Flur hin ausbreitet." Kühl und beherrscht schritt sie an ihm vorbei, schloss demonstrativ leise die Tür hinter sich und zog sich in die Küche zurück, wo sie zornig auf eine Zwiebel einhackte.

Im Arbeitszimmer hörte sie Jerome kramen und vermutete, dass er nun endlich die Ursache der Geruchsbelästigung entfernen würde. Nach einigen Minuten stand er in der Küche und bat sie kleinlaut um zwei, drei Mülleimerbeutel.

Stumm zog Josephine aus einer Schublade die Rolle mit den Plastiktüten und reichte sie ihm, sah ihn nicht an und wandte sich wieder ihrer klein gehackten Zwiebel zu. Sie war zwar missgelaunt, dennoch sollte er ihr schadenfrohes Schmunzeln nicht sehen: Er mag ja die erfolgreichste Spürnase in Paris sein, in der eigenen Küche allerdings fand er sich ohne Hilfspersonal keineswegs zurecht.

Sie vernahm ihn mit den Tüten rascheln, dann murmelte er vom Flur aus in ihre Richtung „Bringe ich schnell zum Müllcontainer hinunter" und kurz darauf kam er zurück und verschwand im Badezimmer.

Josephine bereitete ein kühles Glas Wasser für ihn

vor und verrührte darin sorgsam einige Krümel einer der Kapseln, die Lunel irgendwo im unendlichen Schattenreich des weniger glamourösen Paris besorgt hatte.

„Es tut mir leid, Josephine."

Sie drehte sich von ihrem Schneidebrett weg und reichte ihm das Wasserglas. Er duftete nach herbem Aftershave, trug frische Kleidung und Socken ohne Schuhe.

„Setz dich, Jerome, du bist überreizt und erschöpft. Macht dir die Arbeit für Lunel zu schaffen? Ist es nicht sehr anstrengend, in dieser Hitze herumzulaufen und Nachforschungen zu betreiben?" Fürsorglich dirigierte sie ihn zum Sofa im Wohnzimmer, setzte sich dicht neben ihn und streichelte seinen Rücken.

Jerome trank ausgiebig, ließ den Kopf in ihren Schoß sinken und legte seine Beine auf die gepolsterte Längsseite des Sofas. Josephine lehnte sich zurück, schlug ein Bein unter das andere und gedankenverloren zwirbelte sie seine Haarsträhnen um ihre Finger, wie sie es schon seit vierunddreißig Jahren gewohnt war.

„Erzähl mir von den Fällen, für die du die Laufarbeit für Lunel erledigen musst."

Sie spürte, wie er sich verspannte und war auf Widerworte gefasst, dass er von Lunel nicht als alter, vertrottelter Laufbursche missbraucht wurde, sondern sich freiwillig angeboten hatte.

Aber er seufzte nur und dann erzählte er. Von Suzette, die sich bei einem Treppensturz das Genick gebrochen hatte und deren Freundin Chloé, die ein billiges Silberkettchen mit zwei ineinander verschlungenen Herzen vermisste.

Von Elaine Sabatiers Mutter, die irgendein dahergelaufener Junkie erstickt haben musste und deren herzförmiger Notrufsender fehlte.

Von dem Witwer, der gegen den Grabstein gestolpert war und nun nie wieder mit einem mit Rosen verziertes Moosherz das Grab seiner lieben Frau schmücken würde.

Von zwei schwulen Männern, die gemeinsam Selbstmord begangen hatten, indem sie von der Pont des Arts gesprungen waren und so ihrem Herzschloss den Garaus gemacht hatten.

Von einem Obdachlosen, der erstochen aufgefunden wurde und dessen Tod durch einen Stich mitten ins Herz herbeigeführt worden war.

Von dem Motiv der symbolischen Herzen, die ein verwirrendes Bindeglied zu sein schienen. Ein Motiv, für das niemand eine Erklärung finden konnte. Daher hatte er Herzmaterialien eingekauft, um ein Gefühl dafür zu entwickeln. Bislang hatten seine Bemühungen aber nicht gefruchtet. Ihm fiel nun nichts mehr dazu ein und das würde er Lunel im Au Lapin Agile auch mitteilen und sich dann wieder eine Weile aus dem freiwilligen Polizeidienst zurückziehen.

Josephine nickte hin und wieder, runzelte die Stirn oder neigte interessiert den Kopf, und erst als Lefort geendet hatte, fragte sie: „Und was hat es mit diesem süßlichen Gestank auf sich?"

„Das ist eine spezielle Chemikalie, mit der ich die Herzgegenstände auf besondere Partikel untersucht habe", erklärte er, „hochgiftig, daher auch die Handschuhe."

Josephine fragte nicht nach, labortechnische Raffinessen hatten sie noch nie besonders interessiert.

„Warum hast du ein Schloss an deinem Schreibtisch angebracht?"

„Ach, das hat nichts zu tun mit Polizeiarbeit. Ich werde unser Barvermögen darin verwahren. Es erscheint mir in Zeiten wie diesen sicherer als auf einer maroden Bank, die unser sauer Erspartes womöglich verspekuliert."

Jeromes Tonfall hatte sich verändert, er klang jetzt aufgesetzt heiter und warf die Worte leichthin in den Raum. Josephine war sich sicher, dass er nun log.

„Bist du überzeugt davon, dass das klug ist?", fragte sie zweifelnd.

„Ja, mein Schatz, sei unbesorgt." Er streckte die Arme ihrem Gesicht entgegen, doch sie wich ihm aus.

„Nun, Jerome, dann solltest du mir schleunigst ebenfalls einen Schlüssel dazu geben. Denn ich möchte dich nicht jedes Mal um Geld bitten müssen, das du in deinem Privattresor bunkerst. Außerdem will ich nicht mit leeren Händen dastehen, sollte dir ein Unglück widerfahren. Stell dir vor, ich müsste das Schloss aufbrechen, wenn du …"

„Tabletten", ächzte Jerome und griff sich mit einer Hand an die Kehle, um unter der faltigen Haut nach dem Pulsschlag zu tasten.

Josephine schob ihn von sich, sprang auf, hetzte ins Badezimmer, kam mit einer Tablette zurück, ließ sie in seinen Mund gleiten und hielt das Wasserglas an seine Lippen.

„Wollen wir nicht besser zu Professeur Meier fahren?" Josephine zog seine Hand von der Kehle und griff nach seinem Handgelenk.

Jerome schüttelte den Kopf.

„Nein, ich lege mich ein Weilchen ins Bett. Es ist bald vorbei."

Ja, dachte Josephine, das ist es.

Sie half ihm auf und brachte ihn zu Bett.

* * * * *

Lefort konnte nicht einschlafen, sein ganzer Körper vibrierte und er widerstand mit aller Kraft dem schier unbezwingbaren Drang, aufzuspringen und davonzulaufen.

Hinaus aus dem Zimmer, der Wohnung, durch das Treppenhaus hinunter und auf die belebte Straße, laufen, laufen, die Lügen und den Irrsinn hinter sich lassen.

Wie konnte er nur in solchem Grade dem Wahnsinn verfallen, seiner Frau von den grausamen Schandtaten zu erzählen, die er begangen hatte? Sie würde kein Sterbenswörtchen darüber verlieren, da war er sich sicher. Auch hatte er die Fälle aus Sicht des Ermittlers geschildert und nicht aus Sicht des Täters. Aber was, wenn ein aberwitziger Zufall es wollte, dass sie mit Lunel zusammentraf? Wenn ein Wort das andere ergab, wenn sein Schicksal schon in die Sterne gemeißelt war?

Er musste es schaffen, den Zeitpunkt, an dem Josephine nachdrücklich den Zweitschlüssel für seinen Schreibtisch einforderte, so lange hinauszuzögern, bis er seinen Traum erfüllt hatte und die Reliquien in ihrem Schrein bedeutungslos geworden waren.

Es gab wohl keine dümmere Begründung als die Verwahrung ihres Bargeldes, das sah er jetzt ein. Aber er hatte nicht mit dieser Frage gerechnet und in der Eile war ihm einfach nichts Besseres eingefallen.

Auch die Sache mit der chemischen Lösung war ziemlich lau, aber seine Frau war zurückhaltend und weder argwöhnisch noch insistierend.

Zum Glück hatte er quasi vor ihren Augen Skalpell, Betäubungsmittel und die Phiole zum Transport seines Transplantats fest in einen Müllbeutel verzurren und in einem Stromzähler im Keller deponieren können. Von dort würde er sein Operationsbesteck ins Au Lapin Agile schmuggeln und hinter dem Spülkasten der Toilettenanlage verstecken.

Er änderte kurzerhand seinen Plan, den Heimweg gemeinsam mit Lunel im Taxi anzutreten, stattdessen würde er auf einem Abendspaziergang in der kühleren Nachtluft bestehen. Die Strecke nach La Défense würde er zur Sicherheit mit allen zur Verfügung stehenden Verkehrsmitteln antreten: Taxi, Bus, RER,

Métro. Mit jedem nur ein kurzes Stück, einige Male umsteigen, so war gewährleistet, dass sich seine Spur im Notfall im Nichts verlieren würde.

Die sinnlos zusammengerafften Herzdinge hatte er, ebenfalls in eine unscheinbare Mülltüte verpackt, in den Tiefen eines der voluminösen Müllschlucker im Innenhof seines Wohnblocks versenkt. Ausgeschlossen, dass sie jemand innerhalb eines Tages fand oder dass Rückschlüsse auf ihn gezogen wurden.

Auf keinen Fall durfte er vergessen, seinen Tablettenvorrat in der Handytasche aufzufüllen, eine dieser unvorhersehbaren Attacken käme ihm während seiner spektakulären Operation äußerst ungelegen. Apropos Handy – unbedingt musste er den Akku entfernen, eine Vorsichtsmaßnahme, um schlimmstenfalls nicht geortet werden zu können.

Das Herzrasen hatte sich mittlerweile gelegt, aber nun verhinderten kribbelnde Erregung und nervöse Vorfreude, dass er schlafen konnte und so stand er auf und gesellte sich zu Josephine in die Küche, wo sie Silberbesteck polierte. Zwiebelduft hing in der Luft, doch sie hatte nicht gekocht.

„Falls du Hunger hast, müssen wir entweder ausgehen oder einen Lieferservice bemühen", informierte sie ihn lächelnd, „mir ist das Interesse am Kochen heute vergangen."

Er steckte den Seitenhieb kommentarlos weg und schnappte sich einige Prospekte von Restaurants mit Zubringerdienst, die unter einer Obstschale lagen.

„Pizza?"

Josephine nickte.

Er orderte telefonisch und während sie auf das Essen warteten, beklagte sich Josephine darüber, dass das Ausrichten der Begräbnisfeierlichkeiten für Marie ausschließlich an ihr hängenblieb. Unter keinen Umständen wollte sie alleine in die Wohnung der Verdins gehen, um nach Kleidung für Marie zu stöbern, für Pascal eine gefängnistaugliche Reisetasche zu packen und nach einem Adressenbuch zu suchen, in dem sie Angehörige und Bekannte finden konnte, die von der Tragödie informiert werden mussten.

Lefort erklärte sich bereit, ihr zur Seite zu stehen, er hatte ja noch genügend Zeit bis zum Abend und brauchte dringend eine Betätigung, die ihn ablenkte und das Warten erträglich machte.

So verbrachten sie den Nachmittag in ehelicher Verbundenheit, lasen die Scherben von Marie und Pascals Leben auf, philosophierten über den Tod genauso wie über ihrer beider Abscheu vor gestärkten Häkeldeckchen und hatten bis zu Leforts Verabredung mit Lunel alles erledigt, was für Maries Begräbnis und Pascals Verteidigung in die Wege zu leiten war.

Lefort zog sich nach einer Dusche zum dritten Mal an diesem Tag um, entfernte den Handyakku, steckte einen voll bestückten Blister in die Tasche, überprüfte Bargeld und Schlüsselbund und verließ nach einem kurzen Abstecher zum Stromzähler das Haus.

Im Au Lapin Agile traf er früh genug ein, um sein unauffälliges Paket wie geplant hinter dem Spülkasten zu verbergen.

Vor Ungeduld fing er beinahe an zu zappeln und bis Mathis sich zu ihm gesellte, hatte er bereits ein Bier gegen den Durst sowie ein Glas Rotwein für den Genuss konsumiert.

* * * * *

Die brütende Hitze hielt die Menschen nicht davon ab, sich am Montmartre herumzutreiben und das Moncœur war den ganzen Tag über zum Bersten voll. Ich lief mir die Füße wund, obwohl mir Albert mehrere Male anbot, eine Pause einzulegen und ich mich zwischendurch wenigstens für ein paar Minuten ausruhen konnte.

Überhaupt ging er sehr besorgt mit mir um und ich nutzte die Gunst der Stunde, um ihn um die nächsten zwei freien Tage zu bitten, damit ich mich mit meiner Familie in Ruhe von meiner Mutter verabschieden konnte. Langsam machten sich Aufregungen und Anspannung der letzten Tage bemerkbar und mein Körper begann zu schwächeln. Mein Magen rumorte, die Fußsohlen brannten und von Zeit zu Zeit übermannte mich heftige Müdigkeit, sodass ich glaubte, im Stehen schlafen zu müssen.

Albert zeigte sich verständnisvoll und großzügig, und deshalb musste ich mich nicht noch nach meiner Schicht um Einkäufe oder die Wäsche kümmern. Die Vorbereitungen für das Wochenende mit den Meinen konnte ich getrost auf den nächsten Vormittag verschieben.

Außer, dass der Commandant dafür sorgte, dass uns die Arbeit nicht langweilig wurde und wir seinen Tisch, die Sessel und den Boden komplett reinigen mussten, bevor der Platz neuen Gästen zumutbar war, geschah im Café an diesem Tag nichts mehr Ungewöhnliches.

Nachdem ich einmal den Entschluss gefasst hatte, mich nicht vor Josephines Ehe-Karren spannen zu lassen, fühlte ich mich befreit und erleichtert. Ich nahm mir vor, sie nach dem Wochenende anzurufen und ihr meine Bedenken klar mitzuteilen. Sie würde Verständnis dafür haben, davon war ich überzeugt. Josephine ist eine gebildete, feinfühlige Frau mit ausgeprägtem Charakter, sie wäre möglicherweise ein wenig enttäuscht, aber die Welt würde für sie nicht untergehen, wenn eine Serveuse sich nicht nach ihren Wünschen richtete.

Mit dem Bild auf einen wohltuenden Abend vor Augen, an dem ich mir selbst ein ausgiebiges Kosmetikprogramm versprach, sollte ich die letzten Gäste vor Arbeitsschluss nicht erschießen, überstand ich meinen Dienst überraschenderweise ohne besondere Vorkommnisse und erlaubte mir schlechten Gewissens den Frevel, in der Métro einen Sitzplatz, der ausschließlich behinderten oder alten Menschen vorbehalten war, zu belagern.

Einer der wenigen Vorteile meiner finsteren Wohnung im Parterre ist, dass der Hochsommer nicht bis zu ihr durchdringt. Erleichtert schloss ich meine Wohnungstür auf und wurde von angenehmer, dunkler Kühle empfangen. Ich warf mich rücklinks auf mein Bett, streifte die Schuhe ab und genoss das Wissen um einen gemütlichen, lauschigen Abend mit anschließender erholsamer Nachtruhe.

Den Grund dafür, warum daraus nichts wurde, hätte ich mir in meinen schlimmsten Albträumen niemals ausdenken können, das können Sie mir glauben.

* * * * *

Josephine lümmelte vor dem Fernseher, fand kein sie ansprechendes Programm, nahm ein langweiliges Buch, las zehn Zeilen und legte es wieder weg, schenkte sich ein Glas Rotwein ein und verfluchte Abende wie diesen.

Sie fand keinerlei Vergnügen daran, etwas zu tun, fürs Nichtstun fehlte ihr aber die nötige Muße. Sie hatte Hunger, mochte aber nichts zubereiten. Sie wollte sich bewegen, konnte sich aber nicht zu Gymnastik oder einer späten Laufrunde aufraffen.

Ein unwürdiger, nervenaufreibender Zustand.

Dass sie ihren Bridgeabend abgesagt hatte, tat ihr nun leid, aber verspätet in die illustre Runde einzusteigen, war bei den honorigen Damen der Pariser Gesellschaft nicht gerne gesehen.

Sie wanderte vom Wohnzimmer zur Dachterrasse,

fläzte sich in einen Liegestuhl und betrachtete den dunstigen Himmel, der unmerklich seine Farbe von hellgrau zu anthrazit änderte. Noch nie hatte sie einen sternenklaren, schwarzen Himmel in Paris ausmachen können, Licht- und Luftverschmutzung ließen dieses Naturschauspiel nicht zu.

Ihre Gedanken zappten von Marie und Pascal zu Mathis, vom Gemüsehändler zum Wochenmarkt, von Nagellack zu Autoservice, von Beinrasur zu Kinderlosigkeit. Träge ließ sie die Bilder an sich vorbeizihen, bis sie bei Jerome angelangt waren.

Sie glaubte nicht, dass sie das Thyroxat am späten Vormittag zu hoch dosiert hatte, Jerome hatte sich mithilfe seiner Tabletten schnell stabilisieren können. Die Panik in seinen Augen war ihr nahe gegangen, diese tobenden Herzschläge mussten furchtbare Ängste hervorrufen. Er tat ihr zwar leid und es gab wahrscheinlich perfidere und weit schmerzlosere Mordmethoden, aber für sie und Mathis zählte nur ein einziger Grundsatz: Jerome musste im Großen und Ganzen durch eigene Hand sterben, nicht ein Quäntchen Verdacht durfte an Josephine hängen bleiben. Gerade die letzten Tage hatten ihr gezeigt, dass es höchste Zeit war, sich von ihm zu trennen. Er war rapide gealtert, wurde wunderlich und umständlich, roch mitunter ranzig und versteifte sich in seiner verbohrten Sturheit.

Es blieb zu hoffen, dass sie selbst nicht ähnlich endete. Würde Mathis sie ebenso verabscheuen und loswerden wollen? Ja, natürlich.

Am Wochenende würde sich bestimmt der richtige Zeitpunkt ergeben, an dem Jerome seine Überdosis nahm. Sie musste sich nur noch mit Mathis absprechen. Tage, an denen sie ihn nicht erreichen konnte, waren ihr zuwider. Heute war einer dieser Tage.

Die Geschichten, die Jerome ihr zu den Todesfällen erzählt hatte, waren verworren gewesen und sie hatte es bald aufgegeben, ihm genau zuzuhören. Dass Dinge, die mit Herzen in Verbindung standen, Menschen gestohlen wurden, war ja noch einigermaßen verständlich, aber dass Menschen dafür getötet wurden? Legte sich der Mörder seine Herzen als Trophäen auf den Nachttisch? Laut Jerome gab es nichts, was die menschliche Natur nicht hervorbringen könnte – warum dann nicht einen psychopathischen Killer, der eine gebrechliche Frau erstickte, nur um in den Besitz eines herzförmigen Notrufsenders zu gelangen?

Jeromes verdorrter Blumentopf fiel ihr ein und unbewusst lächelte sie, als sie daran dachte, wie er einem kleinen Schuljungen gleich um ihre Anerkennung für dieses unansehnliche Gewächs gebuhlt hatte.

Die Blüten, die sie heute in seinem Zimmer gesehen hatte, hatten in Form und Farbe frappante Ähnlichkeiten mit Herzen. Hatte er da schon an den Fällen gearbeitet und das erstbeste Herzding nach Hause angeschleppt?

Josephine richtete sich auf, um sich letzte Gewissheit zu verschaffen und ging in Jeromes Büro, aus dem er sie heute wutentbrannt hinausgeworfen hatte. Jähzorn und Starrsinn, beides nicht mehr länger erträgliche Alterserscheinungen, denen sie nicht mehr gewachsen war.

Sie drückte die Türklinke und war erstaunt, dass er nicht abgeschlossen hatte. Der chemische Gestank hing zwar immer noch im Raum, war aber bei weitem nicht mehr so penetrant. Jerome hatte offensichtlich sein Versprechen gehalten und nicht nur aufgeräumt, sondern das ätzende Mittel auch entsorgt.

Das neue Schloss am Schreibtisch irritierte sie. Bargeld darin aufzubewahren, war eine Ausrede gewesen, das hatte sie augenblicklich gespürt. Warum log er, wenn nicht, um etwas vor ihr zu verbergen?

Im Falle seines baldigen Ablebens wollte sie keine bösen Überraschungen erleben und ihr sollten peinliche Befragungen durch die Polizei tunlichst erspart bleiben. Kurzerhand holte sie Schraubendreher, Hammer und Zange, hockte sich auf einem Kissen auf den Boden und begann, wenig fachmännisch den Zylinder in der Holzplatte zu bearbeiten.

Jerome war kein geschickter Handwerker und es war für sie eine Kleinigkeit, mit wenigen gezielten Schlägen auf den Schraubendreher den Beschlag zu lockern. Leider rutschte sie mehrmals aus und die scharfe Klinge des Drehers raspelte über die Seitentüre, sodass sich Schürfwunden im Holz nicht verhindern ließen, aber darüber machte sie sich keine großen Sorgen. Jerome würde einen Tobsuchtsanfall bekommen, aber die letzten zwei Tage in seinem Leben würde sie großherzig darüber hinwegsehen.

Es dauerte dann doch noch ein Weilchen, bis sie den

klemmenden Schnapper aus der Falle lösen konnte und als das Türchen endlich zur Seite schwang, wich sie vor dem Gestank angeekelt zurück.

Es war dunkel im Inneren des Fachs und sie tastete mit einer Hand vorsichtig darin herum und zog als erstes ein Blumengesteck hervor. Die Blätter der Rosenköpfe waren schimmelig, das Moos, das einen weißen Styroporkranz in Herzform bedecken sollte, hatte sich gekräuselt und löste sich vom Untergrund.

Behutsam legte sie es auf den Boden und griff nach den anderen Gegenständen in dem Bord. Der Reihe nach legte sie sie zu dem Moosherz und problemlos konnte sie jedes einzelne von ihnen den Verstorbenen zuordnen, von denen Jerome erzählt hatte. Bis auf ein Lebkuchenherz mit der Aufschrift „Mon Amour", über das Jerome nicht gesprochen hatte.

Sie schmunzelte. Der alte Fuchs war also dem Mörder dicht auf den Fersen. Wenn Jerome die fehlenden Stücke gefunden hatte, konnte der Täter nicht mehr weit sein.

Aber warum versperrte er sie? Warum durfte niemand von seinem durchschlagenden Erfolg wissen? Fehlten noch die von ihm stets hochgepriesenen hieb- und stichfesten Beweise? Wusste Mathis davon?

Sorgfältig legte Josephine jedes einzelne Exemplar wieder an exakt den Platz zurück, von dem sie es entnommen hatte.

Gänsehaut breitete sich plötzlich an ihren Unterarmen aus, die Härchen standen senkrecht auf und ihr war kalt.

Ein Schauer überkam sie, als sie an die Eigentümer dieser Herzen dachte und was ihnen zugestoßen war.

Mit zitternden Fingern versuchte sie, das Schloss wieder einzubauen, was ihr auch einigermaßen ordentlich gelang. Einige Schrammen in Beschlag und Holz waren zwar bei kritischer Betrachtung erkennbar, aber auf den ersten Blick hielt das Schloss einer oberflächlichen Prüfung stand.

Sie kehrte auf die Terrasse zurück, schwenkte über ihren Gedanken brütend den Wein im Glas und zündete sich eine ihrer seltenen, heimlichen Zigaretten an.

Warum log Jerome? Weshalb verbarg er die Gegenstände und tischte ihr ein Märchen auf über die sichere Verwahrung ihres Vermögens? Kannte er den Mörder? Wollte er ihn schützen? Hatte er selbst seine Finger im Spiel?

Sie schüttelte energisch den Kopf, es war sinnlos, sich verrückt zu machen. Es gab nur eine vernünftige Unterbrechung ihrer endlosen Gedankenschleife.

„S" lautete das vereinbarte Nachrichtenkürzel für „secours", mit dem sie Mathis wissen ließ, dass sie ehebaldigst seine Hilfe benötigte.

* * * * *

„Wir haben den Fall Verdin abgeschlossen. Außer von dem Ehepaar selbst keine anderen Spuren, Pascal hat seine Marie unter hochgradigem Alkoholeinfluss erwürgt, Ermittlungen eingestellt." Lunel hob sein Glas und prostete Lefort zu. „Vielen Dank für deine Unterstützung, mon ami!"

Lefort nickte.

„Ja, es war nicht anders zu erwarten. Hoffen wir, dass Pascal seinen Filmriss behält, manchmal soll es ja ein Segen sein, wenn das Gehirn zuweilen abschaltet. Ich möchte mir die fatale Szene gar nicht vorstellen müssen, wie grausam muss es da für ihn erst sein."

Lunel sah ihn befremdet an.

„Er mag ja ein Freund von dir sein, Jerome, aber er ist dennoch ein Mörder", sagte er schroff.

„Natürlich, Mathis, natürlich, aber du weißt ja, wie das manchmal ist. Alkohol, ein Streit gerät außer Kontrolle …", beeilte sich Lefort zu beteuern und hielt dann inne. Er redete sich um Kopf und Kragen, wenn er noch weiter solch unsinniges Zeug von sich gab.

„Ja, ja, ich weiß was du meinst, erleben wir zur Genüge, diese Affekthandlungen. Meine Männer haben sich unter den Winzern und den Bars ein wenig schlau gemacht, aber wenig herausgefunden. Die Verdins haben ausgiebig gefeiert, so wie Pascal sagt. Sie haben sich nicht gestritten, zumindest nicht in der Öffentlichkeit. An einem Lakritzenstand hat Pascal seiner Frau angeblich sogar ein Lebkuchenherz gekauft und es ihr umgehängt, sagt der Marketender. Sonderbar, n'est-ce pas? Wir haben es nirgends gefunden. Hast du es zufällig gesehen, als du sie auf der Straße aufgelesen hast?"

Lefort dachte angestrengt eine Weile nach.

„Nein, ich habe keines gesehen. Bestimmt nicht. Das wäre mir doch aufgefallen. Vielleicht hat sie es verloren? Im Zorn weggeworfen?", mutmaßte er kühn.

„Ja, irgendetwas in der Art. Ich fand es nur merkwürdig, dass er ihr ein kitschiges Herz schenkt und sie anschließend umbringt", spann Lunel den Faden weiter, „aber wie wir nur allzu gut wissen, ist die menschliche Seele ein unergründliches Feld. Vielleicht wird Pascal uns in ferner Zukunft über sein Motiv aufklären können."

„Mag sein, aber für die Verteidigung ist es doch von Vorteil, wenn er bei „ich kann mich an nichts erinnern" bleibt. Das wird das Strafausmaß erheblich verringern und das wünsche ich mir für ihn, trotz allem. Er ist kein schlechter Mensch", schloss Lefort und tatsächlich litt er in diesen Sekunden mit dem armen Monsieur Verdin.

Lunel pflichtete ihm abschließend bei und bestellte eine neue Karaffe Wein und Brot.

„Hast du im Viertel Präsenz gezeigt, Commandant?", erkundigte er sich neugierig.

Lefort lachte übermütig.

„Dein Befehl war mir ein Herzenswunsch", verkorkste er seine liebste Redewendung, „die Befragungen und Nachforschungen haben Wunder gewirkt, ich fühle mich wieder topfit."

„Schön zu hören, mon ami. Gibt es auch Neuigkeiten für mich?"

Bedauernd schüttelte Lefort den Kopf.

Er schlürfte genüsslich an seinem Wein, bevor er ausführlich antwortete.

„Im Dunstkreis von Suzettes Freunden gab es zwei Mädchen, die wie Chloé fest daran glauben, dass sie ihr Herzkettchen niemals verloren oder freiwillig abgenommen hätte, aber was bedeutet das schon? Niemandem sonst wäre dies aufgefallen. Auch im Innenhof von Suzettes Wohnung hat keiner ihren Sturz bemerkt oder einen Schrei gehört. Sie war todmüde, ist auf dieser verdammten Steintreppe gestrauchelt und gestürzt. So sehe ich die Sache."

„Ich bin völlig deiner Meinung. Wenn du mich fragst, war es sowieso nur eine Frage der Zeit, bis Suzette ein Unglück widerfährt. Es ist ein Wunder, dass sie bei ihrem Lebenswandel überhaupt so alt geworden ist."

Für Lunel war auch dieser Fall abgeschlossen.

„Was Madame Sabatier anbelangt", begann Lefort sein nächstes Ammenmärchen, „erlaube ich mir Goethes Dr. Faust zu zitieren: Da steh ich nun, ich armer Tor und bin so klug als wie zuvor. Auch hier leider Fehlanzeige auf allen Linien. Rund um die Rue Houdon kannte man sie vom Sehen. Die meisten bewunderten ihre Konsequenz, mit der sie ihren täglichen, kurzen Spaziergang absolvierte, obwohl sie schwach und beim Gehen sehr beeinträchtigt war. Ohne Gehhilfe hätte sie keinen Meter zurücklegen können. Ich habe niemanden gefunden, der sie an diesem Tag gesehen oder in der Nähe des Hauseingangs etwas Verdächtiges beobachtet hätte."

„Dieser Fall macht mir zu schaffen, Jerome", gestand Lunel ein, „denn mir fehlt jeglicher Anhaltspunkt für ein vernünftiges Täterprofil. In dieser Gegend wimmelt es auch nicht von kriminellem Gesocks. Wer lockt am helllichten Tag diese alte Frau von der offenen Straße weg in ein Stiegenhaus, um sie zu ersticken? Ohne zu stehlen, sie zu misshandeln, sie zu vergewaltigen? Es gibt hier einfach kein Motiv."

Frustriert fuhr er sich durch den dichten Haarschopf und leerte sein Glas.

„Ich habe mit Sauvre darüber gesprochen, weil ich ebenso ratlos bin wie du. Ich dachte, sein schräges Gehirn würde vielleicht eine wenn auch absurde, so doch mögliche Variante hervorzaubern. Aber auch er meinte nur, wir müssen nach einem Verrückten suchen."

„Das zu hören, wird ihre Tochter bestimmt freuen", antwortete Lunel sarkastisch.

„Ja, für Angehörige ist es besonders bitter, wenn der Schuldige für seine Tat nicht bestraft werden kann. Habt ihr zu dem Notrufsender noch etwas in Erfahrung bringen können?"

„Nichts."

Die beiden Männer versanken in einträchtiges Schweigen und brüteten über ihren Theorien und nicht vorhandenen Hinweisen. Gedämpftes Stimmengewirr und Gelächter drang aus dem vorderen Teil der Bar zu ihnen durch.

Lefort räusperte sich.

„Allen fehlt etwas", begann er kryptisch.

„Wie? Allen? Fehlt was?" Lunel war aus seinen Gedanken gerissen und konnte seinem Freund und ehemaligem Mentor nicht folgen.

„Nun … Suzette ein Kettchen, Madame Sabatier ein Anhänger … beides in Herzform, laut den Aussagen."

In letzter Sekunde verkniff er sich Marie mit ihrem Lebkuchenherz. Das war ihm dann doch eine Idee zu dicht an seinem Privatleben.

Lunel richtete sich interessiert auf.

„Und das sagt uns was genau?" Jetzt war er wieder ganz bei der Sache.

„Keine Ahnung, es kam mir nur plötzlich in den Sinn. Habt ihr noch andere Fälle, bei denen die Angehörigen Kleinigkeiten vermissen?", erkundigte sich Lefort.

„Davon weiß ich nichts, aber ich werde gleich morgen Früh alle Akten des letzten Monats kommen lassen. Hilfst du mir beim Durchforsten? Jetzt haben wir eine erste Perspektive und lesen die Fakten mit anderen Augen."

„Sehr gerne, Monsieur l'Inspecteur. Stets zu Diensten", lächelte Lefort.

„Wenn wir etwas entdecken, wärst du auch wieder bereit, deine Fühler auszustrecken? Aber nur, wenn es dir nicht zu anstrengend wird!"

„Auch das, mein Lieber, auch das. Aber ich werde Josephine gegenüber nicht mit der ganzen Wahrheit herausrücken. Sie klebt momentan wie eine Klette an mir und deckt mich stündlich mit Ratschlägen, Wasser und ihrer Besorgnis ein."

Lefort tat übertrieben geziert und Lunel lachte.

„Sei froh, dass du eine Frau hast, die sich um dich kümmert", mahnte er mit erhobenem Zeigefinger. In seiner Hosentasche vibrierte sein Smartphone und er zog es heraus. Er las eine Mitteilung und steckte es mit ernstem Gesichtsausdruck wieder zurück.

„Einsatz?", fragte Lefort mitfühlend.

„Nein, ein Irrtum", wehrte Lunel kurzangebunden ab, „wollen wir uns betrinken?"

„Ein andermal, Mathis, ich habe heute schon mehrere Tabletten eingenommen und kenne mich bei den Wechselwirkungen nicht aus. Ich will lieber nichts riskieren."

„Sehr vernünftig, Alterchen", grinste Lunel, „teilen wir uns wieder ein Taxi?"

„Wenn es dir nichts ausmacht, würde ich lieber zu Fuß gehen. Die kühle Nachtluft wird mir guttun und auf ärztlichen Rat hin nutze ich in letzter Zeit jede Gelegenheit zu körperlicher Bewegung. Vielleicht schaue ich noch auf einen Sprung ins Le Petit und erlaube mir die eine oder andere Eiskugel mit Sahne." Lefort zwinkerte schelmisch und seine Wangen röteten sich.

Lunel lachte wissend, bedeutete der Bedienung, dass sie die Rechnung bringen sollte, rief ein Taxi und wollte mit Lefort gemeinsam das Lokal verlassen.

Lefort gab vor, noch unbedingt die Toilette aufsuchen zu müssen und eingedenk der Situation, dass Lunel draußen noch auf das Taxi warten musste, vertraute er seinem Freund an, es handle sich dabei um ein „größeres Geschäft".

Er müsse bei Gott nicht auf ihn warten, solle sich doch endlich zur wohlverdienten Bettruhe begeben!

Lunel klopfte ihm auf die Schulter und erinnerte ihn daran, dass sie sich am nächsten Morgen treffen wollten, um die Akten zu sichten.

* * * * *

Kaum war das Taxi angefahren, rief Lunel Josephine an.

„Liebling, wir haben ungefähr zwanzig Minuten Zeit zu telefonieren. Jerome wollte unbedingt zu Fuß nach Hause, er sprach auch davon, noch einen Abstecher ins Petit zu machen. Was ist passiert?"

Josephine klang erleichtert und glücklicherweise keinesfalls hysterisch.

„Oh, das ist gut. Ich setze mich in die Küche, dann kann ich ihn hören, wenn er den Schlüssel ins Schloss steckt. Sobald ich auflege, weißt du, dass er nach Hause gekommen ist, in Ordnung?"

„Ja, sicher, so wie immer. Aber nun erzähle mir endlich, warum du mir ein „S" geschickt hast. Bist du wohlauf?"

„Keine Sorge, es geht mir gut, aber ich habe in Jeromes Arbeitszimmer einige kuriose Entdeckungen gemacht, die ich mir einfach nicht erklären kann."

„Und die wären?", drängte Lunel.

„Es begann damit, dass seit gestern ein unbeschreiblicher Gestank in seinem Zimmer die Luft sogar bis in den Vorraum verpestete. Ätzend. Irgendwie süßlich, sodass ein ekeliger Geschmack am Gaumen kleben blieb. Ich war heute Morgen schon zeitig bei Elaine Sabatier, um sie auf den Beobachtungsposten anzusetzen und Jerome wollte zu Sauvre und zu dir. Ich kam vor ihm nach Hause und beschloss, in seinem Büro gründlich durchzulüften und da entdeckte ich ein Potpourri an verschiedensten Dingen, die alle eine Herzform aufwiesen. Alles lag auf einem Haufen am Boden vor seinem Schreibtisch."

„Welche Dinge?"

„Bonbons, Kerzen, Anstecknadeln, Ohrringe, Boxershorts, ja sogar eine Krawattennadel war dabei."

„Und weiter?" Lunel schien bis jetzt weiter nichts Verwerfliches daran gefunden zu haben.

„Elaine hat mir heute von Suzettes Kettchen und dem Notrufanhänger ihrer Mutter erzählt. Auch von einem Witwer, der immer ein Blumenherz auf das Grab seiner Frau gelegt hatte. Wir haben uns gefragt, ob es nicht verdächtig war, dass Herzensdinge vermisst wurden, wo doch die Beteiligten schon tot waren."

Lunel sagte nichts und so fuhr Josephine fort.

„Ich wollte darüber eigentlich mit dir sprechen, doch dann dachte ich, Jerome wäre wohl ebenso auf der richtigen Spur. Er erwischte mich in seinem Zimmer und rastete völlig aus. So wütend habe ich ihn noch nie gesehen."

„Warum war er so wütend?"

„Ich weiß es nicht, er dachte, ich schnüffle in seinen Sachen herum. Er hat neuerdings ein Schloss in seinem Schreibtisch, eigenhändig eingebaut."

Lunel war nicht sonderlich interessiert an dem Schloss.

„Hat er dich geschlagen?"

„Nein, aber glaub mir, er war nahe dran."

„Er hat auch mich heute Abend auf die Idee mit den Herzen gebracht, allerdings erwähnte er nicht den alten Witwer. Was weißt du darüber?"

Josephine schilderte ihm eine möglichst getreue Version von Elaines Beschreibung, wie sie über die Pflegerin ihrer Mutter zu den Informationen gekommen war.

„Sehr absonderlich", kommentierte Lunel die Geschichte rund um die Friedhofsszenerie.

„Jerome räumte sein Zimmer auf, brachte die Dinge zum Müll und erzählte mir danach von den Aufträgen, die er für dich abarbeiten musste. Er war sehr erschöpft und ich gab ihm nur ein, zwei Krümel aus der Kapsel. Aber die haben ausgereicht, dass es ihm bald wieder schlechter ging und er nicht ausruhen konnte."

„Was hast du mit ihm gemacht?"

„Ich habe ihm angeboten, zu Docteur Meier zu fahren, aber das hat er, wie vorherzusehen war, abgelehnt und stattdessen eine seiner Tabletten eingenommen. Danach waren wir in der Wohnung der Verdins, um alles für die Beerdigung vorzubereiten. Dann ist er ins Au Lapin Agile aufgebrochen, um sich mit dir zu treffen."

Lunel war nicht entgangen, dass ihre Stimme immer schriller und aufgeregter geworden war.

„Was noch, Josephine? Beeil dich, wir haben nicht mehr viel Zeit!"

„Während ihr im Au Lapin Agile wart, habe ich das Schloss geknackt, weil ich sicher war, dass er etwas vor mir verbarg. In dem Fach fand ich dann die Halskette, den Anhänger, den Grabschmuck und ein herzförmiges Vorhängeschloss. Das dürfte von dem schwulen Liebespaar stammen."

„Von welchem Liebespaar?", fragte Lunel entgeistert.

Sie gab ihm eine Kurzfassung von Jeromes Berichten über die einzelnen Fälle.

„Aber davon weiß ich ja überhaupt nichts!", rief Lunel perplex, „weder von dem alten Mann, noch von dem Obdachlosen! Das Schwulenpaar hat angeblich Doppelselbstmord begehen wollen, allerdings hat einer von ihnen überlebt. Aber er soll immer noch nicht ansprechbar sein."

„Darum habe ich dir ja das „S" geschrieben. Ich fürchte, Jerome ist dem Täter ganz nahe, er weiß offenkundig mehr, als er uns sagt. Das kann doch sehr gefährlich für ihn werden! Was, wenn er das nächste Opfer ist, weil er den Mörder zu sehr in die Enge treibt? So darf er doch nicht ums Leben kommen!"

Josephine war hörbar den Tränen nahe.

„Ich muss mir das genauestens durch den Kopf gehen lassen, Jeromes Darstellungen stimmen hinten und vorne nicht!"

Lunel bemühte sich um einen kühlen Kopf, dennoch konnte auch er seine Spannung nicht verbergen.

„Das ist doch alles nicht zu glauben! … Warte einen Augenblick!"

Sie hörte, wie er den Taxifahrer bezahlte, aus dem Wagen stieg und die Autotür zuknallte.

„Nur zu dem Lebkuchenherz", fuhr sie nervös fort, als er wieder gesprächsbereit war, „hat er mir keine Fallstudie präsentiert, das lag aber auch … Moment, Mathis, mein anderes portable klingelt, bitte leg nicht auf, ich bin gleich wieder bei dir …"

Josephine hörte Lunels Aufschrei nicht mehr, sondern schnappte sich ihr offizielles Handy und hob erstaunt eine Augenbraue, als sie die Nummer identifizierte.

Nach zwei Sätzen wechselte sie zu ihrem geheimen Zweitphone und rief aufgeregt: „Mathis, es war Elaine, Jerome will sie jetzt besuchen!"

„Josephine, hör mir zu! Was steht auf dem Lebkuchenherz geschrieben!" Lunel schrie jetzt.

„Wenn ich mich richtig erinnere „Mon Amour"!"

Lunel stöhnte schmerzerfüllt auf.

„Josephine, das Herz gehörte Marie und nur der Mörder weiß davon!"

„Oh mein Gott … Mathis … bedeutet das …"

Nun schluchzte Josephine, mit jeder Sekunde sickerte die katastrophale Bedeutung in ihr Bewusstsein und ihr wurde übel.

„Ich schicke sofort ein mobiles Einsatzkommando zu Elaine! Ich weiß nicht, was er dort will, aber wir müssen mit dem Schlimmsten rechnen! Bleib zu Hause, lass ihn nicht in die Wohnung, sollte er auftauchen! Ich melde mich, sobald ich genauer Bescheid weiß!"

„Nein! Nein! Warte!" Josephine war jetzt außer sich und brüllte in den Hörer.

„Tu ihm das nicht an, ich bitte dich! Kümmere du dich um ihn, nur du allein! Nimm mich mit! Lass uns das gemeinsam durchstehen! Was immer er auch getan hat, führe ihn um Himmels willen nicht seinen ehemaligen Untergebenen vor! Erspare ihm diese Demütigung! Ich flehe dich an!"

„Aber Josephine, er hat wahrscheinlich ..."

Er stockte, selbst verwirrt und erschüttert von der unfassbaren Vorahnung, dass sein bester Freund ein grausamer Serienmörder war.

„In Ordnung, Liebes, ich komme in fünf Minuten mit einem Wagen zu dir. Warte unten auf der Straße, wir fahren nach La Défense. Versuch in der Zwischenzeit, ihn telefonisch zu erreichen! Verwickle ihn ins Gespräch, du musst Zeit gewinnen! Wir müssen ihn aufhalten!"

* * * * *

In dem herrlichen Bewusstsein, dass ein wundervoller Abend ohne Verpflichtungen vor mir lag, trödelte ich ausgiebig herum und war in erster Linie mit mir selbst beschäftigt. Ein opulentes Körperpflegemenü dauert eben seine Zeit in meinem Alter und ich schwelgte in duftenden Badeessenzen, versuchte, meinem Gesicht einen rosigen Teint mithilfe einer selbst gerührten Honig-Zitronen-Maske zu verpassen und widmete mich pingelig meinen Händen und Füßen.

Die Stunden verrannen und zwischendurch trank ich in kleinen Schlucken lauwarmen Pfefferminztee, der mir das wohlige Gefühl gab, mich auch von innen zu reinigen.

Es standen noch lang andauernde Telefonate mit Jean, meiner Tochter und Andra an, um letzte Einzelheiten für das Wochenende zu besprechen. Jean würde bei mir übernachten, für meine Tochter nebst Enkel und Schwiegersohn hatte ich im Hotel Pullman erneut meine Beziehungen spielen lassen und eine geräumige Suite im obersten Stockwerk zu einem unverschämt billigen Vorzugspreis ergattern können.

Andra entpuppte sich als wahres Juwel, sie war die letzten Tage ununterbrochen auf den Beinen gewesen mit dem Ergebnis, dass sich unter ihrer Aufsicht wohltätige Organisationen in der Wohnung meiner Mutter die Klinke in die Hand gaben, um alles mitzunehmen, was noch brauchbar war und anderen Menschen von Nutzen sein könnte.

Den Rest würde nächste Woche eine Entrümpelungsfirma abholen, gleichzeitig müssten auch die letzten Formalitäten erledigt sein, sodass Andra ihren wohlverdienten Urlaub zu ihrer Familie nach Rumänien antreten konnte.

Für den Abend bei Hugo's bereitete ich ein schlichtes, dunkelblaues Sommerkleid mit flachen Schuhen vor, schwarz wäre meiner Stimmung nach überzogen gewesen.

Ab und zu horchte ich in mich hinein, um zu überprüfen, ob ich Trauer empfand. Nein, keine herzzerreißende Trauer, eher Bedauern war das, was ich fühlte.

Kurz vor Mitternacht machte ich mich an die Einkaufsliste für den nächsten Vormittag und überlegte, welches Geschenk ich Andra für ihre Bemühungen machen konnte. Mein Telefon läutete, die Nummer am Display war mir nicht geläufig, ich hatte sie also noch nicht in meiner Kontaktliste abgespeichert.

„Sabatier?", meldete ich mich fragend, denn wer zu dieser späten Stunde anrief, konnte meist nur mit schlechten Nachrichten aufwarten.

„Ich hoffe, ich habe Sie nicht geweckt, Madame", sagte Lefort und ich erkannte seine nasale Stimme sofort. Er fand es nicht der Mühe wert, sich mit Namen zu melden.

„Nein, Monsieur."

„Die Sache ist die", begann er zögerlich, „ich befinde mich hier an einem scheußlichen Tatort und denke, ich habe Neuigkeiten für Sie vom Mörder Ihrer Mutter."

Mein Herz begann schneller zu schlagen.

„Ja, Monsieur?", fragte ich vorsichtig.

„Ich möchte darüber lieber nicht am Telefon sprechen, wenn Sie verstehen, was ich meine."

Natürlich verstand ich. Er befand sich an einem Tatort und konnte nicht ungestört reden.

„Ich bin in Ihrer Nähe", setzte er hinzu.

„Ja?" Ich hatte noch immer nicht begriffen, worauf er hinauswollte.

„In ungefähr einer halben Stunde werde ich hier fertig sein. Ich könnte Sie dann kurz besuchen und Ihnen alles erzählen, was ich soeben in Erfahrung gebracht habe. Was sagen Sie dazu, Madame?"

Er hatte den Köder ausgelegt und dass ich ihn fressen würde, war nicht nur mir von vornherein klar.

„Sehr gerne, Monsieur, vielen Dank. Ich erwarte Sie."

„Gut. Wenn es Ihnen nicht zu viele Umstände bereitet, wäre ich für eine Tasse Kaffee sehr dankbar, ich bin hundemüde."

„Natürlich, Monsieur."

Irgendwie hatte er es geschafft, dass ich ein schlechtes Gewissen hatte, weil er im Dienste meiner Mutter mitten in der Nacht noch arbeiten musste. Eine Bitte, mit der ich ihn belästigt hatte.

Ich ließ den Morgenmantel fallen und zog mir eine leichte Bluse und bequeme Gummizughose über. Die Haare waren vom Waschen noch feucht, nachlässig steckte ich sie mit einer Klammer am Hinterkopf fest. Ich musste schließlich keinen Schönheitswettbewerb gewinnen, sondern das tun, was ich am besten konnte: Kaffee kochen. Blubbernd tropfte die braune Brühe durch den Filter. Ich stand daneben und sann über Leforts ungewöhnliches Angebot nach, mich persönlich aufzusuchen, um mir Informationen weiterzugeben. War dies üblich, mitten in der Nacht? Hätten diese Neuigkeiten nicht auch bis morgen Zeit gehabt? Nun wurde mir doch ein wenig mulmig, vor allem, wenn ich an Josephine dachte. Wenn ihn nun jemand in meinem Eingang sah? Was würden die Leute denken?

Auch wenn ich tagsüber noch hehre Prinzipien zu Moral und persönlicher Freiheit gepflegt hatte – im dunstigen Schwarzlicht einer einsamen Nacht sah die Sache ganz anders aus.

Ich rief Josephine an, um sie davon in Kenntnis zu setzen, dass ich Besuch von ihrem Ehegespons erwartete und warum.

Sie war verwundert, das konnte ich hören, sagte aber nur: „Das ist ja spannend, Elaine. Aber ich habe gerade ein anderes Gespräch in der Leitung, darf ich dich in ein paar Minuten zurückrufen? Dann können wir uns in Ruhe darüber unterhalten."

Bevor ich noch antworten konnte, hatte sie die Verbindung getrennt. Sie hat auch nicht mehr zurückgerufen, was mich noch heute erzürnt. Bei ihrem Wissensstand hätte sie mich wenigstens vorwarnen können. Als ich sie im Hôpital danach fragte, gab sie beschämt zu, in einem panischen Ausnahmezustand gewesen zu sein. Ununterbrochen hätte sie versucht, ihren Mann zu erreichen, was ihr aber nicht gelungen sei, weil er den Akku entfernt hatte. Nicht eine Sekunde lang hätte sie daran gedacht, dass ich ernsthaft in Gefahr gewesen wäre.

Der Kaffee erkaltete bereits längst, da läutete es.

Dass er direkt vor meiner Tür und nicht draußen bei der Gegensprechanlage stand, wusste ich wegen des Klingeltons sofort. Wir haben zwei verschiedene Töne, einen für die Zentralanlage und einen anderen für die private Haustür. Ich spähte durch den Türspion und sah ihn zwar verzerrt, konnte ihn aber eindeutig erkennen.

Ich löste meine Sicherheitskette, öffnete die Tür und sah mich einem aufgelösten Commandant gegenüber. Sein Hemd klebte ihm am Leib, die Haare klatschten an die rosa Kopfhaut. Ich trat einen Schritt zurück, um ihn einzulassen und die Tür zu schließen.

Mit undurchdringlicher Miene starrte er abermals links an mir vorbei, zog die linke Hand aus der Hosentasche und presste sie mir auf Nase und Mund.

In der hohlen Hand hatte er einen mit einer betäubenden Flüssigkeit getränkten Lappen und obwohl ich instinktiv verzweifelt versuchte, meinen Kopf abzuwenden, drang doch eine gehörige Dosis von dem Mittel in meine Schleimhäute und setzte mich außer Gefecht. Ich strauchelte nach hinten und im Fallen sah ich die Klinge eines Skalpells in seiner anderen Hand aufblitzen. Ich wollte schreien, aber es war zu spät, ich war bereits ohnmächtig.

Als ich wieder zu mir kam, lag ich auf meinem Bett im Schlafzimmer, Josephine hielt ein Tuch fest an meinen Hals gedrückt und murmelte, der Arzt müsse jeden Moment eintreffen, Monsieur l'Inspecteur Lunel stand telefonierend am Fenster und durch die offene Tür sah ich die ausgestreckten Beine.

Commandant Lefort lag am Boden. Seine Beine ragten halb unter meinen Couchtisch und von meiner Position im Bett aus konnte ich nicht mehr von ihm erkennen. Er muss wohl am Bauch gelegen haben.

Ich fiel immer wieder kurzzeitig in einen schummrigen Schlaf und nahm die Geräusche rund um mich nur wie durch mehrere Wände hindurch wahr. Man hat mich auf einer Trage wegtransportiert und Lefort habe ich nicht mehr gesehen.

Auch Josephine traf ich erst wieder, als sie ins Hôpital kam, um mich zu besuchen und mir die unsägliche Wahrheit über ihren Mann zu erzählen. Noch hat niemand eine Erklärung für seinen Wahnsinn, aber aus der Obduktion wird man bestimmt schlau werden. Ein Tumor vielleicht? Gewebeschwund im Gehirn? Fehlsteuerungen? Es kann ja alles Mögliche sein, man hört so viel und weiß nichts …

Sehen Sie, die genähte Wunde ist sehr gut verheilt, und der Chirurg meinte, ich habe sagenhaftes Glück gehabt, dass bei dem Angriff nicht die Halsschlagader durchbohrt wurde.

Nun … mit einem Herzen hat mein Muttermal nicht das Geringste gemein, eher, wie ich schon sagte, mit einer aufgedunsenen Zecke. Ich selbst hatte es eigentlich nie als Herz wahrgenommen, das liegt wohl im Auge des Betrachters.

Mehr habe ich dazu nicht zu sagen. Kann ich jetzt gehen, Madame le Commissaire?

* * * * *

Die von der Prefecture des ersten Arrondissements aus Grün-
den der Objektivität hinzugezogene Hauptkommissarin nickt,
schließt die vor ihr liegende Akte, spricht die üblichen Zeit-,
Orts- und Personenangaben zu dem stundenlagen Verhör auf
den Digitalrecorder, schaltet ihn ab, erhebt sich und lässt Elaine
Sabatier den Vortritt beim Verlassen des Vernehmungsrau-
mes.

* * * * *

Lefort hatte noch einige Minuten in der Toilette des Au Lapin Agile verbracht, um sicherzugehen, dass Lunel auch tatsächlich wohlbehalten im Taxi saß, wenn er das Lokal verließ. Wie er es geplant hatte, nahm er einige Umwege mit zwei unterschiedlichen Métros, einem Taxi und einem guten Stück Fußweg in Kauf, damit er seine eigenen Spuren bis nach La Défense zumindest ein kleines bisschen zu verschleiern vermochte.

Unterwegs machte er an einem Kiosk halt und bat den Besitzer im Austausch gegen einen Geldschein um dessen Telefon. Sein Akku sei leer und er müsse ein dringendes Gespräch führen. Elaine Sabatier reagierte, wie es sein Drehbuch vorschrieb: Ohne viel Federlesens oder Misstrauen bejahte sie monoton alle seine Fragen und er war sich gewiss, dass er ohne Schwierigkeiten in ihre Wohnung gelangen konnte. Das Eingangstor stand sperrangelweit offen, die

Hausbewohner gaben vermutlich die Hoffnung nicht auf, dass ein nächtlicher, kühler Durchzug den Mief im Treppenhaus vertreiben konnte. Darüber ließen sie alle Vorsicht fahren und öffneten dem Verbrechen Tür und Tor und Lefort schüttelte über so viel fahrlässigen Leichtsinn den Kopf.

Er klingelte direkt an ihrer Wohnungstür und registrierte, wie sie durch den Türspion lugte. Sie löste die innere Sicherheitskette, öffnete und trat einen Schritt zurück, um ihn mit einladender Handbewegung einzulassen.

Unbändiger Freudentaumel durchfuhr ihn und wortlos riss er die linke Hand, in der er vorsorglich den Wattebausch hielt, aus der Hosentasche. Mit aller Kraft presste er seine hohle Hand über ihr Gesicht und sie fixierte ihn wie ein verschrecktes Kaninchen die Scheinwerfer eines Lastwagens. Zwar ruckte sie ihren Kopf in einer abrupten Bewegung nach hinten, aber sie hatte ausreichend Chloroform eingeatmet, um zu straucheln und auf den Boden zu fallen.

Mit der anderen Hand zog er das Skalpell hervor, kniete neben ihrem Kopf nieder und freute sich über ihr hilfreiches Entgegenkommen, die Haare hochzustecken, sodass sie nicht störend über das Herzmal fielen. Vor Aufregung zitterten seine Hände und er befahl sich Ruhe und Umsicht, um den ersten Schnitt exakt zu setzen. Die hauchdünne Schneide durchdrang Elaines zarte Haut, wie durch Butter, und ein heller Blutstrahl schoss aus der frischen Wunde und ergoss sich heiß auf seine Finger.

Er hatte die Latexhandschuhe vergessen und …

„Jerome!" Der gellende Schrei seiner Frau ließ ihn hochfahren und im Knien sank er auf seine Fersen, das blutige Chirurgeninstrument fiel ihm aus der Hand und verblüfft sah er zu Josephine auf. Hinter ihr sprang Lunel aus einem Raum und legte eine Hand beruhigend auf ihre Schulter.

Josephine rannte aus seinem Blickfeld und kam in Sekundenschnelle mit einem Küchentuch zurück, das sie der bewusstlosen Serveuse auf die Wunde drückte. Blut sickerte durch und benetzte das Tuch mit Mohnblumen. Sie spurtete wieder los, wahrscheinlich in die Küche, denn Lefort hörte sie Türen schlagen und Laden aufreißen und gleich darauf jagte sie wieder zurück.

„Was macht ihr hier?", fragte er mit rauer Stimme.

Lunel räusperte sich. Josephine lachte schrill, während sie mit Klebeband eine Streichholzschachtel als provisorischen Druckverband über dem gezackten Schnitt fixierte. Die Mohnblumen stockten.

„Was machst *du* hier, Jerome?"

„Über alles hat der Mensch Gewalt, nur nicht über sein Herz", flüsterte Lefort und legte beide Hände übereinander auf seinen Brustkorb.

Josephine stürzten Tränen über die Wangen und gequält ächzte sie.

„Es pumpt so schnell", sagte Lefort und Speichel tropfte aus seinem Mundwinkel.

„Hast du deine Tabletten dabei?", fuhr sie ihn grob an und unterdrückte dabei ein verbittertes Schluchzen.

Er nickte und deutete mit dem Kopf zu seiner Gesäßtasche ohne die Hände von seiner Brust zu nehmen oder sich aus seiner knienden Haltung zu erheben.

Fahrig riss Josephine den Tablettenstreifen aus der Handyhülle und hastete wieder in die Küche. Sie kehrte mit einem Glas, in dem eine trübe Flüssigkeit schwappte, wieder und hielt es ihm an den Mund.

„Halt das Glas selbst! Austrinken!", befahl sie barsch.

Er befolgte ihre Anweisungen und trank in langen, gierigen Zügen. Josephine steckte den leeren Blister wieder in die Hülle – hatte er nicht einen gefüllten eingepackt? – nahm ihm mit spitzen Fingern das Glas ab und verschwand in der Küche. Er hörte Wasser laufen und Josephine hantieren. Was machte sie?

Ihm wurde schwindelig und er beugte sich vornüber. Sein Mund war schon wieder ausgetrocknet und die Lippen klebten aufeinander. Er schloss die Augen.

„Hilf mir", hörte er Josephine sagen und spürte, wie ihre kühlen Hände die seinen auseinanderzogen.

„Josephine! Was machst du da, um Gottes willen, nein!" Lunels fassungsloser Aufschrei brachte Lefort dazu, die Augen zu öffnen. Er blinzelte und sah Josephine, die ihm blitzenden Stahl zwischen die Finger schob. Ein piekender Schmerz brannte auf seiner Haut über dem Brustkorb.

„Wir müssen sicher gehen", erklärte Josephine kalt, „also hilf mir endlich!"

„Seine rechte Hand muss sich wie eine Faust darum schließen, die linke legen wir darüber", wisperte Lunel.

Josephine ließ verkrampft den Atem entweichen und machte sich wieder an seinen Fingern zu schaffen.

Lefort senkte seine Lider, die sich bleischwer über die Augäpfel legten. Er schwankte und drohte zur Seite zu kippen.

„So?", fragte Josephine.

Er fühlte, wie seine Finger um etwas Kaltes drapiert und seine Hände übereinander gelegt wurden.

„Das müsste gehen. Ich sorge dafür, dass Sauvre ihn bei den Untersuchungen nicht gründlich unter die Lupe nimmt. Es darf keine sorgfältige Obduktion geben. Er wird seinem Freund die letzte Ehre erweisen, ihn nicht zu zerstückeln."

„Wir machen es gemeinsam. Von unten nach oben? Ich lege meine Hände auf seine, du legst deine darauf und führst uns."

Es entstand ein unbehagliches Schweigen.

„Ja, so gut es eben geht. Ich zähle bis drei." Lunel klang, als ob er heulen würde.

„Mathis, meifeund", lallte Lefort. Josephines Hände schlossen sich fest um seine und einen vergänglichen Augenblick lang öffnete er die Augen und sah einen Pulk aus Händen, die sich wie ein unförmiges Gebirge über seinem Brustbein wölbten, seine eigenen zuunterst. Einem glitzernden Gipfelkreuz gleich ragte aus der Mitte des Fingergewirrs das Griffende des Skalpells hervor.

„Drei!", stieß Lunel hervor und im selben Augenblick gewahrte Lefort ein schmatzendes Geräusch, Lunels Stöhnen und Josephines ersticktes Wimmern.

Sengende Hitze füllte seine Brust, als die messerscharfe Klinge durch sein Herz glitt, wie durch Butter, und in Zeitlupe kippte er nach vorne.

Das Knacken, mit dem das Skalpell eine Rippe brach, als er es mit seinem toten Gewicht noch weiter nach innen trieb, hörte er nicht mehr.

* * * * *

Die von der Prefecture des ersten Arrondissements aus Gründen der Objektivität hinzugezogene Hauptkommissarin empfindet tiefes Mitleid mit der Witwe des Commandant. Wie tragisch, dass sie zu spät gekommen war mit dem Monsieur l'Inspecteur. Zum Glück hatte der Commandant, verwirrt wie er schon die letzten Tage war, eine Überdosis an Tabletten geschluckt und sein Werk an Elaine Sabatier nicht mehr vollenden können. Er musste sich wohl in einem Anfall geistiger Umnachtung das Skalpell in die Brust gerammt haben.

Seufzend unterschreibt sie ihren Abschlussbericht und schlägt den braunen Aktendeckel zu.

Liebe Leserin, lieber Leser!

An dieser Stelle halten Sie nun mein viertes Buch in Händen und haben es wahrscheinlich auch beendet (falls Sie nicht schon dazwischen aus Neugierde einen kurzen Blick auf die letzten Schlusszeilen geworfen haben).

Während meiner Arbeit an einem neuen Buch überfallen mich von Zeit zu Zeit Phasen, in denen partout keine zündende Idee kommen mag, um die Handlung bis zum bitteren Ende zu Papier zu bringen.
Dann denke ich an Sie und ich stelle mir vor, dass Sie Vergnügen finden an meiner Geschichte, dass Sie vielleicht sogar gespannt darauf warten, wie schlussendlich des Rätsels Lösung aussehen mag. Dass Sie das Buch mit einem zufriedenen Lächeln auf den Nachttisch legen, es in Ihr Bücherregal stellen oder sogar Freunden empfehlen.

Das ist der Moment, an dem der stotternde Motor wieder anspringt.
Dafür danke ich Ihnen.

Herzlichst
Ihre Mara Ferr

Mara Ferr

Ponts de Paris

Spiel um dein Leben.

Marie Croix ist obdachlos und unbescholten.

Monsieur Mondieu ist reich und ein Mörder.

Marie ist schnell und schmerzhaft gefallen: Ehemals elegante Gattin eines reichen Schönheitschirurgen, lebt sie heute als Obdachlose in Paris. Ihr tristes Dasein nimmt eine dramatische Wende, als ihr ein Geschäftsmann ein lukratives Angebot macht: Für ein fürstliches Einkommen soll sie in seinem Etablissement als Hausdame fungieren. Das Fatale daran: Lehnt sie das Angebot ab, sterben ihr Sohn und Enkel. Nimmt sie es an, wird sie selbst sterben.

Mara Ferr | Ponts de Paris
Paris Krimi | Broschur | Originalausgabe
Köln, Emons Verlag 2014
ISBN: 978-3-95451-438-0

Mara Ferr
Aux
Champs
Elysées

Amour fatal auf den
Champs Elysées.

Ein Mann, seine Affären
und ein perfider Plan.

Ein dramatischer Thriller aus den gehobenen Pariser Kreisen.

Seit vielen Jahren hat sich Claire in ein unausgesprochenes Arrangement gefügt: Ihr Mann Philippe verdient das Geld, sie kümmert sich um Haus und Kinder – und duldet seine Affären. Bis Isabelle in Philippes Leben tritt und Claire beschließt, sich auf besondere Art von ihrem Mann zu trennen: Sie verbannt ihn in den Keller. Was Philippe zunächst für einen Scherz hält, wächst sich zu einem nicht endenden Alptraum aus. Denn Claires Rache ist kalt ...

Mara Ferr | Aux Champs Elysées
Paris Krimi | Broschur | Originalausgabe
Köln, Emons Verlag 2013
ISBN: 978-3-95451-139-6

Mara Ferr
41 Rue Loubert

Achtzehn ehrenwerte Männer verschwinden aus Paris.

Louise steht kurz vor dem Ruhestand als Hure.

Kommissar Marcel setzt alles daran, dies zu verhindern.

Die Pariser Hure Louise kann es kaum erwarten, das Rotlichtleben hinter sich zu lassen. Doch ihre Zukunftspläne drohen zu scheitern, als sie ins Visier von Marcel gerät, der die Ermittlungen in achtzehn Fällen vermisster Männer der ehrenwerten Pariser Gesellschaft leitet. Denn er ist davon überzeugt, dass Louise hinter dem Verschwinden der Männer steckt, und macht ihr das Leben zur Hölle …

Mara Ferr | 41 Rue Loubert
Paris Krimi | Broschur | Originalausgabe
Köln, Emons Verlag 2015
ISBN: 978-3-95451-652-0

»Mara Ferr ist mit »Aux Champs-Élysées« ein äußerst packender Psychothriller gelungen, der von Anfang bis zum Schluss durch seine Spannung besticht.«

(www.bestseller-studio.tv)

»Ein dramatischer Thriller aus den gehobenen Pariser Kreisen, so spannend, dass man das Buch gar nicht mehr aus der Hand legen mag.«

(Das Neue Blatt)

»In »Ponts de Paris« entführt Mara Ferr auf eine faszinierende literarische Reise durch Paris. Sie leuchtet gekonnt die seelischen Abgründe der Figuren aus und startet mit den feinsten psychologischen Waffen einen Angriff auf das Vorstellungsvermögen.«

(thalia tatort ste)

»Mara Ferr hält mit »41 Rue Loubert« die Spannung in Paris auf höchstem Niveau.«

(Kleine Zeitung)

»Die Autorin ist eine Meisterin im Zeichnen starker Charaktere mit gut ausgeleuchteten Figuren. Mit klarer Sprache und präzisen, humorvollen Dialogen lässt sie ihre Krimihandlungen in Paris spielen. Subtil und psychologisch steuern die mitreißenden Plots mit sich stetig steigernder Spannung auf das unerwartete, beklemmende Finale zu. Krimis, die nicht nur für Paris-Fans empfehlenswert sind.«

(emons)

Zeitfracht Medien GmbH
Ferdinand-Jühlke-Straße 7
99095 Erfurt, Deutschland
produktsicherheit@kolibri360.de